室内に、重くて甘い香油の匂いが満ちていく。久生の体温で温められて、常より濃密に香るそれに酔ってしまいそうだ。

「あっ、あ、あぅ……っ」

Cocktail Kiss Label

活動写真館で逢いましょう

～回るフィルムの恋模様～

海野　幸
Sachi Umino

この物語はフィクションであり、実在の人物・団体・事件等とは、いっさい関係ありません。

Contents

イラスト・伊東七つ生

活動写真館で逢いましょう

〜回るフィルムの恋模様〜

大人になってからする鬼ごっこなんてろくなものじゃない。捕まったら鬼にされる。言葉の通り、人の道を外れることになる。

屋根の低い民家がごたごたと並ぶ狭い道を必死で駆け抜ける。密集した家々の庇《ひさし》が空を覆い、真昼だというのに周囲は薄暗い。舗装されていない道は水捌《は》けも良くないのか、雨上がりというわけでもないのに地面のくぼみにあちこち水が溜まっている。

「あっちだ！　回りこめ！」

背後で数人の男たちの怒号が上がり、久生《ひさお》は闇雲に手足を動かして走った。

水たまりを踏んで泥水が跳ねる。久生が着ている三つ揃いの背広は生成り色だ。裾が汚れたかとひやりとしたが、すぐにこんな服汚してやれと思い直して勢いよく泥水を蹴り上げた。テーラーでわざわざ仕立ててもらったこの背広も、自分を追い回している男たちから買い与えられたものだ。こんな高価なものをと気後《きおく》れしたが、あちらはしっかり元をとる算段でいたのだろう。素直にありがたがっていた自分が情けない。

ひしめく民家の間をひた走り、ぬかるみに足を滑らせながらも角を曲がったところで、大きな壁に激突した。顔から突っ込んで、したたかに鼻を打ちつける。

板塀に道をふさがれたのかと思ったが、それにしては跳ね返されたときに弾力があった。鼻を押さえながら前方に目を向けた久生は息を呑む。薄暗い道に立ちふさがっていたのは、見上げるほどの大男だ。

白いシャツに黒いズボンを穿いて、額にかかる前髪の隙間から久生を見下ろしてくる。平均より少し小柄な久生が見上げるほどの長身だ。

挟み撃ちをされたかと後ずさりしたら、背後から「いたか」「どっちに逃げた！」という苛《いら》立《だ》った声が近づいてきた。慌てて踵《きびす》を返すも、後ろから「待て」と声をかけられ肩を摑まれる。

大きな手を振りほどける気がせず、久生は肩で息をしながら背後を振り返った。

男は無遠慮に久生の顔を眺めまわすと、目にかかる前髪を片手でぐいっとかき上げた。

「坊《ぼっ》ちゃん、追われてんのか？」

低く掠れた声には凄《すご》みがある。だが、口調は淡々として悪意のようなものは感じられない。自分を追う男たちとは無関係な人物かもしれないと、久生は縋《すが》る思いで頷《うなず》いた。

「お、追われてます……！　だからそこを通してください！」

そうこうしているうちにも背後から荒々しい足音が近づいてくる。祈るような気持ちで男の顔を見詰めていると、肩にかかった男の手が離れた。

「わかった、こっち来い」

言うが早いか、男にしっかりと腕を摑み直される。と思ったら突然男が走り出して、予想外の加速についていけず前につんのめりそうになった。

「おっと、悪い」

男は肩越しに振り返って少し足の回転を緩めてくれたが、久生より格段に歩幅が広いので全くっついていけない。何度も足が地面から浮きそうになって、喉の奥から情けない声が漏れる。

「ひ……っ、ちょ、と、とま……っ」

耳元をとんでもない勢いで風が通り抜けていく。男が久生の腕を摑む力は尋常でなく強く、うっかり転んだら馬車馬に引きずられるがごとく地面で爪先《つまさき》をすりおろされそうだ。

喉の奥から隙間風のような音を漏らして走っていると、ふいに男が曲がり角を曲がった。家の角に激突しそうになってぎりぎりのところで身をかわす。そこでようやく男は走る速度を落として背後を振り返った。

顔面で強風を受けていたせいで呼吸もままならず、久生は息も絶え絶えだ。ふらついたところで腕を引かれ、目の前の広い胸に引き寄せられる。

「なんとか撒《ま》けたか？」

低い声がくぐもって聞こえる。背中にずしりと重みがかかり、そこに男の腕を回されていることに気がついた。密着感に驚いて、相手の胸を押して距離をとろうとしたらがくりと膝が折れた。とんでもない勢いで走り続けていたせいで足に力が入らない。

体の軸が大きくぶれ、背中を地面に引っ張られる。

最後に視界に飛び込んできたのは重なり合うように頭上に広がる家々の庇と、その隙間からわずかに見えた秋の空。

慌てるでもなく目を丸くしてこちらを見る男の、やけに屈託のない表情だった。

久生の母が亡くなったのは二ヶ月前、八月の暑い盛りのことだった。

傾きかけたおんぼろ長屋で母子二人暮らしをしていた久生は、一人きりで母の葬儀を終えた。

時代は明治から大正に移り、東京《とうきょう》市内では電気を引いている一般家庭も増えたというのに、久生たちが住む長屋は未だに電気も通っていない。長屋の住人たちは押しなべて生活に困窮しており、母の通夜に顔を出す者はいなかった。

そうでなくとも、久生たち母子は長屋では浮いた存在だった。

久生の母は、馴染みの料理屋で唄《うた》や清元《きよもと》を披露する芸子だった。春は売らず、あくまで三味線を弾いて帰ってくるだけだったが、長屋の人々は口さがない。久生の母親はほっそりと色白で、同じ長屋に住む日に焼けた主婦たちとは一線を画す美貌の持ち主だったせいもあり、遊女のような仕事をしているのではないかと陰口を叩かれた。

それでも母は黙々と座敷に上がり、久生を高等小学校にまで通わせてくれた。

貧しい家庭にとって、子供は立派な労働力だ。長屋では尋常小学校にすら通っていない子供も珍しくなく、高等小学校に通う久生の存在は異質だった。

ならば久生たちの生活に余裕があったかと問われれば、決してそんなことはない。

芸子の仕事はさほど儲《もう》からない。加えて母はあまり体が丈夫でなく、仕事を休むこともよくあった。その穴を埋めるべく、久生は学校に行く前に新聞配達などしてなんとか学費と生活費を捻出《ねんしゅつ》していたくらいだ。

しかしそんな実情を知らない長屋の人々は、久生たち親子の生活に余裕があると勘違いした。すれ違いざまに妬《ねた》ましげな目を向けてくる者もいたくらいだ。同じ長屋に住んでいる同年代の子供たちとは友達になれず、それどころか石を投げられることすらあった。

早朝の新聞配達のせいで授業中は睡魔に襲われ、勉強についていくだけで精いっぱいだった。学校で友達を作る余裕もなく、爪に火をともすような生活を続け、なんとか二年で高等小学校を卒業した久生は、ろくに働けなかった分を取り返すように必死で仕事に励んだ。

多少学歴があったとしても、たかが高等小学校を卒業したくらいではろくな仕事など見つけられない。それまでと同じく新聞配達を続け、母が通っていた料理屋に紹介してもらった仕出し屋などで働いた。

久生を学校に通わせるため無理をしたせいか、ただでさえ体が弱かった母はあっという間に病みついた。久生は母親が無理に座敷に上がらなくても済むよう必死で働いたが、そんな努力もむなしく、母はあっさりと他界してしまった。

目の前の現実を受け入れられず、母が亡くなってからしばらくは長屋の隅にうずくまって動けなかった。

学校を卒業してから一日として欠かしたことのなかった新聞配達も、仕出し屋の仕事も無断欠勤して無気力に過ごしていたある日、一人の男性が久生の家を訪ねてきた。

「突然お邪魔します。こちらは戸田《とだ》さんのお宅で間違いありませんでしょうか？」

玄関先でそう微笑《ほほえ》んだのは、四十代も後半だろう男性だ。中折れ帽をかぶって立派な口ひげを生やした男は、紺色の三つ揃いを着ていた。

衣食住に急速に西洋文化が流れ込んできている時分とはいえ、久生が暮らしている界隈で洋服を着こなす紳士を見かけることは珍しい。何者かと怯《ひる》んだが、温和な笑みを浮かべる相手を門前払いするのも気が引けて、戸惑いながらも長屋の中に招き入れた。

男は芝原《しばはら》と名乗り、狭い部屋で久生と向き合うや「お母様には生前お世話になりました」と深く頭を下げた。母がよく座敷に上がっていた料理屋の関係者だという。憔悴《しょうすい》しきった久生に親身になってくれ、これからどうするつもりか尋ねてくれた。

漠然と、母が生きていた頃と同じようにあくせく働き、日々の糧《かて》をなんとか得ていく生活を続けるつもりでいたが、勤め先を無断欠勤するようになってからもう何日経っているだろう。

もう仕事などクビになっているかもしれない。それでも頭を下げてまた働かせてもらうべきか。だがなんのために。これまでは、少しでも母に楽をさせたくて必死で働いていた。でも今は、自分でもなんのために働けばいいのかわからない。

すぐには答えを出すことができない。ようやく十八歳になったばかりの久生にとって、唯一の肉親の死はそう簡単に乗り越えられるものではなかった。

焦点の合わない目で瞬きを繰り返す久生に、芝原は憐《あわ》れむような視線を向けてこう言った。

「よろしければ、私の仕事を手伝っていただけませんか？」

浅草《あさくさ》に、石渡《いしわたり》家なる華族がいるらしい。正確には没落した元華族だ。生活に窮し、私財を売って新しい生活を始めようとしているという。

家具や美術品などの大きなものは業者に売り渡したが、普段使いの宝石類はまだ手元に残っている。業者からは引き取りを拒否された品でも、市井の人間なら買い取ってくれるかもしれない。しかし自ら物売りをするなど元華族の矜持《きょうじ》が許さない。そこで石渡家と昔から親交のあった芝原がその役目を買って出たそうだ。

「ですが、実際に売り歩いてみると難しいのです。私のようななんの変哲もない中年男が『これは石渡家の奥様が使っていた首飾りで』などと言ってもなかなか信じてもらえず……。ですから久生さん、しばらくの間、石渡家のご子息のふりをしていただけませんか？」

石渡家にも、久生と同じく十八歳になる一人息子がいるらしい。

華族のふりをするなんて恐れ多いと一度は断ったものの「久生さんのお顔はどことなく品がありますし。身なりを整えれば誰も疑いません」と芝原は食い下がる。

現に久生は色白で、母親譲りの優しい面差しをしている。長い睫毛《まつげ》に縁どられた目は大きく、鼻筋も通ってあか抜けた印象だ。

困惑する久生の前で、芝原は畳に額《ぬか》ずく勢いで頭を下げた。

「石渡家の皆様には大恩があるのです。今を逃せば恩返しをする機会を失ってしまいます。どうか力を貸していただけませんか」

急な話だった。それに随分と強引だ。

あのとき、何かおかしいと気づいていればよかったのだ。

けれどたった一人の肉親を思わぬ形で失ったばかりだった久生は、芝原の穏やかな笑顔に心を奪われた。夜行性の虫が行灯の火に飛び込んでいくように、真っ暗な日々の中にたった一つ見つけた灯を頼る気分でその手を取ってしまった。

胸を掠める違和感から目を逸《そ》らし、久生は石渡家の一人息子を演じることになった。

長屋を引き払った久生に、芝原は生成り色の三つ揃いを用意した。

物柔らかな相貌の久生が洋服を身にまとうと、それだけで道行く人がどこの御曹司だと振り返る。そんな周囲の反応を見た芝原は我が意を得たりと胸を張り、トランク片手に行く先々で宝石を売り歩いた。久生は石渡家の窮状を訴える芝原の後ろで、困ったように微笑んでいるだけでよかった。

夜は芝原と安宿を転々とした。あらかた宝石類を売り払ったら芝原の勤める会社の下宿を紹介すると説明され、久生は安宿暮らしをごく当たり前に受け入れていた。

田舎に移り住んだ石渡家の面倒は芝原の部下が見ているという。部下たちは屋敷に残っている私財を売却する作業も手伝っているらしく、数日に一度トランクに詰めた宝飾品を手に芝原のもとにやってきた。

昨晩も芝原の部下を名乗る男たちが宿にやってきた。夕食後に部下たちの部屋に行ったきり帰ってこない芝原に一声かけてから就寝しようと部屋を訪れた久生は、襖《ふすま》越しに芝原たちのこんな会話を聞いてしまった。

「芝原さん、こんなに首尾よく仕事が進むのなんて初めてじゃないですか？」

「戸田のお坊ちゃんのおかげだな。あれはいい拾い物をした。母親譲りの器量よしだ。これからもどんどん稼いでもらわないと」

久生の前では慇懃《いんぎん》な口調を崩そうとしなかった芝原のものとは思えない物言いだった。硬直する久生を置き去りに、襖の向こうで男たちがそうだそうだと声を揃える。

「あの坊ちゃんのおかげで、ガラス玉みたいな二束三文の宝石だって飛ぶように売れるんですから。やっぱり綺麗な面《つら》は使い勝手がいいですね」

「いずれは結婚詐欺なんかもやってもらうか。あの顔で田舎のお袋さんが病気だなんて泣きつけば、いくらでも財布を開く女はいるだろう」

「でもあの坊ちゃん、まだ芝原さんのこと母親の知り合いだって信じてるんでしょう？　どうやって本格的に俺たちの仲間に――……」

後ずさりしたら、ぎっと廊下の床が軋《きし》んだ。たちまち襖の向こうが静かになって、慌てて客室に戻り布団に潜《もぐ》り込む。息を殺していると、ほどなくして芝原が部屋に戻ってきた。

「……久生さん？　もう眠ってらっしゃいますか？」

先程廊下に漏れ聞こえてきた口調とは違う、いつもの丁寧な言葉遣いだ。それを寝たふりでやり過ごしながら、布団の中でドッと汗をかいた。

芝原たちは詐欺集団なのだ。自分は知らぬ間にその片棒を担《かつ》がされていた。

そう気づいた久生は、翌日何食わぬ顔で芝原と宿を出ると、わずかな隙をついて逃げ出した。

異変に気づいた芝原が、すぐに久生を追いかけてくる。

「やっぱりお前、昨日の話を聞いてやがったな！」

普段の芝原とはまるで違う野太い声が背後から飛んできて震え上がった。芝原は久生が逃げ出すことを予期していたようで、近くに控えていた部下たちも姿を現し久生を追いかけてくる。

「逃げてどうする！　お前だってもう立派な詐欺師だ、俺たちと同じ詐欺集団の一味として警察から追いかけられてるんだぞ！」

芝原の言う通りだ。自分はすでに詐欺行為に加担している。知らなかったでは済まされない。

大人の鬼ごっこはろくでもない。捕まったら鬼の一味に引きずり込まれる。

もう逃れられないのだ。助けてくれる人もいない。

無力感に囚われたところで、誰かにぐんと腕を引かれた。

「追われてんのか」

耳の底を震わせる低い声。前髪の隙間から見えた鋭い眼差し。猛禽《もうきん》類がその鋭い鉤爪《かぎづめ》で獲物を攫《さら》うように、久生の腕を摑んで走り出した大きな男。

――あれは一体誰だったのだろう。

そう思っていたら、また違う声が耳を打った。

「だからさ、なんでそんな面倒くさいもん拾ってくるわけ？　変な奴らに追いかけられてたんでしょ？　関わらない方がいいよ。早く元の場所に戻してきなって」

水底に沈んでいた体が浮かび上がるように、ゆっくりと意識が浮上する。耳を打った甲高い声は、あの男性とは違う。少年の声だろうか。すぐ後に、しゃがれた男性の声が続く。

「捨て猫でもあるまいし、元の場所に戻すわけにもいかんだろう」

これもあの男性とは違う。夢にしてはやけに鮮明な声に耳を傾けていると、また別の声がした。

「いいじゃねぇか。悪い奴らに追われるなんて、まるで芝居の一場面みたいで」

ざらりとした低い声は、今度こそ狭い路地で目の前に立ちふさがった男性のものだ。瞬間、ばちりと久生の瞼《まぶた》が開いた。

最初に目に飛び込んできたのは、遠くにあるすすけた天井だった。見覚えのないそれを凝視していたら、「目が覚めたか？」と誰かが顔を覗き込んできた。久生を助けたあの男性だ。

状況がわからないまま起き上がろうとすると、後頭部に鈍い痛みが走った。

「無理に起き上がるなよ。頭を打ってるみたいだからな。覚えてるか？　お前、すっ転んで仰向けに倒れて、そのまま気を失ったんだ。揺さぶっても起きないし、寒空の下に転がしとくわけにもいかないからここまで連れてきた」

久生の傍《かたわ》らに片膝を立てて座った男性に告げられ、恐る恐る後頭部に触れてみた。多少痛むが、出血の類はしていないようだ。せいぜいこぶができたくらいだろう。

「僕を追いかけていた人たちは……」

「ちゃんと撒いておいた。ここにお前を連れてきたところは見られてないはずだ」

ほっと息をつき、久生は「ありがとうございました」と男に深く頭を下げた。

顔を上げ、改めて辺りを見回す。自分が寝かされているのは薄暗くがらんとした大広間だ。床に隙間なくござが敷かれ、奥には一段高くなった舞台がある。二階には桟敷《さじき》席もあった。久生が寝かされていたのは一階の客席にあたる平場の上だ。

「……芝居小屋？」

口にした瞬間、襟《えり》元から冷たい風が吹き込んできた気がして背筋が寒くなった。一瞬でこの場から逃げ出したくなったが、隣に座る男性から「いいや」と否定されて思い留まる。

「ここは活動写真の常設館だ」

「活動？」

繰り返すと、男の背後から「活動も知らないのかよ！」と威勢のいい声が響いてきた。

ぼんやりしていたせいで、男の後ろに誰かがいるのに気がつかなかった。勢いよく顔を出し

たのは久生よりいくらか年下だろう少年だ。ぶかぶかの白いシャツを着て、ベージュのズボンを穿いている。どちらも少年には大きすぎるらしく、袖と裾は厚く折り返され、ズボンもずり落ちないようにサスペンダーで吊られていた。

吊り上がった大きな目がキジトラを髣髴《ほうふつ》させる少年は、男の背後から身を乗り出してまくし立てた。

「今時活動も見たことないなんてどこの田舎から出てきたんだよ？　活動写真って言葉くらいは知ってるだろ？」

「は、はい、一応……。幻灯機のようなものですよね？」

少年の勢いに呑まれて掠れた声で返事をすると「全然違う！」と即答された。

「あれは写真を映すだけだろ？　活動写真はその名の通り、写真が動くんだよ」

はあ、と久生はぼんやり返事をする。動く写真という触れ込みは知っているし、活動写真を上映している写真館も長屋の近所にあったが、そちらに足を向けたことはなかった。

久生の興味を引こうとしたのか少年はなおも何か言おうとしたが、少し離れたところから響いてきた男性の声がそれを止めた。

「活動の話をしてる場合じゃないだろう。結局その坊ちゃんは何者だ？」

声のした方を振り返ると、舞台から向かって左手にある花道に着物姿の禿頭の男性が腰かけていた。

年の頃は五十代。つるりとした頭と突き出た腹は布袋《ほてい》様を思わせる風貌だが、表情は穏やかとは言い難い。だぶついた顎《あご》を指先でいじり、警戒した目を久生に向けている。

「妙な連中に追われてたんだろう？　何をやらかしたんだ？」

「それは、あの……」

「そんな詰問口調になってやるなよ。先にこっちから自己紹介をしてやらないと坊ちゃんも安心できないよな？」

しどろもどろになる久生に助け船を出してくれたのは、久生の窮地を救ってくれた男性だ。背中に少年をしがみつかせたまま、男は鋭い瞳を細めた。

「俺はここで館長をやってる安城鷹成《あじろたかなり》だ。よろしく」

館長と聞いて驚いた。目の前の男はどう見積もっても二十代の半ばにしか見えない。花道に腰かけている男性の方が年齢的には館長にふさわしく見えるのだが。

目をぱちくりさせる久生を見て、鷹成の背後にいた少年が咳払いをする。

「仕方ねぇな、じゃあ俺も名乗ってやるよ。俺は——……」

「あら、まだ活動は始まってないの？」

おっとりとした女性の声が少年の言葉を遮《さえぎ》って、その場にいた全員が客席の入り口を振り返った。

木戸の向こうに立っていたのは着物姿の女性だ。すっかり髪が白くなった老齢の女性を見て、すぐさま鷹成が立ち上がる。

「トキさん、悪いが今日は午後の上映はないんだ。楽士《がくし》の連中の都合が合わなくてな」

鷹成に気さくに話しかけられ「あら困ったわ」とさほど困ったふうもなく笑った女性は場内を見回し、久生と目が合うなり「あら」と目を見開いた。

「そちらにいらっしゃるのは華族のご子息様じゃない？」

ぎくりとして声も出なかった。

写真館の面々も一斉にこちらを振り返り、刃物でも突きつけられた気分になった。傍らに立つ少年が「華族？」と久生の顔を覗き込んできて背中に冷や汗が浮く。

「い、いえ、違うんです、僕は……」

「あ、そうそう。正確には元華族様よね。石渡家のご子息様なんでしょう？」

もしや彼女も詐欺の被害者か。連日何軒もの家を回っていたので全員の顔は覚えていないが、石渡家の名が出てきたということはきっとそうだ。ここで犯罪の詳細を語られても困る。

相手の言葉を止めようとしたら、少年が突然「石渡家！」と叫んだ。

「石渡家って、あの？　あの石渡家？」

「そうよ。いっときは大きな製糸工場をたくさんお持ちになっていたのよ」

製糸工場云々《うんぬん》は、芝原が石渡家を紹介するとき盛んに口にしていた文言だ。

少年はズボンのポケットから小さな手帳を取り出すと、慌ただしくそれをめくり始めた。

「そうだ、製糸工場で大儲けした石渡家！　糸だけじゃなくて織物にまで手を出して、それを外国に高値で売りつけようとしたんだよな？」

手帳に石渡家のことでも書きつけてあるのか、少年は興奮した様子だ。

「石渡家っていうと、現当主がなかなか女遊びの激しい人だったんじゃなかったか？」

今度は花道の方から声がした。見れば禿頭の男性が面白そうな顔で顎を撫でている。

「当主が屋敷の中に愛人用の離れを作ったもんだから、奥方が家を飛び出したんだろう？」

「そうそう！　それで一人息子を連れて家を出てるんだよ！」

えっ、と声を上げそうになった。母と息子が出奔したなら、一人息子を演じていた久生の存在が俄《にわ》かに怪しくなってしまう。身を固くしたが、今度は鷹成が声を上げた。

「親子二人で放浪生活を続けるうちに母親が亡くなっちまうんだよな？　身寄りを亡くした息子が一人さまよってるところを父親が追いかけてきて、ようやく家に帰ったんだったか？」

鷹成の目がこちらを向く。そうだろう、と言いたげに目を細められ、頷いていいものかどうか迷っていたら、代わりに傍らの少年が「そうなんだよ！」と返事をした。

「でも奥さんと息子を探してる間に事業が疎《おろそ》かになって、それで石渡家は没落して爵位まで手放すことになったんだよ……！」

手帳を握りしめて力説する少年を呆然と見遣《みや》る。それが事実であるならば、石渡家はかなり波乱万丈な来歴を辿《たど》ってきたことになる。

しかし何より気になるのは、この写真館の人々が当たり前に石渡家を知っていたことだ。

（市井の人たちにこれだけ浸透してるってことは、石渡家って相当有名な家なのでは……？）

芝原から石渡家の名前くらいしか聞いていない自分より、この場にいる人たちの方がよほど石渡家に詳しそうだ。何か尋ねられたら上手く答えられる気がしない。

（へ、下手に嘘を重ねるくらいなら、詐欺をしていたことを打ち明けた方がいいんじゃ……）

悩む久生を置き去りに、トキが自身の帯に手を当てた。そこには赤いサンゴの帯留めが光っている。

「私はこの帯留めを買わせていただいたの。お母様の形見なんでしょう？　大事なものを手放すなんて辛かったでしょうに、お父様と新しい生活を始めるためだからって……。離れて暮らしている娘が仕送りしてくれた大事なお金だったけれど、お役に立てたなら何よりだわ」

大事そうに帯留めを撫でて笑うトキを見た瞬間、罪悪感で心臓がひしゃげそうになった。

今更のように自分が加担していた詐欺の罪深さを思い知る。ガラクタを売りつけた挙句、そんなに大事な金を巻き上げてしまうなんて。

今ここで本当のことを言ったらトキはどんな顔をするだろう。傷つくだろうし気落ちもするだろう。トキは善意から手を差し伸べてくれたのに、そんなのあまりに不憫《ふびん》ではないか。

しかも周りに人がいるこんな状況で真実を告げれば、トキに恥までかかせてしまう。トキの名誉のためにもこの場はやり過ごすべきだと、久生は覚悟を決めて口を開いた。

「こちらこそ、貴方《あなた》のような方に大事にしていただけて母も喜んでいると思います」

ここは嘘をつき通すしかないと思った。保身のためではない。トキの面子《メンツ》のためだ。内心の動揺を押し隠し、華族の一人息子然とした優雅な微笑みを浮かべる。

トキは照れたように頬に手を当て、「また来るわ」と言い残し写真館を出て行った。

久生はしばらく優雅な笑みを浮かべてトキを見送っていたが、その姿が木戸の向こうに消えるなり脱力して両手を床についた。嘘に嘘を重ねてしまった罪悪感が時間差で背中にのしかかってくる。

「館長、俺ぁ帰るよ」

花道に腰かけていた禿頭の男が大儀そうに平場に下りた。入り口近くに立っていた鷹成に「また面倒事を抱え込むなよ」と一声かけて去っていく。久生の傍らに膝をついていた少年も、手帳をめくりながらいそいそと立ち上がった。

「俺も帰る。面白いこと思いついちゃった。館長、この華族のお坊ちゃん追い返す前に、いろいろ聞き出しといてよ。なんか面白い話が聞けたら俺にも教えて」

少年も立ち去り、久生と鷹成だけが誰もいない小屋に残される。

ゆっくりと近づいてくる鷹成を目の端に捉え、久生は唇を引き結んだ。

トキは久生を石渡家の人間だと信じてくれたが、鷹成はどうだろう。あれこれ尋ねられたらぼろが出て嘘が明るみに出てしまいそうだ。

鷹成は久生の傍らで足を止めると、ゆっくりとその場にしゃがみ込んだ。

「名前を聞いていいか？」

こちらの顔を覗き込み、鷹成は唇に笑みを含ませて尋ねる。

見返した瞳は、ほんの少し黄色を含んだ珍しい色をしていた。鷹や鷲《わし》などの猛禽類を思わせる目だ。見据えられると息が浅くなる。返答を間違えたら最後、大鷲が鉤爪で獲物を攫っていくようにここから放り出されてしまうかもしれない。

緊張して声が震えないよう、久生は腹に力をこめる。

「石渡、久生です」

トキに恥をかかせたくない一心で石渡を名乗った。一人息子の名前はわからないので自身の名を口にするしかない。相手が石渡家の息子の名前を知っていたらそれっきりだと思ったが、久生の返答を耳にしても鷹成の唇から笑みが引くことはなかった。

「久生坊ちゃんか。すまんが俺は華族様と喋《しゃべ》るのなんて初めてでな。無礼があっても寛大な心で容赦してくれ」

笑い皺《じわ》の刻まれたその目を見て、とりあえずこの場は乗り切れたようだと肩の力を抜く。

「で、坊ちゃんは悪い奴らに追いかけられてたみたいだが、ありゃ借金取りの類か？」

適当な言い訳を用意していなかった久生は、とっさには否定もできずぎこちなく頷く。

「そりゃ大変だ。石渡家のお屋敷はもう人手に渡ったって聞いてるが、今はどこで寝泊まりしてるんだ？」

「ち、近くの宿を、転々と……」

「これからも宿暮らしを続けるのか？」

それは、と言ったきり次の言葉が出てこなかった。母と暮らしていた長屋は引き払ってしまったし、家を出るときに持っていたわずかな現金も宿代を負担してくれていた芝原にすべて渡してしまって一銭もない。

それもこれも、たった一人の肉親を失ってしまった淋しさから逃れたくて芝原を頼った結果だ。

久生は膝に置いた手をぐっと握りしめる。

現実逃避はもうお終《しま》いだ。母は他界し、親族のいない自分にはもう頼る相手もいない。

まず久生がしなければいけないのは生活を立て直すこと。そしてトキから騙《だま》し取った金を返すことだ。

被害者は他にもいるが、まだ全員の家を訪ねて返金するだけの当てはない。ならばまずはこうして再会を遂げたトキへの罪を償《つぐな》いたかった。できればトキがガラクタを掴まされたという事実は伏せたまま、金だけ返せるようにしたい。何か理由をつけて帯留めを買い戻すことはできないだろうか。

（何につけても、寝起きする場所と働く先を見つけないと……）

俯《うつむ》いて考え込んでいると、前よりさらに身を低くした鷹成に下から顔を覗き込まれた。

「行く当てがないのか？」

大きな体をしているくせに、鷹成の言動はどこか子供じみている。

うっかり肯定しそうになったが、迂闊《うかつ》に口を開くとぼろが出そうだ。黙り込んでいると、鷹成に肩を竦《すく》められた。

「まあ、いろいろ事情はあるだろうな。無理に説明しなくていい」

「す……すみません」

鷹成は喉の奥で低く笑うと、斜めにしていた体を起こした。

「坊ちゃんは活動写真を見たことがないんだろ？　案外面白いぞ。こんな場末の写真館でも毎日そこそこ人が集まる。これからはもっと増えるはずだ。活動は娯楽の王様だからな」

突然話題の矛先《ほこさき》が変わった。話がどこに着地するのかわからず、はあ、と気の抜けた相槌《あいづち》を打っていると、不意を突くように鷹成が身を乗り出してきた。

薄暗い小屋の空気が動いて、真正面から風がくる。鼻先を掠めたのはいがらっぽい煙草の匂いと、練香油の甘い香りが混ざる大人の男性の匂いだった。

「うちの写真館も人手不足で困ってる。元華族のお坊ちゃんにこんな話を持ち掛けるのも気が引けるが、行く当てがないならここで働いてみないか？　二階に空き部屋もあるし、しばらく寝泊まりしてもらっても構わないぞ」

住み込みで働かせてくれるということか。家もない久生にとっては願ってもない申し出だったが、鷹成の背後にある舞台が目の端を過《よぎ》った瞬間、すっと背筋が冷えた。

「あの、でも僕は活動写真のことをよく知りませんし、きちんと働けるかどうか……」

活動写真と舞台は別物だと思うが、架空の物語を客に見せるという点においては変わらない。舞台の上で繰り広げられるのは極上の夢だ。夢に心酔した観客は実生活を犠牲にしてでも芝居小屋に通う。長じてから久生は極力芝居小屋に近寄らないようにしていたが、何かの弾みで自分もその面白さを知ってしまったらと思うと怖かった。

現実よりも美しい舞台の夢を知ったら最後、夢に酔い潰れて現実に帰ってこられなくなるかもしれない。自分にはそういう素地がある気がするだけになおさら不安だ。

尻込みする久生に、鷹成は「そう身構えるな」と大らかに笑った。

「何も特別な仕事をしてもらうわけじゃない。客席の掃除と中売り、ビラ配りにもぎり、あとは楽屋で待機してる演者に茶でも淹《い》れてもらうくらいか。要は雑用だな」

舞台とは直接関係のない仕事ばかりだ。それくらいならできるだろうか。だが、舞台の近くで働くことには違いない。

逡巡《しゅんじゅん》する久生を見て、鷹成が片方の眉を上げた。

「まあ、下々の者と一緒に雑用をするなんて元華族のお坊ちゃんには抵抗があるか。働き手なら別の人間を探してもいいし、断ってくれても構わんが」

せっかく差し出された手を引っ込められそうになり、久生は慌てて身を乗り出した。芝居に対する忌避《きひ》感なんて悠長なことを言っている場合ではなかった。自分にはもう行く場所がないのだ。それに、まずはトキだけにでも騙し取った金を返したい。

久生は両手を床につくと、鷹成に向かって深々と頭を下げた。

「失礼しました……！　どうか僕をここで働かせてください！　お願いします！」

「そこまで頭を低くしてくれなくていい。うちも人手不足で困ってたんだからお互い様だ。ただ、働くとなったらきっちり仕事はしてもらう。後から思ってたのと違うなんて言ってくれるなよ」

「もちろんです！」

勢いよく顔を上げたら、想定より近くに鷹成の顔があってぎくりとした。

身を乗り出した鷹成は斜め上から久生の顔を覗き込み、うっすらと目を細めた。

「まごまごしてたら飢え死ぬぞ。腹くくれよ、坊ちゃん」

妙に迫力のある笑みに声を失っている間に、鷹成は、さて、と自身の膝を叩く。

「そうと決まれば早速二階に案内するからついてきな」

立ち上がった鷹成は平場を横切り舞台に上がった。上手の袖に垂らされた幕を潜った先には古い木戸があり、その向こうに長い廊下が続いている。

「舞台の奥の一階は楽屋と事務所だ。向こうが台所。洗濯場の脇に井戸もあるから煮炊きがしたければ好きに使ってくれ。俺は基本的に外で飯を食ってるから台所には立ち寄らない」

鷹成に先導され、廊下の突き当りにある階段を上る。

階段を上った先にある廊下は右手が窓のない壁で、左手に襖が四つ並んでいた。

「手前の部屋は楽士たちの荷物置き場だ。坊ちゃんは奥の、この部屋を使ってくれ」

荷物置き場の隣は六畳ほどの部屋だった。天井まで届きそうな背の高い棚が四方を囲い、下駄や草履、多種多様な鬘《かつら》に背負い籠《かご》、三度笠《さんどがさ》、梅の造花などが乱雑に並べられている。

「……これ、舞台の小道具ですか？」

「ああ。この建物はもともと芝居小屋でな、客足が遠のいたとかで主人が小屋を手放そうとしてるって話を聞いて、俺が買い取った」

「小屋を丸ごと買ったんですか？　安城さん、もしかして凄いお金持ちでは……」

廊下の壁に肩を押しつけるようにして立っていた鷹成は、意外なことを言われたような顔で眉を上げた。

「そんなに驚くことか？　こんなちっぽけな芝居小屋を買うくらい、華族様にとっちゃはした金だろ？」

久生はきょとんとした顔で鷹成を見返してから、自分が石渡家の一人息子を演じていたことを思い出して慌てて表情を取り繕った。

「そうは言っても安い買い物ではなかったでしょう。安城さんは実業家のような、何か大きなお仕事をされている方なんですか？　それともご実家が資産家だとか……」

「いいや。両親はどこにでもいる貧乏百姓だ。ガキの頃に家を飛び出したっきり顔も見てない。実業家でもないな。春先にあぶく銭が手に入ったからぱっと使っちまおうと思ってこの芝居小屋を買っただけだ。写真館の館長なんてやってるのは、ただの趣味だな」

腕を組み、鷹成は唇の端を持ち上げて笑う。

その横顔を見上げ、色悪《いろあく》の似合いそうな人だな、とふと思った。

色悪は歌舞伎に出てくる役どころで、女性を魅了し、最後は裏切るろくでもない男役を指す。有名なのは東海道四谷怪談《とうかいどうよつやかいだん》に出てくる民谷伊右衛門《たみやいえもん》だ。妻であるお岩《いわ》に毒を飲ませて殺し、自分は金持ちの娘と再婚するという冷血漢《れいけつかん》ながら、なぜか観客の心を掴む役どころでもある。流し目に色気があって、一筋縄ではいかない雰囲気ゆえに目が離せない。

鷹成も根っからの善人には見えない。それでいてふとした瞬間に懐《ふところ》の深さを感じる。信用してもいいのだろうかと迷っていると、不意打ちのように気安い笑みを向けられて心が揺らぐ。

実は今も少し迷っている。こんな都合のいい申し出、何か裏があるのではないか。芝原から裏切られた直後なのだからもう少し用心深くなるべきかもしれない。

考え込んでいたら、鷹成が首を傾《かし》げるようにして久生と視線を合わせてきた。

「ところでその、安城さんっていうのやめてもらっていいか？」

「あ、すみません、何か呼び間違いを……？」

「間違っちゃいないが、さっきも言った通り、家を飛び出して以来親とは絶縁状態だ。名字で呼ばれるとどうしても家族を思い出して……」

「でしたら、鷹成さんとお呼びすれば？」

苦々しく眉を寄せていた鷹成が眉を開いた。虚を衝《つ》かれたような顔だ。何かおかしなことでも言ったかとまごまごしていたら、「それで頼む」と白い歯をこぼして笑われる。

「あの、別の呼び方がよければ……」

「いい。呼ばれ慣れてないから驚いただけだ。普段は館長なんて呼ばれることが多いからな」

鷹成は口元に笑みを残したまま、部屋の奥の衣装簞笥《だんす》を指さした。

「簞笥の中は空になってるから好きに使ってくれ。長く使ってない部屋だからちょいと埃《ほこり》っぽいが、しばらく窓でも開けときゃ問題ないだろう。後で布団も持ってきてやる。隣の部屋も案内するからついてきな、坊ちゃん」

踵を返した鷹成の背に、久生は思いきって声をかける。

「あの、僕のことも坊ちゃんって呼ぶのやめてもらえませんか？」

本物の華族ならともかく、長屋暮らしの久生には分不相応な呼称だ。

「わかった。久生」

肩越しに振り返った鷹成にいきなり下の名前で呼ばれて驚いた。

目を丸くした久生を見て鷹成がおかしそうに笑う。

先程久生に名前を呼ばれたとき、鷹成が妙な顔をした理由がわかった。さほど親しくもない相手にいきなり名前で呼ばれると一足飛びで距離を詰められたようで驚くものだと納得した。

「隣はフィルム置き場だ。閉館後に映写技師が出入りするから承知しておいてくれよ」

鷹成が隣の部屋の襖を開く。小道具置き場と同じ六畳ほどの部屋には、畳の上にずらりと桐の箱が並べられていた。どれも久生の膝の高さを優に超える大きな箱だ。

「箱の中身はフィルムだ。ほら、こんなふうに保管されてる」

入り口近くに置かれていた桐箱を鷹成が開けてみせる。中に納められていた丸いアルミ缶を開ける鷹成の手つきは慎重で、久生も息を詰めてその手元を凝視した。

缶の中には、几帳面に巻き取られた長いフィルムが収まっていた。

「これが活動写真のフィルムだ。こいつを映写機にかけて舞台の上に写真を映す」

「写真を、舞台に……？」

「明日じっくり見せてやる」と鷹成が笑う。

「フィルムは可燃性だからこの部屋は火気厳禁だ。俺も念のため自室では煙草を吸わないようにしてる。万が一フィルムに燃え移ったら一大事だからな」

「鷹成さんの部屋もあるんですか？」

「俺はこの隣の部屋で寝泊まりしてる。何か用があったら声をかけてくれ」

二階には四つ部屋があり、階段から見て一番奥が鷹成の部屋らしい。

以前この芝居小屋を所有していた主人は、ここに夫婦二人で住みこんでいたそうだ。鷹成が使っているのはかつての夫婦の寝室で、二階では一番広い部屋らしい。

（こんな建物をポンと買えてしまう鷹成さんって、一体……？）

あぶく銭が手に入ったと言っていたが、どういう経路で手に入れた金だろう。

ぱっと思い浮かぶのは賭博の類だ。色悪の似合いそうな鷹成なら賭場にいても違和感はない。

一方で鷹成には、賭博にのめり込んだ者が放つ身持ちを崩した雰囲気がない。言葉遣いこそ荒っぽいが声の調子は穏やかだし、姿勢もいい。物腰もどっしりと落ち着いている。

やはり実業家か資産家の類ではないのか。フィルム置き場を出た鷹成を横目で盗み見ると、目が合った。大きな手が伸びてきて、ポンと頭に手を置かれる。

「明日からよろしく頼むよ、久生坊ちゃん」

手荒に頭を撫でられ、驚いて棒立ちになってしまった。「坊ちゃんはやめてください」と訴える声が裏返る。

久生から手を離した鷹成は、そうだった、と笑いながら先に一階へ下りていく。久生はその場から動くことができず、乱れた髪を指先で撫でつけた。

誰かから頭を撫でられるのなんて何年ぶりだろう。幼い頃に母に撫でられたのが最後か。父親からはそんなことをしてもらった記憶もない。

大人の男性の手が思いのほか重たいことを初めて知った。

「久生、事務所も案内するから下りてきてくれ」

一階から鷹成の声がして我に返る。

頭など撫でられたせいだろうか。鷹成に対してわずかに残っていた警戒心も薄れ、気がつけば久生は子供のように素直な返事をしていた。


水の気配がする。何かただならぬ、不穏さをまとう水のとどろき。

足元がじわじわと水に侵食され、草履を履いた足がぬかるんだ土に埋まっていく。

梅雨が明けたばかりで、今日も朝から蒸し暑い。だというのに、足元で横たわる母親の顔は冬の水にさらされた直後のように真っ白だ。

色のない唇に季節感を見失う。今は本当に夏だろうか。

芝居の一場面でも見ているようだ。書き割りの青空と、濁流の音を模した太鼓の音。だだっ広《ぴろ》い葦《あし》の川原は横に広い舞台に似て、その中央にぽつんと母親が横たわる。

水の気配が迫ってくる。これは現実だろうか。それとも芝居の一幕か。

背後から迫ってきた水に呑み込まれ、足裏が地面から浮いたと思った瞬間、布団の中で大きく体が跳ねて目が覚めた。

久生は仰向けの状態で目を見開く。何やら全身が湿っぽい。夢と現実の境を見失いかけたが、単にひどく寝汗をかいただけのようだ。汗は一瞬で冷え、ぶるりと体を震わせて寝返りを打つ。次の瞬間、ずらりと並んだ下駄が目に飛び込んできて瞠目《どうもく》した。

直前に見た夢の内容もすっ飛んだ。まさかどこかの玄関先に転がり込んで寝入ったかとうろたえたが、部屋の四方を囲う背の高い棚を見て、ようやく自分の居場所を思い出した。ここは写真館の二階で、かつての小道具部屋だ。

棚に並んだ履をぼんやりと眺め、片手で顔を拭う。

(……まだ、あんな夢を見るなんて)

母が亡くなった直後は繰り返し見ていた夢だ。だが、芝原と行動をともにするようになってからはあまり見なくなっていた。詐欺師とも知らず、自分はあんな男を心の支えにしてきたということか。情けないにも程がある。

ぼんやりしていると夢の内容を何度でも思い出してしまいそうで、久生は小さく首を振って室内を見回した。

昨日は鷹成に一通り家の中を案内してもらった後、掃除道具を借りてこの部屋の掃除をした。板の間の部屋は長く誰も立ち入っていなかったようで、床に薄く埃が積もっていたからだ。

夜になると鷹成が「これでも食うか?」と餡《あん》パンをくれた。写真館も芝居小屋と同じく、演目前やその途中に軽く飲み食いできるものを売っているらしい。その売れ残りとのことだったが、手持ちのない久生にはありがたいばかりだ。鷹成と一緒に一階の事務所で餡パンを食べた。

昨日はそのまま寝てしまったが、今は何時だろう。寝過ごした気がして慌てて着替え、部屋を出る。

一階に下りると事務所から物音がしたので、そちらに足を向けてみた。

事務所は狭く、雑然とした雰囲気だ。はしごや荒縄が雑多に隅に追いやられ、足元にはケースに入ったラムネの空瓶が並べられている。笠のついた電球に照らされた机の上には今にもなだれ落ちそうな書類が積み上がり、その後ろからひょいと鷹成が顔を出した。

「お、起きたか。どうだ、よく眠れたか？」

鷹成の服装は昨日と同じく、白いシャツに黒のズボンという洋装だ。帳簿をつけていた手を止め、短くなった鉛筆を放り出して久生に体を向ける。

「今日は洋服を着ないのか？」

久生が着ているのは、昨日掃除をする前に鷹成が貸してくれた藍色の着物だ。芝居小屋の主人が置いていった私物らしい。

「仕事をするならこちらの方が動きやすいので。汚れも目立ちませんし」

「そうか？　古着でよけりゃそのうち洋服も用意してやるが」

「いえ、そこまでしていただくわけには……」

「お仕着せみたいなもんだから気にすんな。虎彦《とらひこ》の服だって俺が用意してるしな」

「虎？」

「昨日会っただろ。俺の後ろでキャンキャン吠えてた奴だ」

キジトラを思わせるあの少年か。幼い見た目に反し、彼もここで働いているらしい。

「とにもかくにも、今日からお前もここの従業員だ。早速掃除でもしてもらおうか」

この写真館では午前と午後に一回ずつ活動写真の上映をしているらしい。久生の初仕事は、十時の開場に間に合うように客席の掃除をすることだ。

「わかりました。では早速……」

「待て待て、やる気があるのはいいが、とりあえず朝飯だ」

気忙しく客席に向かいかけた久生を呼び止め、鷹成は昨日の残りの餡パンを出してくれた。

「昨日の夜と同じもんで悪いが」

「いえ、とんでもない！　ありがとうございます」

鷹成と二人で事務所の机の前に座り、「いただきます」と丁寧に両手を合わせる。

「坊ちゃんは行儀がいいな」

久生と違い、挨拶もなく餡パンにかじりついた鷹成は感心したような口調で言う。そうでしょうか、と首を傾げつつ、久生も餡パンを口に運んだ。昨日のパンなので少し硬くなっているが、久生にとってはパン自体がご馳走だ。母と切り詰めた生活をしているときは甘いものを食べる余裕もなかったので、朝から大変な贅沢をしている気分で目尻を下げる。

すぐに食べきってしまうのがもったいなくてちまちまとパンを口に運んでいると、早々に食べ終えた鷹成と目が合った。

鷹成は机に頬杖をつき、久生を眺めて唇の端を持ち上げる。

「坊ちゃんは食べ方まで上品だな。それに随分と美味《うま》そうに庶民の飯を食う」

鷹成の言葉に、しまった、と身を強張《こわば》らせる。自分は華族の一人息子ということになっているのだ。餡パン一つで顔をほころばせている場合ではなかった。

久生は口の中の物を飲み込むと姿勢を正し、努めて毅然とした表情を作って言った。

「食料に貴賤《きせん》はありませんので」

動揺して妙なことを口走ってしまった自覚はある。

案の定、鷹成に腹を抱えて笑われてしまったが、庶民云々の話はうやむやになったので良しとした。


写真館の客席は、一階の平場だけでも優に五十人は入れる広さだ。床にござが敷かれ、観劇中に客が歩き回れるよう渡された歩み板もある。舞台から見て左右には二階席もあった。

舞台正面の二階には客席がなく、ナマコ壁のような白い壁に覆われている。壁にはところどころ、窓とも言えない小さな穴がいくつか開いていた。

二階の不可解な白い壁を除けば、どこにでもありそうな芝居小屋だ。こんな場所でも活動写真とやらはできるのか。掃除の合間に幕の下りた舞台を眺めていたら、背後で木戸が開く音がした。

もう客が来たのかと振り返った久生は、ぎょっと身を竦ませる。身を屈めて入り口の木戸をくぐってきたのが、髪を五分刈りにした大柄な男だったからだ。

鷹成も背が高いと思ったが、この男性はさらに長身だ。体も一回り大きい。黄土色のズボンを穿いて、上は袖のない白の肌着一枚だ。剥《む》き出しの腕は丸太のように太い。

男性は久生に気づいて立ち止まったものの、厚い瞼の下からこちらを見詰めるだけで何も言わない。この写真館の従業員だろうか。判断がつかないまま男性にぺこりと頭を下げた。

「おはようございます。あの、僕は今日からこちらで働かせていただくことになった者で」

戸田、と名乗りそうになり、慌てて「石渡です」と口にする。

男性は久生の存在を不審がる様子も見せず無表情で頷くと、入り口の脇にある階段を上って二階の客席へ上がっていった。舞台正面にあるあの不思議な白壁の部屋に入ったようだ。

彼もやはりこの写真館の関係者だろうか。一階の掃除を終えた久生は恐る恐る二階に上がり、男性が入っていった部屋の前に立ってみる。

小屋は全体的に古めかしいが、この部屋だけは後から増築されたものなのか、重たげな鉄の扉で閉ざされていた。何やら物々しい雰囲気だが、この部屋も掃除をするべきだろうか。

おっかなびっくりドアノブに手を伸ばした、そのとき。

「何してんだ、そこは技師以外立ち入り禁止だぞ！」

指先がノブに触れた瞬間、場内に威勢のいい声が弾け、久生はたまげて手を引いた。

勢いよく階段を駆け上がってきたのは昨日会った小柄な少年だ。確か虎彦と言ったか。今日もだぼだぼのシャツとズボンを着て、足音も荒く久生の前までやってくると鉄の扉の前で仁王立ちになった。

「まだここにいたのかよ、あんた」

「はい、鷹成さんのご厚意で、住み込みで働かせていただくことになりました。い、石渡久生と申します」

今度は戸田と言いかけずに済んだが、ぎこちなく声を詰まらせてしまった。不自然だったかとひやりとしたが、虎彦は一つ瞬きをした後、警戒した表情をたちまち消して目を細めた。

「そうか、あんた石渡家の人だったっけ。館長あんたを雇うことにしたんだ。そっかそっか」

虎彦の機嫌が急によくなった理由がよくわからない。元華族に興味でもあるのか。石渡家についてあれこれ訊《き》かれても何も答えられないぞと冷や汗をかいたが、久生の手元を覗き込んだ虎彦は石渡家とはまるで関係のない質問を投げかけてきた。

「掃除してんの？　じゃあ朝一の掃除はこれからあんたに任せていいんだ！　やった！」

ぴょんとその場で飛び上がり、虎彦は薄い胸を反らしてみせた。

「俺、山野辺《やまのべ》虎彦。ここでは俺の方があんたより先輩なんだから、ちゃんと俺の言うこと聞くように」

虎彦は今年で十五歳になるそうだ。久生より三つも年下だったが、職場の先輩であることは間違いない。久生は虎彦に向かって深々と頭を下げる。

「こういった場所で働くのは初めてで、右も左もわかりません。お手数ですがご指導のほど、よろしくお願いいたします」

「お、おう、なかなか素直じゃん……」

年上の久生からこうも従順に頭を下げられるとは思っていなかったのか、虎彦は落ち着かない様子で自身のズボンの尻をはたいた。

「わかんないことがあったらなんでも聞けよ。俺は弁士《べんし》をやってるから、上映中は舞台にいることが多いんだけどな」

「弁士？」

「なんだよ、そんなことも知らないのか？」

口調こそ呆《あき》れたようなものだったが、虎彦はよく聞けとばかりに嬉々として解説を始める。

活動写真弁士——活弁や、弁士と呼ばれるその職業は、活動写真の上演中にその内容を解説する専任の解説者を指すらしい。

活動写真には音がない。海外の物語も多く、文化も風習も違う異国の物語をなんの注釈もなしに理解するのは難しいため、弁士が登場人物の心情や状況などを解説するのだ。

「舞台の上で物語の解説をするんですか？　凄いですね」

久生の素直な称賛に照れたのか、虎彦は手の甲で乱暴に鼻の下をこすった。

「まあ、俺はまだ弁士の中じゃ下っ端だ。ここには三人弁士がいるからな。昨日あんたも会っただろ。和尚《おしょう》みたいなオッサン」

あの禿頭の男性は堂島卓《どうじますぐる》といい、この写真館で主任弁士を務めているという。主任とつくからには一番解説が巧みなのかと問うと「あんなオッサン上手くもねぇよ」と吐き捨てるように言い返された。

「上手い人なら他にいて……あ、ほら！　あの人だ！」

映写室の前に立っていた虎彦が、二階の客席に向かって駆けていく。そこから身を乗り出し、舞台に向かって「おーい、先生！」と声を張り上げた。久生も舞台に目を向けると、袖口に背の高い青年が立っている。年は久生よりいくつか上だろう。灰青の縞の着物の下に立ち襟のシャツを着て、紺の袴《はかま》を穿いている。涼しげな面立ちに眼鏡をかけた青年は、二階にいる虎彦に気づくと口元をほころばせて軽く手を振った。

「先生、こいつ今日からここで働くことになった石渡久生！　後で紹介するから！」

久生も慌てて二階席から身を乗り出して一礼した。

久生を見た青年は、直前まで虎彦に向けていた気安い表情から一転、緊張したように顔を強張らせる。落ち着かない様子で眼鏡を押し上げると久生に向かってぎこちなく会釈をして、そそくさと舞台の袖に引っ込んでしまった。

「先生は人見知りだからなぁ」と虎彦が笑う。

「あの人、学校の先生なんですか？」

尋ねると、含み笑いした虎彦に「違うよ」と返された。

「俺が勝手にそう呼んでるだけ。本名は清瀬正一郎《きよせせいいちろう》。本物の先生じゃないけど物知りなんだ。なんたって帝大《ていだい》卒業してるんだから」

彼も弁士だそうで、虎彦は正一郎のような解説を目指して修行中だという。

この写真館で働いているのは虎彦、堂島、正一郎の弁士が三人。他には音楽を担当する楽士が五人、それから映写技師が一人いるそうだ。

「映写技師ってもしかして、凄く背の高い……」

「そうそう。もう映写室に入ってるはずだけど、見た？」

虎彦が来る前に現れた大男は映写技師で、大俵力也《おおだわらりきや》というらしい。

「映写技師は映写機を扱う技術者だよ。映写機っていうのは活動写真を映すための装置で、そうだな、蒸気機関車を小さくしたみたいな黒い機械だ」

虎彦は自分のたとえに満足しているようだが、久生は上手くその像を頭に結ぶことができない。機関車の火室に石炭を投げ込む火夫の姿と、肌着一枚で現れた力也の姿が重なって、映写室で何が行われているのかいっそうわからなくなってしまった。

二階を掃除する久生について回りながら、虎彦は従業員たちについてあれこれ語ってくれた。

虎彦はもともと活動写真が好きで、尋常小学校を卒業するとすぐに写真館で働きだしたそうだ。家族からは高等小学校に進むことを勧められたが、一刻も早く活動写真に触れてみたくて一念発起したらしい。いくつかの写真館を渡り歩き、ここで働くようになってからは仕事の合間に自主的に勉強もするようになったというのだから偉いものだ。

映写技師の力也は元相撲取りだそうだが、膝を痛めて引退。正一郎は大学を卒業した後、学校で学んだ知識を生かすべく弁士になったらしい。主任弁士の堂島は全国津々浦々を渡り歩いていた有名な弁士で、鷹成にぜひと乞われてこの写真館にやってきたそうだ。

客席の掃除を終え、再び映写室の前に戻ってきた久生は虎彦に尋ねる。

「鷹成さんはどういう経緯でこの写真館の館長になったんですか？　あの若さで芝居小屋を買い上げるなんて、そう簡単なことではないと思うんですが」

鷹成の話題に及んだ途端、それまで立て板に水を流すようだった虎彦の口調が急に淀《よど》んだ。

「館長のことは俺もよく知らないんだよね。年は二十四だったか五だったか……」

二階席でそんな話をしていたら「虎彦」と階下から声がかかった。見下ろせば、ちょうど話題に上っていた鷹成がこちらを見上げて階段に近づいてくる。

「今日から上演する写真のビラ作ってきたぞ。外で呼び込み頼む」

二階に上がってきた鷹成から分厚いビラの束を押しつけられた虎彦は、不満げな声を上げる。

「そんなの新人のこいつに任せればいいじゃん」

「久生はまだ楽屋の掃除が終わってない。それとも俺の仕事と代わるか？　そろそろラムネと餡パンが届くはずだから受け取って、帳簿の整理もしないとな」

「わかったよ！　行ってくる！」

ビラを抱えて階段を下りていく虎彦に「しっかりな」と声をかけ、鷹成は久生を振り返る。

「掃除は順調か？」

「はい。でも時間がかかってしまって、すみません」

「それだけ丁寧に掃除してる証拠だろう。偉いもんだ。ありがとう」

叱責されるかと思いきや、温かな声で礼を言われてしまってうろたえた。

「いえ、あの、違うんです。掃除はもちろんやっていたんですが、虎彦さんのお話が興味深くて、つい聞き入って遅くなってしまって……」

申し訳ありません、と頭を下げたら、鷹成に軽やかに笑い飛ばされた。

「馬鹿正直な奴だな。そこは『ありがとうございます』とでも言っておけ」

「えっ？　あっ！　そ、そうですね？　過分に褒められてしまって、つい……」

久生の言い草がおかしかったのか、鷹成はなおも笑いながら身を屈めた。久生の顔を覗き込み、珍しい玩具でも眺めるような顔で、ふぅん、と目を眇《すが》める。

「お前みたいな毛色の奴は、今まで周りにいなかったな」

「け、毛？」

「真面目で、素直で、人が好い。それからちょっとばかり抜けてるな」

褒め言葉だろうか。後半は少し判断に迷う。でも鷹成は笑っている。嫌な笑い方ではなかったので褒め言葉と受け取って「ありがとうございます」と頭を下げた。次の瞬間、後頭部にのしっと重たい手が乗せられる。

「いいな。嫌いじゃない」

笑いを含ませた声とともに、わしわしと頭を撫でられる。昨日に引き続き気安く頭を撫でられて、なんだか鷹成の飼い犬にでもなったような気分だ。

「さて、そろそろフィルムの準備もするか」

ひとしきり久生の頭を撫でて映写室に足を向けた鷹成に、久生は思わず声をかけた。

「あの、映写室は技師以外立ち入り禁止なんじゃないんですか？」

「基本的にはそうだな。俺と力也しか入らない。ああ、俺も一応技師だぞ」

軽く言い足されて目を丸くした。

「鷹成さん、そんなことまでできるんですか？」

「そう難しいことでもない。今度教えてやる」

笑いながら映写室のドアを開けた鷹成は、室内に片足を入れた状態でふと動きを止めた。

「掃除が終わったら中売りも頼めるか？　詳しいことは虎彦に訊いてくれ」

「わかりました」と生真面目に返事をすると、鷹成の目元に浮かんだ笑みが深くなった。

「明かりが落ちたら、後ろの方で上映を見てていいぞ」

「え、でもお金が……」

「本当に真面目な奴だな。従業員なんだからタダ見でいい。そんなことより、腰を抜かすなよ」

そう言い残し、ひらりと手を振って映写室に入ってしまう。

活動写真なんて所詮は写真だ。腰を抜かすなんて言いすぎではと思ったが、鷹成は自信たっぷりだった。

舞台の上で演じられる芝居は苦手だけれど、活動写真はどうだろう。

少しだけ興味が湧いたが、すぐに首を振って打ち消した。活動写真だって、所詮芝居の延長だ。

舞台は怖い。現実を見失う。

今朝見た夢を思い出しそうになり、久生は苦い表情で掃除に戻った。

写真館の開場時間になると、久生は底の浅い木の箱に餡パンやラムネ、せんべいなどを入れて客席へ向かった。平場はすでに半分ほど客が入っていて、その間を歩きながら「おせんにキャラメル、ラムネはいかがですかー」と声をかけて回る。

子供の頃はよく母親と芝居小屋に足を運んでいたので、物売りの言葉はすっかり耳に染みついてしまっている。一緒に中売りをしていた虎彦に「お坊ちゃんのくせに随分慣れてるな」とからかわれたが本当のことは言えず、曖昧《あいまい》に笑ってごまかした。

上映時間になると入り口の木戸が閉まり、二階の窓に暗幕がかけられて場内は闇に包まれる。一足先に舞台に向かった虎彦にも「後ろの方で見てていいぞ」と言われ、久生は戸惑いながらも入り口近くに立って舞台に目を向けた。

程なく舞台に明かりが灯り、袖から鷹成が現れた。

舞台に上がった鷹成はきちんと三つ揃いの背広を着て、首にネクタイまで締めていた。

「皆様、本日はお集まりいただきありがとうございます。館長の安城でございます」

ざわついていた場内に鷹成の張りのある声が響き渡る。

服装だけでなく言葉遣いも改めた鷹成には堂々たる気品があった。客席の女性たちもうっとりと鷹成を眺めている。前髪を軽く後ろに撫でつけ、柔らかな笑みを浮かべる鷹成は確かに魅力的だ。

路地裏で初めて鷹成と顔を合わせたときは目つきの鋭さに怯んだものだが、その気になれば柔和な笑顔で剣呑《けんのん》さを上手に隠してしまえるらしい。

とことん器用な人だな、と感心していると、鷹成が袖口を振り返った。

「それでは、我が写真館の主任弁士から一言」

鷹成の言葉に応えて袖から現れたのは禿頭の堂島だ。紺の着物に羽織を着た堂島の登場に場内から拍手が上がる。一礼して顔を上げた堂島は恵比須《えびす》様のような福福しい笑顔を浮かべていて、鷹成以上の変わり様に驚いた。昨日の仏頂面とは別人だ。

(なんだか二人とも、役者みたいだ)

舞台の上で素の自分を難なく隠し、客が望む姿をたやすく体現してしまう。

舞台上で挨拶をする鷹成たちの背後には、大きな白い幕がかかっている。あそこに活動写真が映されるのだろう。

(活動写真はお芝居、なんだよな……？)

以前勤めていた仕出し屋でも、従業員たちがよく「活動を見てきた」と嬉しそうに報告し合っていたが、久生はそうした話題から敢えて距離を取っていた。

役者たちが演じるのは一夜の夢だ。舞台の上で繰り広げられる熱狂は平場の客に降り注ぎ、幕が下りても客はぼんやりと熱に浮かされたまま、なかなか現実に帰ってこない。

観客を呑み込んで夢と現《うつつ》の境界を曖昧にさせるあの熱量が久生には怖い。見ていると、どこか恐ろしい場所に連れていかれてしまう気がする。

また今朝がたの夢を思い出しそうになって、足もとがそわそわと落ち着かなくなった。

こんな状況で最後まで舞台を見ていられるだろうか。不安を拭いきれずにいるうちに、鷹成と堂島が舞台の上手から去っていく。

間を置かず、下手に置かれた演説台の前に虎彦が現れた。だぶだぶのシャツの上から、これまた大きな背広を羽織り、緊張で顔を強張らせている。見ている久生まで緊張して両手を握りしめたら、舞台に張られた白い幕が強い光に照らし出された。

舞台の上手に並んだ楽士たちが一斉に演奏を始める。

暗がりに目が慣れていた久生は眩しさに目を眇め、次の瞬間息を呑んだ。

三味線の鋭いバチの音とともに画面に打ちつけられたのは、真冬の海の大波だった。灰色の波が岩場で砕けて白く散る。その水しぶきが迫ってくるようで、思わず後ろにのけ反った。

繰り返し打ち寄せる波を久生は凝視する。舞台の上に突然海が現れた。そんな馬鹿なと目を凝らすが、周りの観客は平然と舞台を眺めている。

異常事態が発生しているわけではない。ここではこの光景は当たり前のものなのだと遅ればせながら理解して、よろけるように背後の壁にもたれかかった。

(これが、動く写真?)

腰を抜かすな、と鷹成が言った意味がわかった。

確かに写真が動いている。平面で水しぶきが散るなんて、信じられない光景だ。

三味線の音から始まった音楽は、やがてバイオリンやクラリネット、アコーディオンなどの洋楽器の音色にとって代わる。

虎彦は音楽に声を掻き消されないよう、顔を真っ赤にして何か喋っている。目の前の映像について解説しているようだが、初めて見る活動写真に目を奪われた久生にはほとんど解説の内容が入ってこなかった。

虎彦が弁士を担当した作品はほんの十分程度で終わった。いわゆる前座の扱いらしい。

虎彦が肩で息をしながら袖に引っ込んだ後も、久生は呆然と舞台を見詰めて動けなかった。映像は海辺の風景がほとんどで、人間の姿は遠景にしか映っていなかったが、それでも十分衝撃的だった。溜息をついたところで、また演説台の前に誰かが立つ。今度は正一郎だ。

いつの間にかやんでいた楽士の音楽が再び大きく鳴り響き、その音にも負けぬ張りのある声が正一郎の口から飛び出した。

「お早ばやのご来場、厚く御礼申し上げます。さて本日ただ今よりご覧に供します活動写真は天下の文豪、尾崎紅葉《おざきこうよう》原作の新派悲劇。題しまして金色夜叉《こんじきやしゃ》、全三巻の物語でありまぁす」

遠目に見たときは物静かそうな青年と思ったが、正一郎の張りのある声は場内の隅々にまで響き渡り、観客が一斉に拍手と歓声を上げた。まるで芝居小屋のように「待ってました！」という声までかかる。

白い幕に再び動く写真が映し出される。

現れたのは人力車に乗って煙草を吸う青年と、それを出迎える中年の女性だ。女性に迎えられた青年は、頭上からいくつもの電灯が下がったきらびやかな大広間に通される。

広間では大勢の若い男女が輪を作り、かるた遊びに夢中だ。広間に充満する煙草の匂いが鼻先に迫ってくる錯覚すら覚え、眩暈《めまい》を起こしそうになる。

若者たちが大きな口を開けて笑う。その声は聞こえないはずなのに、楽士の賑やかな音楽と正一郎の口上の隙間から、潮騒《しおさい》のようなざわつきが確かに聞こえた。そんな気分になる。

（これが……活動写真）

芝居小屋で見る舞台の延長。そんなふうに思っていたが、まるで違った。

目の前で繰り広げられているのはなんだろう。舞台というより、見知らぬ人の見知らぬ人生そのもの。誰かの後ろにぴたりと張りつき、その視線を追いかけているような気分になる。

舞台から火の粉《こ》のように降り注ぐ役者の熱を受け止めるのとはまた違う。問答無用に白幕の向こうに引きずり込まれてしまいそうだ。足の裏がちゃんと床についているのかわからなくなり、無意識に足の指に力を込めてしまうほどに。

全三巻の物語が終わるまで、久生は口を半開きにして身じろぎすることもできなかった。

鷹成が館長を務める写真館では、虎彦、正一郎、堂島の三人がかわるがわる舞台に上がり、間に休憩なども挟みつつ通しで三時間以上かけて上映を行う。それが午前と午後に一回ずつあるのだからなかなかの長丁場だ。

午後の上演が終わって小屋から客がいなくなる頃には、すっかり夜が更けていた。

久生は客席の入り口に立って、誰もいなくなった平場をぼんやり眺める。

少し前までここでたくさんの観客たちが舞台を凝視していた。

大きな幕に映し出されるのは波の砕ける大海に、新年の賑やかな集い。美しい男女の悲恋が終わったかと思うと、今度は異国の親子が現れ、見たことのない作法で食事をしている。朝と夜が目まぐるしく変わり、国を跨《また》いで様々な物語が繰り広げられる。

白黒の物語を鮮やかに彩るのは楽士の音楽と弁士の語りだ。緊張しきった虎彦の声。抑揚は抑えつつもよく通る声で最低限の解説を加える正一郎。堂島は太い声を張り上げ、解説だけでは飽き足らず舟歌まで朗々と歌い上げていた。

久生の知っている舞台の芝居とはまるで違う。大波に呑まれたような心地がまだ引かない。

人気《ひとけ》の失せた平場には、客が持ち込んだのだろうミカンの皮や、キャラメルの空箱などが落ちている。その場に満ちる喧騒の名残をぼんやりと感じていたら、舞台の袖から鷹成が顔を出した。それを見て、久生もようやく我に返る。

「すみません！　すぐ掃除します！」

「いや、別に慌てなくていい。明日の朝までに終わらせてくれりゃ十分だ」

舞台を降りた鷹成は、平場に渡された歩み板を踏んでこちらにやってくる。

「どうだった、初めての活動は。腰を抜かさなかったか？」

塀の上を移動する猫のような足取りで歩く鷹成を見遣り、久生は声にもならない息をついた。

「腰を抜かしている余裕もありませんでした。本当に写真が動いていて、凄い迫力で……」

「そうだろう」

鷹成は軽やかに歩み板から下りると大きく口を開けて笑った。得意げな子供を連想させる満面の笑みだ。自分よりずっと年上なのに屈託がなく、久生もつられて小さく笑う。

「そうやって、幕が下りた後も夢に片足突っ込んだような顔をしてもらえると冥利《みょうり》に尽きるな。フィルムがいいのは当然として、うちの楽士や弁士もなかなかのもんだろう？」

久生は無言で何度も頷く。感想を言いたいが、頭に浮かぶのは「凄い」「驚いた」というごく短い言葉ばかりで、自分が受けた衝撃を言い表せない。

自分の中の常識を粉々にされ、再構築している真っ最中なのだ。言葉にするまでにもう少し時間が欲しい。もどかしく手を握ったり開いたりしていると、鷹成にぱんと両手を打ち鳴らされた。

「飯でも食いに行くか。活動の感想も聞きたいしな。もちろんおごるぞ」

でも、と遠慮しようとしたら、舞台から「俺も行く！」という声が上がった。虎彦だ。

「そいつばっかりずるい、俺にもおごってよ！」

「いいぞ。支度してこい」

悩むそぶりもなくあっさりと了承して、鷹成は久生に視線を戻す。

「ここの掃除は目につくゴミを拾う程度でいい。行くぞ」

舞台袖では虎彦が嬉しそうにぴょんぴょんと跳ねている。遠慮しようにも断れる雰囲気ではなく、久生は肩を縮めて頷いた。

鷹成の写真館は浅草公園からほど近い場所にある。栄華を極める六区《ろっく》からは外れるが、写真館のある通りは両脇に商店や芝居小屋が立ち並び、夜風に幟《のぼり》がはためいている。日が落ちても通りを歩く人の数は減らず、むしろ喧騒は増しているようだ。

鷹成たちとともに写真館を出たところでたまたま堂島と一緒になった。鷹成はせっかくだからと気さくに堂島を食事に誘い、堂島もこれに応じたため四人で町に繰り出すことになった。

舞台の上で見せた人の好さそうな笑顔を消した堂島は、鷹成の隣に並ぶと「館長、俺は面倒事を抱え込むなと言ったはずだぞ」と聞こえよがしに苦言を呈した。鷹成はそれを軽く笑い飛ばし、「面倒事どころか拾い物だ。真面目に働くからな」と返している。

「……なんだよ、偉そうに」

久生の隣を歩いていた虎彦が、満月のような堂島の後頭部を睨んで口の中で呟く。最前から気になっていたが、虎彦は堂島のことをあまり好ましく思っていないようだ。

久生はというと、堂島の言葉にわだかまりを覚えている余裕もなく、鷹成の背中に隠れるようにして大通りを歩いていた。芝原たちから逃げ出したのは昨日の今日だ。まだこの近くで自分を探しているのではないかと、今更ながら不安になった。

きょろきょろと辺りを見回していると、鷹成が肩越しにこちらを振り返った。

どうした、と声をかけられ、歩幅を広めて鷹成に耳打ちする。

「もしかしたら僕を追いかけていた人たちが近くにいるかもしれないので、あまり出歩かない方がいいのではないかと……」

写真館を出る前に思い至るべきだった。芝原たちに見つかってまた追い回される羽目になったら鷹成たちにまで迷惑がかかる。俯くと、頭にずしりと重みがかかった。鷹成の手だ。

「これだけの人出だ、そう簡単に見つかることもないだろ」

久生の頭を遠慮なく撫で、鷹成は唇に不敵な笑みを浮かべた。

「ひとつ助言してやる。人込みの中に紛れ込みたいなら堂々と胸を張れ。俯いておどおどしてる奴ほど群衆の中じゃ目立つんだ。誰かと目が合うたびに逸らしてるようじゃ、後ろめたいことがありますって白状してるようなもんだからな」

「や、やけに具体的ですね？」

「俺も昔はそれなりの小悪党だったからな」

唇を片方だけ上げて笑う鷹成の顔は、写真館の舞台で若き館長として如才《じょさい》なく笑っていたときとは別人だ。悪党という言葉が嘘か本当かわからなくなる。

「昔話で済ませていいのか？　今だってそこそこの悪党だろう」

横から堂島にまぜっかえされ、「これでも真面目になった方だ」と鷹成は声を立てて笑う。

大きな笑い声は周囲の喧騒に掻き消され、道行く人は誰も久生たちを振り返らない。堂々と胸を張って歩く鷹成が本当に悪党かどうかは知らないが、周囲を気にする素振りもないその背中を見ていたら落ち着いてきた。久生も視線を足元に落とすことはやめて辺りに目を向ける。

母親と慎ましく生活していた頃は、華やかな浅草界隈に足を向ける機会などほとんどなかった。娯楽といえばせいぜい近所の小さな芝居小屋に通うくらいだったが、長じるにつれて舞台に言い知れぬ恐ろしさを感じ始め、最後は芝居すら見なくなった。

芝原とこの辺りを回っていたときは日暮れとともに宿に戻っていたし、夜の浅草をそぞろ歩くのはこれが初めてだ。夜なお明るいガス灯に目を奪われながら鷹成の後をついていく。

「お前たち、何が食べたい？　蕎麦か？　うどんか？　寿司もあるぞ」

「洋食が食べたい！」

遠慮なく声を上げたのは虎彦だ。レンガ造りの洋食店の前を通りかかり、「こういう店」とはしゃいだように指をさす。

二階建ての建物にはアーチ形の窓が並び、中から柔らかな光が漏れている。店内で働くのは着物にエプロンをつけた女給と洋装の男性たちだ。窓から見える客も立派な服装の者が多く、いかにも高級店の佇《たたず》まいだった。

「さすがにこんな高そうな店じゃなくてもいいけど――」

「わかった、行こう」

虎彦が言い終わらないうちに、鷹成は店の入り口に向かって歩きだしてしまう。

まさか要望が通るとは思っていなかったのだろう。虎彦は呆気にとられた顔で、慌てて鷹成を追いかけた。

「え、館長、でも、こんな高級な店……」

「たまにはいいだろう。新しい従業員の歓迎もかねて」

気負いなく笑って、鷹成は店の入り口に立っていた店員に声をかける。

黒に縞の入った三つ揃いを着た鷹成の物腰は堂々としており、店員も慇懃に頭を下げて一行を店内に案内してくれた。その後を、堂島も臆せずついていく。

あとに残されたのは久生と虎彦だ。二人して二階建ての洋食店を見上げ、ごくりと唾を飲む。

「お、俺、こんな格好なんだけど大丈夫か……？」

肩のずり下がったシャツを無理やり着ている虎彦は不安そうな顔だ。

「虎彦さんはまだいいじゃないですか、洋装なんですから。僕こそ大丈夫でしょうか？」

「どんな格好してたってあんたはお上品な面してるから問題ないだろ！　むしろ問題は俺だよ、洋食なんて食ったことないぞ……！」

二人して入り口でおろおろしていたら鷹成が戻ってきた。

「どうした、早く入れ」

なおも足踏みしていると、後ろから虎彦にぐいぐいと背中を押された。

「先に行けよ、あんた元華族様なんだからこんな店珍しくもないだろ！」

ぎくりとして足をもつれさせそうになった。激しく目を泳がせながら前を向くと、店の中から鷹成が面白いものを見るような顔でこちらを見ていた。

（も、もしかして僕は今、試されてるんだろうか？）

ここで華族らしい振る舞いができなかったら、鷹成たちに嘘をついていることがばれてしまうかもしれない。そうなったら自分が詐欺に加担してしまったことも芋づる式にばれるだろうし、警察に突き出されるのは免《まぬが》れない。トキにも真実が伝わってしまう。

悪事に加担していたのだから罪を問われるのは仕方ないにしても、善意から行動してくれたトキを悲しませるのは忍びない。せめてトキから帯留めを買い戻すまでは嘘を貫くべく、久生は覚悟を決めて背筋を伸ばした。この空間に怯んでいると悟られぬよう、なるべく堂々と胸を張って店の扉を潜る。

鷹成は満足そうに目を細め、二人に背を向け店の奥に入っていく。背後では、虎彦が久生の帯を摑んで後に続いた。

母親と二人、つましい生活をしてきた久生にテーブルマナーの知識はない。それどころか、ナイフとフォークを使った料理を目の当たりにするのも初めてだ。

華族のくせに洋食もろくに食べられないなんて、と化けの皮をはがされるかと思いきや、案に相違してつつがなく食事は済んだ。鷹成が久生と虎彦にライスカレーを勧めてくれたからだ。ライスカレーならなんとなく形状がわかる。確かスプーン一本で食べられたはずだ。

虎彦と二人、一も二もなくその提案を受け入れたのは言うまでもない。緊張しきって黙々とライスカレーを食べる久生たちを尻目に、鷹成と堂島はビフテキを注文した。皿の上で自ら肉を切るなんて器用なことを、鷹成はさらりとやってのけてしまう。ナイフとフォークを扱う鷹成の所作は美しく、久生には使い方もわからなかったナプキンで口元を拭う仕草はこうした食事に慣れていることを窺わせた。さらに言うなら健啖家《けんたんか》だ。肉の塊が見る間に鷹成の口の中に消えていく光景はいっそ爽快ですらあった。

何より驚いたのは、堂島が「肉が食いにくい」と苦言を呈したときだ。

堂島がナイフとフォークの扱いに慣れていないとみるや、鷹成はすぐさま給仕を呼びつけ、「肉を一口大に切り分けて、ついでに箸も持ってきてくれ」と要求した。

ぎょっとしたのは久生と虎彦だ。こんな高級店で箸を出せなんて不調法者と追い出されはしないかとはらはらしたが、鷹成の態度は終始堂々として、むしろ給仕の方が慌てた様子で「大変失礼いたしました」と頭を下げていた。まるで上客に対するような態度だ。

もしや鷹成はこの店の常連かと思ったが、「いや、初めて来た店だ」などと笑っているのだから豪胆だ。

支払いは全額鷹成持ちだった。総額いくらになったのか想像するだけで空恐ろしいが、手持ちがない以上深々と頭を下げて礼を述べることしかできない。

「俺、こんなに肩の凝る飯食ったの、初めてかもしれない……」

洋食を食べたいと言い出したのは虎彦なのに、食事を終えて店の出口に向かうその横顔はげっそりしている。気持ちはわかる、と胸の内でだけ同意して、久生も一緒に外へ出た。

久生たちに続いて店を出た堂島は気疲れした様子もなく、外に出るなり懐から煙草を取り出して火をつけた。煙を吐きながらゲップをする姿はふてぶてしいほどだ。舞台の上で福福しく笑っていた人物と同一人物とは思えない。

しばらくして、会計を終えた鷹成も外に出てきた。

よく見ると、鷹成の後ろを別の客がついてくる。美しい花模様の着物を着た女性だ。髪を束髪にして、肩からストールをかけている。

同行者はまだ会計中なのだろう。一人で店を出ようとしている女性に気づいた鷹成が、店の扉を大きく開けて足を止めた。

「お先にどうぞ、お嬢さん」

女性を振り返った鷹成がにっこりと笑う。

舞台の上で写真館の館長として挨拶をするときと同じ、柔らかく品のある笑みにどきりとした。間近で鷹成のそんな笑顔を見てしまった女性はなおのことどぎまぎしたことだろう。うっすらと頬を染め、「ありがとうございます」と礼を述べていた。

（格好いいなぁ）

女性のためにドアを押さえる鷹成を見て、溜息交じりに思う。これまで久生の周りにこんな男性はいなかった。久生の住んでいた長屋の住人なら、男性は後ろをついてくる女性を振り返ることもしないだろうし、ましてや「お先にどうぞ」なんて言葉は出てこない。久生だって、あれと同じことをやれと言われても照れくさくてできそうもなかった。

普段からやり慣れていなければとっさに出てこない応対だ。本当に、鷹成は一体どんな経歴を辿って写真館の館長になったのだろう。

隣に立つ虎彦に尋ねようとしたが、こちらはすっかり疲労困憊《こんぱい》した様子で俯いており、鷹成と女性のやり取りを見てもいなかったようだ。鷹成が外に出てくるとようやく虎彦は顔を上げ、覇気のない声でぼそぼそと言った。

「なんか俺、疲れちゃった……。もう帰って寝る……」

じゃあね、と手を振り、虎彦はふらふらと人込みの中に姿を消してしまう。その後ろ姿を眺め、堂島が鼻から大きく煙草の煙を吐いた。

「自分で洋食をご所望しておいて世話がないな。とはいえ、俺も珍しくあの坊主と同意見だ。やたらと肩が凝ったし胃がもたれた」

仏頂面で呟いて、堂島は短くなった煙草を足元に落とした。

「堂島さんの口には合わなかったか。だったら今度はいつもの店に飲みに行こう」

「そうしてくれ。ま、今日のところはご馳走さん」

煙草の火を踏み消し、堂島は虎彦が去っていったのとは逆方向に歩いていく。

二人を見送る鷹成の顔を、久生は横目で盗み見た。

(この人一体、どういう人なんだろう……?)

活動写真館の若き館長。かつての小悪党。古びた写真館に住み込んであくせく働く一方、優雅に洋食器を扱い、舞台の上と下では笑顔の種類を使いわける。

久生の視線に気づいたのか、鷹成がこちらを振り向いて笑った。

「それじゃ、俺たちは口直しに行くか」

「こ、これからですか?」

「行きつけの飲み屋がある。まだお前から活動写真の感想も聞けてないしな」

鷹成の言葉に触発され、一度は引いた波が再び迫ってくるように活動写真を見た興奮が蘇《よみがえ》ってきた。上映が終わった直後は言葉にならなかったが、今ならばもう少しまともに感想が言える気がする。

口元をむずむずさせ始めた久生を見下ろし、鷹成は嬉しそうに笑って写真館とは反対方向に歩きだした。

案内されたのは先程とは一転して庶民的な居酒屋だ。色褪《いろあ》せた暖簾《のれん》の下げられた入り口は引き戸になっていて、外にまで店内の喧騒が漏れ聞こえてくる。鷹成がガラリと戸を開けると、喧騒だけでなく甘辛い料理の匂いや酒の匂い、煙草の煙が勢いよく外に噴き出してきた。

そのまま中に入るのかと思いきや、なぜか鷹成は動きを止めて久生を振り返る。

「お先にどうぞ、お坊ちゃん」

悪戯《いたずら》っぽく笑った鷹成をぽかんとした顔で見上げた後、久生はカッと頬を赤くした。これではまるで、洋食店で鷹成にドアを開けてもらっていた女性のようではないか。

実際にやられると、思った以上に特別扱いを受けているようで動揺した。すぐには戸口を潜れずにいると、鷹成にからかうような笑みを向けられる。

「どうした。洋食屋の前で羨ましそうに見てただろ？」

「そ、そういうわけでは……！」

決してあの女性が羨ましかったわけではないのだが、鷹成の言動に目を奪われていたのは本当だ。盗み見ていたつもりで、当の本人にはすっかりばれていたらしい。

「いいから入れ」と笑いながら背を叩かれ、気恥ずかしい気分で店の戸を潜った。

狭い店内は、調理場をコの字に囲むように席が並んでいる。十人も入れば満員で、空いている席に着くにも酔った客の間に身を押し込むようにしなければならない。

鷹成は慣れた様子で他の客をかき分け、久生のために席を確保してくれる。洋食店では洗練された立ち居振る舞いに目を奪われたが、こうした大衆酒場でも鷹成はすんなり周囲の雰囲気に馴染んでしまう。不思議な人だな、と思いながら、久生は礼を述べて鷹成の隣に腰を下ろした。

「ここにはうちの連中とよく来る。虎彦もさっきの店じゃ大人しくしてたが、ここじゃ大声で飲み食いして機嫌よく帰ってくぞ。たまに隣の客にうるさがられたりもするけどな」

隣の客と肩がぶつかるこの距離では無理からぬ話だ。今だって鷹成は少し声を張っている。そうしないと店内の喧騒に声が掻き消されてしまうからだ。

「坊ちゃんは少しくらい酒が飲めるのか？」

「子供扱いはやめてください」

子供扱いされたようでむっとして、ほとんど飲んだこともないのに「少しだけなら」と答えていた。「そうこなくちゃ」と鷹成は目を細め、店員に酒とつまみを注文する。すぐにコップに注がれた日本酒が調理場から手渡され、二人で軽くコップを合わせた。

恐る恐る酒に口をつける久生を眺め、鷹成は天板に肘をついた。

「で、どうだった？　初めての活動写真は」

口に含んだ酒を慌てて飲み込み、久生はコップを天板に戻す。胸の辺りがかぁっと熱くなったのは酒のせいだろうか。それとも白幕の上で砕けた波頭を思い出したからか。

「びっくりしました！　写真が動くとは聞いていましたが、あんなに大きな幕にはっきり物が映るとは思っていなくて」

「映写幕だな」と鷹成が補足を入れてくれる。

「真っ暗な小屋の中に風景が浮かび上がるようで、それが近づいたり遠のいたりして、自分の足がちゃんと地面についているのかどうかわからなくなりました。それに、人の顔があんなに大きくはっきり映るなんて――」

「金色夜叉のお宮は美人だっただろう?」

映写幕に映し出された女優の美貌に目を奪われたことを言い当てられたようで、久生は頬を赤らめる。実際、活動写真に出てくる俳優たちは容姿の優れた者ばかりで溜息が出た。

「異国の人をあんな間近に見たのも初めてでした」

上演された演目の中には洋画もあった。最初は異国の人たちのはっきりとした顔立ちにどぎまぎしたが、話の筋が進むうちにそんなことは気にならなくなった。

「弁士の皆さんが日本語でセリフを当ててくれるせいでしょうか。僕たちとは見た目も文化も全く違う人たちの話なのに、いつの間にかそんなことも忘れてハラハラしたり応援したりしてしまいました。特に堂島さんが解説をしていた放浪者の話がよくて」

「外国の放浪者が子供を拾う話か?」

そうです、と久生は声を大きくする。

貧民街に暮らす男が、捨てられていた赤ん坊を拾って育てる物語だ。血のつながらない二人だが、長くともに暮らすうちに互いの間には情が生まれる。しかし子供が五歳になる頃、本物の母親が現れて子供を引き取ってしまう。

奪われた子供を取り戻そうと必死になる男の姿を見たときは目頭が熱くなった。

思い出して声を詰まらせる久生をからかうでもなく、鷹成は柔らかく目を細める。

「ああいう場面をやらせると堂島さんの右に出る者はいないな。声色なんかも使えるし」

「そう、そうなんです、途中から堂島さん一人で解説をしてることを忘れてました」

終盤は二人がこのまま離れ離れになってしまうのではと手に汗を握り、大団円を迎えたときは全力で拍手を送っていた。

舞台には苦手意識を覚えていたはずなのに、気がつけば夢中で活動写真を見ていた。最初に動く写真の迫力でがっちり心を摑まれたせいかもしれない。抵抗なく物語に没入できた。

思い出したらまた胸の辺りが熱くなってきて、久生は着物の襟元に指を滑らせた。

「活動写真を見ている間、なんだかとても、不思議な気分になりました」

「どんなふうに？」

鷹成は胸元のポケットから煙草を取り出し、楽しそうに久生を促す。他人の口から活動写真の話が聞けるのが嬉しくて仕方がないとでも言いたげだ。写真館の館長に素人の意見を伝えるのは口幅《くちはば》ったかったが、ほんのりとした酔いも手伝っておずおずと口を開いた。

「活動写真は芝居の一種だと思っていたんですが、歌舞伎のような舞台の芝居とは違うなって……。上手く言えないんですが、お芝居を見ているというより、他人の人生を覗き見ているような気分になったんです」

伝わっただろうかとちらりと横目を使うと、鷹成が満足そうな顔で紫煙《しえん》を吐いた。

「そうだな。舞台の芝居は物語そのものより、贔屓《ひいき》の役者を見に行く感覚が強いからな」

久生は力強く頷く。舞台の芝居には苦手意識を覚えていたはずの自分が活動写真に集中できたのは、もしかするとそれが一番の理由かもしれない。

舞台の芝居を見ているとどうしても生身で動いている役者そのものの存在を意識してしまうが、映写幕に映る人間の姿にはそれを感じることがなかった。

「特に洋画の場合は役者の個人情報がほとんどわからない。俺たちから見ると名前も知らない市井の人間だ。それもあって物語に没入できるのかもしれないな。同じ筋書きの話でも、歌舞伎役者の団十郎《だんじゅうろう》が演じたりしたら感じ方が変わってくるんじゃないか？」

「他人の人生を見ているというより、団十郎がどんな芝居をするかの方に意識が向いてしまいそうですね。無名の役者が演じているからあんなに感動するんでしょうか」

「かもな。まあ、あの放浪者の役者だって自国じゃ団十郎並みの有名人なんだろうが」

煙草を唇で挟み、鷹成はふっと笑みをこぼす。

「活動だって長く見てれば、お前みたいにまっさらな目で鑑賞し続けるのは難しくなる」

「外国の役者の顔を覚えてしまうからですか？」

「それもあるが、活動には弁士がいるだろう。同じフィルムも、弁士の手腕によっちゃ傑作にも駄作にもなる。それだけ弁士の存在は重要だ」

今日の上映を思い出し、確かに、と久生は頷く。

「同じ筋書きでも堂島さんと先生の解説では印象が違いそうですね」

「先生？」と鷹成が眉を上げる。虎彦が正一郎を先生と呼んでいたのでつい口が滑った。慌ててそう説明すると、「虎彦の先生か」と納得顔を向けられた。

「先生の解説も悪くない。子供や年寄りは堂島さんの派手な解説を喜ぶが、しっかり内容を味わいたい客は先生の解説を聞きたがる。あのすらっとした見目に熱を上げて通い詰めてる若い娘も多いぞ」

大げさなくらい抑揚をつけ、情感たっぷりに登場人物のセリフを喋る堂島の解説には臨場感がある。一方の正一郎は理路整然とした語りだ。堂島が上映中ほとんど口を閉ざすことがないのに対し、正一郎は要所要所に解説を挟むだけで沈黙を守る時間も長い。だからと言って物足りなさは感じなかった。むしろ楽士の音楽が効果的に情景を際立たせている。

「それぞれにご贔屓さんがいるんですね」

「どっちもいいところがあるんだが、虎彦は先生の解説が本物だって鼻息荒くしてるな。先生の解説は熱心に聞いてるが、堂島さんが舞台に上がると露骨に嫌な顔になる」

「虎彦さんと堂島さんは、仲が悪いんですか？」

気になっていたことを尋ねると、微苦笑を返された。

「虎彦が一方的に堂島さんに突っかかってるだけだ。堂島さんの解説が気に入らないらしい」

「お客さんは随分盛り上がってましたが……」

「堂島さんは客席の空気を読むのが上手いんだ。客が内容に飽きてきたとみると、台本を無視して勝手なセリフを追加する。即興でも客にそうと悟らせない技量もある。でもそれが虎彦には気に入らない。そういう行為はフィルムを作った人間に対する冒涜《ぼうとく》だと思ってるらしい」

一方で正一郎は台本に忠実だ。大学を卒業しているだけあって博識で、物語の時代背景や、海外の風俗などもきちんと勉強して理解している。だからこそ解説は短くも的を射たものになり、見る者の邪魔をしない。虎彦が目指しているのはそういう弁士であるらしく、楽屋などでよく正一郎に外国の文化について教えを乞うているそうだ。

「それは本当に、先生ですね」

「先生も虎彦も勉強熱心だ。こんな場末の写真館でも懸命に働いてくれるから頭が下がる」

場末だなんてご謙遜を、と笑いかけた久生を遮り、「毎月赤字だ」と鷹成は肩を竦めた。

「あんなにお客さんが入ってるのにですか？」

「木戸銭《きどせん》をかなり安く設定してるからな。そうでもしないと六区から外れたうちまで足を運んでくれる客なんていない。フィルムだって一番館どころか二番館や三番館で上映したものを安く借りてるから数ヶ月遅れで上映することになる。それでも普段の客入りは六割程度だ。今日はたまたま多かっただけで」

「大丈夫なんですか……？」

「しばらくは俺の手持ちを切り崩してどうにかするさ」

赤字続きの写真館に私財を投じているのかと目を丸くする。素性も知らない自分をあっさりと雇ったくらいなので、ある程度経営に余裕があるのかと思っていたが違うらしい。

「大丈夫ではないのでは……？」

そうだな、と鷹成は苦笑を漏らす。

「大丈夫じゃないな。でももう慣れっこだ。ずっとそこにあるものなんてないし、どう足掻いたって俺の手の中には何も残らない」

そう言って、鷹成は焦燥も悲嘆もない顔で緩く笑った。

その表情からは、死に物狂いで写真館を存続させようという熱意がまるで伝わってこない。うっすらとした諦めすら漂っているように見える。

川を流れる浮草のようだ。流れに抗うこともなく、くるくると渦に呑まれて沈んでいく。

それでいて、経営の苦しい写真館を最後まで手放すつもりはないらしい。このままでは身上を潰すかもしれないのに、活動写真はそれほど鷹成にとって魅力的なものなのか。

胸の内の読めない鷹成の横顔を見ていたら、ふいに母親のことを思い出した。

体調を崩して仕事にも行けないくせに、母は贔屓の役者が出ている舞台にだけは行きたがった。今は養生するのが先決だと久生が止めても聞き入れず、熱に浮かされたような顔で芝居小屋へ向かう背中を幾度見送ったことだろう。なぜそれほど、と何度思ったことかわからない。

「……そんなに活動写真が好きなんですか？」

一度舞台にのめり込んだら最後、二度と抜け出せない。そんな底の知れない恐ろしさを思い出して身震いした久生だったが、鷹成から返ってきたのは子供のような満面の笑みだった。

「ああ、好きだ。ガキの頃はジゴマに夢中になった」

弾むような声に悲観的な響きは一切ない。それどころか、「知ってるか？」と久生に肩を寄せてくる顔は本当に楽しそうだ。

久生は無言で首を横に振る。ジゴマとはまた不思議な響きの単語だが、異国の言葉だろうか。それとも人の名前か、あるいは何かの隠語かもしれない。

とっておきの秘密でも打ち明けるような鷹成の表情を見ていたら胸に広がりかけていた不安が引いて、代わりに仄《ほの》かな好奇心が膨らんだ。

「ジゴマって、外国の言葉か何かですか？」

水を向ければ、待ってましたとばかりに鷹成が口を開く。

「ジゴマはパリを暴れ回る覆面怪盗の名前だ。写真の題目もそのまま『ジゴマ』。なかなかきわどい内容で、子供に悪影響があるっていうんで上演禁止になったこともある。それでも夢中になったたな。未だに弁士のセリフも覚えてるぞ。『花のパリーかロンドンか、月が鳴いたかホトトギス』ってな」

喧騒に満ちた居酒屋でも鷹成の低い声はよく通る。続きをせがんで思わず身を乗り出した。

「『パリー市民を恐怖で震え上がらせる神出鬼没の怪盗団。現場に残るはゼットの一字、果たしてゼットとは何か？』……なんてな」

さすがに照れくさくなったのか俯き気味に笑う鷹成に、久生は拍手を送る。鷹成の隣に座っていた客も「お、兄さんやけに声がいいけど活弁か？」と赤ら顔で声をかけてきた。

「さっきの口上、ジゴマだろう？　懐かしいな」

鷹成に話しかけてきた男のさらに隣の男も身を乗り出して話に加わってくる。狭い店内で客同士が言葉を交わすのは珍しくもないのか、鷹成もすぐさま会話に乗った。

「ガキの頃はジゴマばっかりだった。女ジゴマも好きだったし」

「ジゴマ気取りで玩具の銃を振り回して、新聞に載った奴もいたな」

「日本でも似たような筋で和製ジゴマを作ってたが、やっぱり本家には敵わなかったな」

同年代なのか、鷹成と隣の客は楽しそうにジゴマの話に興じている。話題は当時流行していた活動写真の話に移り、最近の上映作品や役者についてなだらかな山裾のように広がって、だんだん会話に参加する客も増えてきた。

話に入ることはできないものの、白熱する会話を聞いているのは面白い。ちびちびと酒を飲みながら店内の様子を眺めていたら、横から突然鷹成に肩を抱き寄せられた。

「こいつは今日、生まれて初めて活動を見たんだ。感想はどうだった？」

互いの体が密着して、ひぇっと情けない声を出してしまった。見れば鷹成の隣にいる客も興味津々で久生の言葉を待っていて、水を差すのも申し訳なくしどろもどろに答える。

「ええと……金色夜叉のお宮が、素敵でした」

「ああ、わかる！」

「外国のお話も初めて見て、放浪者が赤ん坊を拾う……」

「見た！」

「俺も一番館で見た！　まだやってるところがあるのか！」

思いがけず客は盛り上がり、どうだった、どこがよかったと久生に詰め寄ってくる。鷹成はすでに久生の感想を聞いているはずなのにやっぱり楽しそうに返答を待っていて、本当に活動写真が好きなんだな、と実感した。

久生のたどたどしい感想を満足そうな顔で聞き終えると、鷹成はますます強く久生を抱き寄せて周囲の面々に言い放った。

「俺はこいつにジゴマを見せてやりたい。あまりに過激な内容に、きっとこいつは卒倒する」

久生を指さして鷹成がそう口にした途端、他の客がドッと声を上げて笑った。

「そんな品のよさそうな坊ちゃんが見たら確かに倒れるかもしれん」

洋服でも着ているならともかく、古びた着物を着ているのに品がいいなどと言われてうろたえた。自分のどこがと頬を触っていると、鷹成が久生の耳元に口を寄せてきた。

「隠しても育ちのよさはバレるもんだな、坊ちゃん」

耳朶《じだ》にふっと息がかかり、とっさに片手で耳を覆っていた。見る間に耳が熱くなる。

肩にはまだ鷹成の腕が回されたままだ。元来気安い人なのだろう。だが、のしかかる腕の、母親のそれとは違うずしりとした重さにどうも慣れない。

恐る恐る目を上げれば、機嫌よさそうに笑う顔が思ったより近くにあって慌てて目を伏せた。耳朶だけでなく鷹成に抱き寄せられた肩まで熱を帯びていくようで、そんな自分の反応に困惑して耳をこする。

「ぼ……坊ちゃんは、やめてください」

もう何度目になるかわからない訴えに、鷹成はおかしそうに笑っただけだった。


久生が写真館で働き始めてから一週間が経った。

仕事内容は館内の掃除と中売り、ビラ配りにもぎりなど雑用がほとんどだ。

写真館の人々は久生が元華族だという嘘をすんなり受け入れてくれたらしく、真偽のほどを追求しようとする者は誰もいない。むしろ触れてはいけない話題だとでも思っているのか、以前の暮らしぶりについて尋ねてくる者すらいなかった。

陰日向なく働く久生に従業員たちは概《おおむ》ね好意的だが、堂島だけは未だに久生を胡散くさく思っているのか必要最低限しか関わろうとしない。廊下ですれ違う際に挨拶などしても無視される。それでも表立って嫌がらせなどされないだけましだ。母と暮らしていた長屋の住人たちと比べれば、実害などないに等しい。

不安だったのは芝原たちの存在だが、鷹成が上手く撒いてくれたおかげか写真館まで久生を探しに来ることもなかった。おかげで意外なほど平穏な日々が続いている。

十月も終わりに近づくと、鷹成から給料袋が手渡された。

開館前に事務所で給料袋を受け取った久生は、膝に額がつくほど深く鷹成に頭を下げた。

「日割りだからそんなに入ってないぞ」と苦笑されたが、身元を偽っている自分をあっさり受け入れ、他の従業員たちと同じように給料まで払ってくれるのだ。鷹成には感謝しかない。

「早速ですが、鷹成さんにお借りしていたお金をお返ししたく……」

「ん？　そんなもん貸した記憶はないが」

「ご飯を食べに連れて行ってくれたり、銭湯に連れて行ってくれたりしたじゃないですか」

鷹成が写真館の二階を提供してくれたおかげで寝場所だけはどうにか確保できたものの、それだけでは人間は生きられない。食事をしなければ倒れるし、湯を浴びなければ清潔さを保てない。一銭の手持ちもなく途方に暮れていた久生のために、今日まで鷹成はなにくれとなく自分の財布を開いてくれていた。

早速袋から金を出そうとしたが、「いらん」と呆れ顔で言われてしまった。

「夕食も銭湯も、俺が無理やりお前を連れ回してただけだ」

「でも、朝ごはんだっていつも餡パンを……」

「あんなもん前日の売れ残りだぞ。いいからしまえ」

どうあっても受け取る気のなさそうな鷹成にもう一度深く頭を下げ、もらったばかりの給料袋を胸元に引き寄せた。トキから帯留めを買い戻すためにも、大事に貯めなくては。

「そうだ、これも渡しておくから仕事中に着てくれ」

鷹成が机の脇に手を伸ばす。昨日まで小道具置き場に保管されていた背負い籠に放り込まれていたのは数着の洋服だ。差し出されるまま受け取ってしまい、久生は慌てふためいた。

「服なら鷹成さんから頂いたものがあるので十分です……！」

「あれはこの小屋の前の主人が置いていった着物を取り急ぎ渡しただけだ。どれもこれも年寄りくさくてお前には似合わん。洋装にしろ」

「でも、お金がありません」

「心配しなくても金はとらない。どうせ古着だ。お仕着せ代わりにとっておけ」

久生は腕に抱えた服に目を落とす。古着と言いながらも綺麗な洋服ばかりだ。

じっと洋服を見下ろしていると「どうした」と鷹成に声をかけられた。

「気に入らなかったか？　無難な色を選んだつもりだったが、別の物でも……」

鷹成の手が洋服に伸びて、久生は慌てて服を胸に抱き寄せた。

「気に入らないなんてそんな！　むしろ、こんな、嬉しくて……」

この写真館に転がり込んできたときは無一文で、着替えの一枚も持っていなかった。古い着物を貸してもらえただけでも十分ありがたかったが、写真館で働いているときは自身の身なりが気になることもあった。

弁士や楽士、それに館長である鷹成は、舞台に上がる手前それなりに見栄えのする格好をしている。虎彦でさえぶかぶかながら背広を着ているくらいだ。そんな中、一人継ぎだらけの着物を着て中売りをするのは、ほんの少しだけ気恥ずかしかった。

「僕は舞台に立つわけでもないので、本当はこの着物でも十分なんですが……」

着物を抱きしめたまま俯き気味に胸の内を口にすると、頭に温かな重みがかかった。

いつの間にか椅子から立ち上がっていた鷹成が、久生の頭を撫でながら口を開く。

「俺の趣味につき合わせてるだけだ。お前は洋装の方が似合う」

こういうときにつくづく思う。鷹成の言葉には恩着せがましいところがない。

しばらく一緒に仕事をしてみてわかったが、鷹成は意外に細やかな気が回る。個性豊かな従業員が集まったこの写真館がつつがなく運営できているのは、いつも大らかに笑っている鷹成が潤滑油になってくれているからではないかと思うほどだ。

鷹成に頭を撫でられているせいでそれ以上頭を垂れることができず、久生は顎を引くようにして「ありがとうございます」と礼を述べた。

せっかくなので、鷹成からもらった服に着替えてから久生は朝の掃除を始めた。

「お、久生いい服着てるじゃん」

あとからやってきた虎彦もすぐ服に気づいてくれて、久生は満面の笑みで頷く。

「鷹成さんにいただきました。どうでしょうか？」

「いいじゃん、似合ってる」

最初こそお役御免とばかり久生に掃除を押しつけていた虎彦だが、いつの間にか毎朝掃除を手伝ってくれるようになっていた。本人曰く「久生は掃除が丁寧すぎて、あれじゃ上映時間になっても終わらない」とのことだ。誰に言われたわけでもなく久生を案じてくれたらしい。

毎日一緒に掃除をしていると、自然と会話の回数も増える。最年少の虎彦と久生は一番年が近いこともあり、すっかり親しく口を利く仲になっていた。

「でもあんた、せっかくいい服着てるんだから髪くらい整えとけよ。ぼさぼさだぞ」

言われて慌てて髪を撫でつける。洋服に着替えた後、真っ先に鷹成に見せに行ったらまた頭を撫でられたので、きっとそのとき乱れたのだろう。

「鷹成さんって、やけに人の頭を撫でてきますよね」

髪を整えながら前々から思っていたことを口にすると、虎彦にきょとんとした顔をされた。

「頭？　館長が？」

「はい。ことあるごとに、こう、わーっと」

「俺、館長からそんなことされたこと一回もないけど」

今度は久生がきょとんとする番だ。あまりに頻々《ひんぴん》と頭を撫でられるので、鷹成の癖のようなものだと思っていたのだが。

「子供扱いされてんじゃねぇの？」

「一応僕、虎彦さんより年上なんですが……」

「年関係なく、久生はなんかふらふらしてて危なっかしいからなぁ。そうじゃなかったら、よっぽど気に入られてるとか」

「えっ、ぼ、僕がですか？」

驚いて声がひっくり返ってしまった。そんな久生を見上げ、虎彦はにやりと唇の端を持ち上げる。

「館長、意外と動物とか好きだから。犬扱いされてんのかもな」

犬扱いかと苦笑したが、鷹成に遠慮なく頭を撫でられるのは嫌ではない。むしろ好きだな、などと思ってしまい、こういうところが犬扱いされる原因か、と久生はこっそり反省した。

掃除を終えて虎彦と別行動になってからも、毎朝配達されるラムネやパンを事務所で受け取ったり、演者たちに茶を出したりと仕事は尽きない。

開場の時間が近づく頃、楽屋に顔を出してみると弁士の正一郎が今日使うのだろう原稿の確認をしていた。その傍らには虎彦の姿もある。

「おはようございます、先生」

化粧台と座卓、茶箪笥が一つあるばかりの狭い楽屋に足を踏み入れた久生は、万が一にも原稿を汚さぬよう座卓の隅に湯呑を置く。

すっかり原稿に没頭していたらしい正一郎はその振動に肩を跳ね上げ、あたふたと顔を上げた。湯呑に気づくと、俯き気味に低い声でぼそぼそと礼を述べた。

舞台の上では絵に描いたような好青年の正一郎だが、一歩舞台を降りてしまえばこの通り、滅多に相手と視線を合わせなくなってしまう。あまり他人と接するのが得意でないらしい。それでよく弁士として舞台に立つ気になったものだと思うが、明かりの落ちた場内では観客の顔がよく見えないので逆に喋りやすいそうだ。

正一郎は湯呑に手を伸ばすと、目を伏せたままおずおずと口を開いた。

「……君まで僕を、先生と呼ぶのかい？」

「だって先生は先生だもんな」

久生たちの会話に横から口を挟んできたのは虎彦だ。正一郎はそれを喜ぶどころか俯いて、片手で顔を隠すように眼鏡の中央を押し上げた。

「最近、館長まで面白がって僕を先生なんて呼ぶんだ。そんな偉いものじゃないのに……」

「いやいや、実際偉いだろ。こんなちゃんとした原稿書いてくるんだから！」

弁士の読む原稿はすべて本人たちが用意してくる。同じ作品でも、堂島と正一郎ではまるで解説が違うことも珍しくない。観客はそれを面白がって、同じ作品の上映中も何度も写真館に足を運ぶのだ。

「それより先生、ちょっと聞きたいことがあるんだけど……」

虎彦がズボンのポケットから小さな手帳を取り出した。普段から、虎彦は疑問に思ったことを手帳に書きつける癖があるらしい。

虎彦が手帳を開くなり正一郎の顔つきが変わった。緩く曲がっていた背筋が伸び、不明瞭だった声に芯が通る。

「『イントレランス』に興味があるの？　あれは壮大な物語だけど、なかなか理解するのは難しい内容だと思うよ」

久生にはさっぱり耳馴染みのない横文字が出てきたが、どうやら海外の活動写真の話らしい。

正一郎は俯いていたときとは別人のように生き生きとした表情で眼鏡のつるを押し上げる。

「あれは四つの時代の物語が交差するんだ。『アメリカ編』『ユダヤ編』『バビロン編』『フランス編』ってね。並列的にシーンを展開させていくから複雑なんだよ。国の歴史から人類の歴史にまで話が広がる。傑作だとは思うけど、一度ですべてを理解するのは難しいんじゃないかな。キリスト教についての知識もないといけないし——」

活動写真の話になった途端、舞台の上にいるかの如《ごと》く正一郎の口調は滑らかになる。立て板に水を流すような勢いだ。それでも虎彦は怯むことなく必死で手帳に正一郎の言葉を書き留めようとしていて、そんな二人の様子に久生は目元を和らげた。

「なんだか本物の先生と生徒みたいですね。虎彦さんのご家族も、こうして手取り足取り勉強を教えてくれる人がいると知ったら安心するんじゃないですか？」

虎彦は進学を望む家族の反対を押し切ってこの写真館で働いているらしい。そのせいか、虎彦の家族らしき人たちがこの写真館にやってきたところを久生は見たことがない。

しかしこうして正一郎と勉強していることを知れば、虎彦の家族だって写真館に対する見方が変わるのではないか。そう思ったが、虎彦は口ごもって顔を伏せてしまう。

正一郎もそれに気づいたのか、それまでの快活な語り口が嘘のように声を落とした。

「久生さん、僕は虎彦君の先生になれるほど立派な人間ではありませんから、虎彦君のご家族を安心させられるかどうかは……」

「あ、違う先生、別にそういう話じゃなくて」

虎彦は慌てたように顔を上げるが、正一郎と目が合うとなんだか後ろめたそうな顔で視線を逸らしてしまう。

「せ、先生は、大学まで行ってる立派な人だろ。それに比べたら俺は、俺なんて……」

「いいんだよ、無理しなくても」

口ではそう言ったものの、正一郎は気落ちした表情で俯き気味に眼鏡を押し上げる。虎彦はもどかしそうに「だから、本当にそういうんじゃなくて……」と繰り返すものの、何がどう違うのかは一向に言葉にしようとしない。

思ったことをすぐ口にする虎彦がこんなふうに口ごもるのも珍しい。どうしたのだろうと不思議に思っていると、楽屋の襖がすらりと開いた。

現れたのは鷹成だ。いつになく真剣な顔で「力也を見なかったか」と尋ねられ、久生と虎彦は顔を見合わせる。言われてみれば、今日はまだ力也の顔を見ていない。いつもなら二人が客席の掃除をしている最中に現れ、無言で会釈をして映写室に入っていくのに。

「寝坊でもしたんじゃねぇの？」

「……それだけだといいんだけどな」

背広のポケットから懐中時計を取り出した鷹成は険しい表情だ。気になって、久生も鷹成と一緒に楽屋を出た。

「力也さんがこれまで寝坊をしたことは？」

廊下を歩く鷹成の背中に問いかけると、「ないな」ときっぱり返された。

「無断で休んだことも一度もない。この写真館を始めた頃なんて、朝起きられなかった俺の代わりに写真館の入り口を開けてもらってたくらいだ。未だに鍵はあいつに預けてある」

言われてみれば、力也は毎朝写真館の入り口から現れる。他の従業員は楽屋がある居住区の玄関から入ってくるのに。あれは入り口の鍵を鷹成から預かっていたからか。

鍵を預けるなんて、鷹成が力也に全幅の信頼を寄せている証拠だ。いつもより少し到着が遅れただけで顔色が変わるのも無理はない。力也の身に何かあったのだろうか。

大股で廊下を歩く鷹成の背中を追いかけながら、ふと頭を過ったのは芝原たちの存在だ。

これまでなんの音沙汰もなかったのでこのまま逃げ切れると思っていたが、もしかするとこちらの居場所を突き止められて、力也はそれに巻き込まれたのではないか。

（どうしよう、僕のせいで写真館に迷惑をかけることになったら……）

芝原たちに見つかることを恐れるより、写真館の面々に被害が出ないことを祈っている自分に久生は気づく。ここで働くことになったのは単なる成り行きでしかないが、鷹成を筆頭に活動写真に夢中になっている従業員たちと一緒に仕事を続けるうちに、久生にとってもこの場所は大切なものになりつつあるのだ。

早鐘を打つ心臓を胸の上から押さえて舞台袖を下りた久生だったが、前を歩いていた鷹成が突然床を蹴って走り出したのでぎょっとした。

客席を斜めに突っ切った鷹成は、脇目もふらず二階席に上がる階段に向かって駆けていく。その姿を目で追った久生は、階段の途中で倒れている力也に気づいて飛び上がった。

「り、力也さん……！　どうしたんですか！」

力也はうつ伏せに倒れたまま動かない。道中で誰かに襲われたのか。いよいよ芝原の魔の手がここまで伸びてきたのかと顔を強張らせていたら、力也の顔を覗き込んでいた鷹成が険しい顔でこちらを振り返った。

「久生、楽屋から他の連中を呼んできてくれ。俺一人じゃ運べない」

「わ、わかりました……。あの、傷の手当などは……」

「傷？」と鷹成は眉を上げる。暴漢に襲われたのではないかと恐る恐る尋ねると、鷹成の顔がふっと緩んだ。

「そんな心配してたのか？　力也ほどの大男がそう簡単にやられるわけないだろう」

鷹成は久生を手招きすると、力也を指さし「触ってみろ」と不思議なことを言う。

わけもわからぬまま、今日も今日とて肌着一枚で現れた力也の背中にそっと触れてみた。シャツは汗で濡れていて、指先から伝わってくる体温はひどく熱い。それに呼吸も荒いようだ。

まさかと目を見開いた久生に、鷹成は苦笑交じりに言った。

「鬼の霍乱《かくらん》ってやつだな」

傍らで、発熱のせいか顔を真っ赤にした力也が「面目ない」と低く呟いた。


楽屋にいた虎彦と正一郎も呼んできて、四人がかりでなんとか力也を楽屋まで運びこんだ。

「夏も終わったっていうのにそんな格好してるから風邪ひくんだよ」

ありったけ並べた座布団の上に力也を寝かせ、その上から乱暴に掛布団をかけた虎彦は呆れた口調で言う。当の力也は昏々《こんこん》と眠ってしまい虎彦の声にも反応しない。

「そうでなくても最近質《たち》の悪い風邪が流行ってるらしいからな。お前らも気をつけろよ」

鷹成が額の汗を拭いながら言う。正一郎も肩で息をしながら鷹成に尋ねた。

「今日の上映、どうするんですか……？」

映写技師の力也が倒れてしまっては活動写真の上映ができない。

部屋の入り口に立っていた鷹成は乱れた前髪をかき上げて一つ息をつくと、おもむろに背後を振り返った。

「仕方ない。今日は俺とお前でどうにかするぞ」

狭い楽屋に入りきれず廊下で事の成り行きを見守っていた久生は、自分が鷹成に話しかけられていることを悟って目を丸くした。

「え、僕、あの、映写機のことは何も……」

「心配するな、すぐ覚えられる。早速フィルムを運ぶから手伝ってくれ。もう時間がない」

言うが早いか鷹成は廊下を歩き出してしまい、慌ててその後を追いかけた。二階のフィルム置き場に到着すると、桐の箱から取り出したフィルム缶を手渡され、慎重に受け取る。

「あの、でも、映写技師って何か特別な知識が必要なのでは……」

「そうだな。教えてやるからしっかり覚えろよ」

そんな簡単な話なのかと重ねて尋ねようとしたら、手にした缶の上にもう一缶、さらにもう一缶重ねられて腕が抜けそうになった。

「ほら、大事なもんだ。映写室まで落とすなよ」

いつになく真剣な声で言われ、久生は缶を持つ指に力をこめる。

二階から一階に下り、舞台の袖から客席に下りてまた二階へ。重たいフィルムを抱えた腕を震わせながら映写室までやってくると、途中で久生を追い抜いて別のフィルムを運んでいた鷹成が部屋の扉を開けてくれた。

重たい鉄の扉の向こうは四畳ほどの小部屋だった。部屋の隅には薬品らしき小瓶が並んだ棚が置かれ、壁際に据えつけられた長い木机にフィルムが並んでいる。

フィルムの隣に、黒い鉄の箱のようなものがあった。長方形で、前方に突き出た筒状のものがついており、後方にはレバーやボタンと思《おぼ》しきものが複数ついている。複雑な形をしたそれを見て、もしやと久生は声を上げた。

「それが映写機ですか?」

機関車を小さくしたような機械、と虎彦が言っていた意味がわかった。全体が艶やかに黒く、無骨な直線で構成されたその姿は、力強く線路を走る機関車を連想させた。

目を丸くする久生を見て、鷹成は子供が自慢のおもちゃを披露するような顔で口元を緩めた。

「そうだ。ここがレンズで、こっちから明かりが出る。フィルムはこの台にかけて、下のハンドルを回すとフィルムが巻き取られて写真が動く仕組みだ」

映写機の前にはフィルムをかける台座と、手回し式のハンドルがついている。久生はまじまじとハンドルを見詰め、半信半疑で尋ねた。

「まさか上映中、ずっとハンドルを回しっぱなしなんですか?」

早速フィルムの缶を開け、慣れた手つきでフィルムを台座にかけながら鷹成は頷く。

「デカい写真館には電動モーターつきの映写機もあるらしいが、うちみたいな場末の小屋じゃそんな高価なもの使えないからな。全部手動だ。力也は一日中文句も言わずハンドルを回してくれるから頭が下がる」

活動写真は、長いものなら上映に一時間以上かかる。大変な作業だ。

ふと目を上げると、映写機の前の壁に小さな穴が開いていることに気づいた。あの穴から舞台をめがけて映写機の光を飛ばすらしい。他にもいくつか壁に開いた穴は、きちんと幕に写真が映っているか映写技師が確認するための小窓だそうだ。

窓から客席を見下ろすと、すでに最初の客が館内に入ってきたところだった。

「鷹成さん、もう中売りに行かないと……！」

「わかった。フィルムの準備は俺がやっておく。ある程度商品がさばけたら残りは虎彦に任せて戻ってきてくれ」

鷹成の指示に従い、久生は慌ただしく映写室を飛び出した。

その後はもう、息をつく暇すらない。

どんどん人が増える客席でパンやラムネを売り歩き、上演が近くなる頃再び映写室に駆け戻る。入れ違いに鷹成が映写室から飛び出して「挨拶に行ってくる」と階段を駆け下りていった。

館内の明かりが落ちて、舞台に鷹成と堂島が現れる。挨拶が終わったと思ったら再び鷹成が階段を駆け上がって映写室に飛び込んできた。映写機の使い方など何も教わっておらず右往左往するばかりの久生に脱いだ背広を押しつけ、映写機の横の丸椅子に腰かける。

「とりあえず、虎彦のフィルムは短いから掛け替えの必要はないな」

独り言のように呟いて鷹成が映写機の電源を入れる。真っ黒な映写機に開いた小さな穴から眩しい光が漏れだして、久生は思わず目を眇めた。

鷹成は立ち上がって小窓から舞台を見下ろす。レンズのピントを調節しているようだ。調整が済むと、軽く手を上げて上手に並ぶ楽士たちに合図を送った。

舞台の始まりを告げる拍子木の音がして場内の明かりが落ちる。下手にある演説台の前で虎彦が口上を述べ、楽士が音楽を奏で始めた。

「さあ、始まりだ」

鷹成がハンドルを回すと、舞台に下げられた映写幕の上で滑らかに写真が動きだした。

いつもより遠く響く音楽に、カタカタとハンドルを回す規則正しい音が重なる。小窓から舞台を見詰めていると、鷹成がのんびりと口を開いた。

「後は一定の速さでハンドルを回すだけだな。次はお前にもやらせてやる」

「えっ！　いや、無理ですよ急に、練習もなしで……」

「練習だったらフィルムを交換するときにやらせてやる。一秒で二回転させれば大丈夫だ」

「その感覚がわかりません……！」

「俺に一日中ハンドルを回せっていうのか？」

人使いの荒い奴だな、などと苦笑されてしまったが、勝手のわからない素人がハンドルを回すよりずっとましだ。万が一にも失敗などしたら、金を返せと客から暴動を起こされかねない。

それに、なんだかんだと言いながらハンドルを回す鷹成は楽しそうだ。小さな窓から舞台を確認して、ときには観客と一緒に笑っている。

（……よっぽど活動写真が好きなんだなぁ）

鷹成の横顔を盗み見ていたら「そろそろフィルム交換だ」と声をかけられた。

「次のフィルムは壁際の台に置いてある。左から順番に渡してくれ。虎彦のはいいが、先生や堂島さんのフィルムは三巻、四巻あるからな。順番を間違えるなよ、筋がバラバラになる」

本日正一郎が弁士を務める洋画は全三巻。一巻目のフィルムを回しながら、鷹成は次のフィルムに目を向ける。

「なるべく手早くフィルムを交換したいんだが、フィルムの替え方はわかるか？」

まさか、と首を横に振ると、「じゃあお前がハンドルを回せ」と言い渡された。

「そ、それも無理です……！」

「そうは言っても他に手の空いてる奴がいないからなぁ」

真っ青になる久生とは対照的に、鷹成はのんきに笑っている。その上一巻のフィルムが終わりに近づくと椅子から立ち上がり、久生の腕を摑んで本当にハンドルを握らせてきた。

「ほら、回せ。手を止めると舞台の写真も止まっちまうぞ」

「ま、ま、待ってください、うわ、ほ、本当に……!?」

ハンドルを摑む久生の手に鷹成の手が重ねられる。大きな掌が久生の手ごとハンドルを摑み、その力強さにどきんと心臓が跳ね上がった。

「よし、そのまま回し続けろ。離すぞ、いいな？　止めるなよ。フィルムはセルロイドでできてるから燃えやすい。回転速度を一秒間に八コマ以下に落とすと引火する場合もある」

「そ、そんな話、初耳なんですが……！」

「だから今教えてやっただろう」

鷹成の手が離れた瞬間、不安で小さく悲鳴を上げてしまった。だが、ぎこちないながらもハンドルを回せばきちんと写真は動いてくれる。自分が手を止めたら上映が台無しだ。冷や汗をかきながら必死でハンドルを回す間に、鷹成が次のフィルムを用意する。

一巻のフィルムが終わってハンドルから手を離したときには、指先に力を入れすぎていたせいで関節ががちがちに固まっていた。ふらつく足取りで椅子を立つと、フィルムをかけ替えた鷹成が空いた椅子にすぐさま腰を下ろす。

「よくやった。続きは俺がやる」

二巻目のフィルムが回り出したのを確認し、久生は恐る恐る客席を見下ろした。自分がハンドルを回したせいで写真の動きが悪くなったのではと案じたが、特に不満を訴え立ち上がる客はいないようで胸を撫で下ろす。

同じ要領で次のフィルムも交換の間際だけ久生がハンドルを握り、全三巻の物語は無事に終

わりを迎えた。

休憩を挟み、最後は主任弁士である堂島が舞台に上がる。

「次はなかなかの難物だぞ」

「よっぽど長いんですか……？」

ほとんどハンドルを回しっぱなしの鷹成とは違い、久生はその隣に立っている時間の方が長いのだが、気が張り詰めているせいですでに疲労困憊だ。一方の鷹成は疲れも見せず、難物と言いながらもやっぱり楽しそうに笑っている。

「長くはないが、堂島さんの解説は癖があるからな」

上映が始まってすぐ、鷹成のハンドルの回し方がこれまでと違うことに気がついた。

虎彦や正一郎の上映の際は規則正しく一秒間に二回転を守ってきたのに、堂島の上映中だけはハンドルの動きが不規則になる。急に回転が速くなったと思ったら、今度は目に見えてゆっくりとハンドルを回し、またいつもの規則正しい動きに戻る。

「そんなに速くしたり遅くしたりして大丈夫なんですか？」

「いい。今回は堂島さんの解説に合わせて写真を動かしてる」

そう説明してくれる鷹成の声はこれまでよりも小さい。堂島の声を聞き逃さないよう耳をそばだてているせいだろう。

堂島は男女が語り合う場面に入ると声色を使い情感たっぷりに解説するので、自然と言葉数が増える。それまでと同じ速さでハンドルを回していては映像だけが次の場面へ進んでしまうため、わざとハンドルの回転を遅くしているのだ。逆にチャンバラの場面などは堂島の口調がまくし立てるような勢いになるので、ハンドルの回転数も上がる。

「てっきり弁士の皆さんは、尺に合わせて原稿を用意してるんだと思ってました」

「先生なんかはそうしてるぞ。でも堂島さんは尺なんて気にせず自分の気持ちのいいようにやる。得意な場面は長くなるし、興味のない場面はとっとと飛ばす」

「音楽はどうしてるんですか？」

「そこは楽士の即興だ。なんだかんだ場面に収まるようにこなしてくる」

弁士も楽士も、そして映写技師も、全員が専門職の人間なのだ。

好きが高じて写真館の館長になるなんて浮世離れなことをしている鷹成でさえ、こうして映写室でハンドルを握るときは真剣な表情になる。その足はきちんと地についている。

芝居にのめり込んだ挙句、ふわりと地面から足が浮いてしまった母とは違う。

（架空の物語に夢中になっても、夢に呑まれず生きていくことだってできるんだな）

舞台に視線を注ぐ鷹成の横顔を見ながらそんなことを思っていたら、物語の終わりを告げる堂島の声が場内に響き渡った。

朗々たる節回しに、客席から万雷の拍手が注がれる。

夏の盛りの驟雨《しゅうう》のようだ。芝居小屋の壁や屋根が小さく震え、一階で渦巻く観客の熱気が二階まで上がってくる。

「久々にこんなに長いことハンドルを回したな。腕がパンパンだ」

客席の熱狂に見入っていた久生は、ハンドルから手を離した鷹成が発した声で我に返る。

「一人で午前中ずっとですもんね。お疲れさまでした」

「一人じゃない。お前も一緒だったろう。俺がフィルムを交換する間はお前がハンドルを回してるんだ。この拍手はお前にも向けられてるもんだぞ」

目顔で客席を示され、驚いた。

上映後も拍手が鳴りやまないのはいつものことだが、久生はそれを、自分とは無縁の華やぎだと思っていた。観客が惜しみない拍手を送るのは舞台に携わる人たちで、客席の掃除をしたり、飲み物や食べ物を売り歩いたりするだけの自分には向けられない。

だが、今日は久生も映写機のハンドルを回した。自分も上映に関われたのだ。

「……僕、初めてこの写真館の従業員なんだって実感しました」

独白じみた声で呟いたら、鷹成に噴き出された。

「毎朝あれだけ熱心に客席を掃除して、ビラも配ってるくせに今更か？」

「でも、上映のことは何も……」

「映写機が回ってる時間だけがすべてじゃない。ゴミ一つ落ちてない居心地のいい客席で、ビラを眺めたり菓子をつまんだりしながら上演を待つ時間も楽しみの一つだ。お前が普段やってることだって、写真館に来る客をもてなす重要な仕事なんだぞ」

単なる雑用でしかないと思っていたが、あれは客をもてなしていることになるのか。自分も大切な仕事を担う、この写真館の一員なのか。

胸の奥がふわっと温かくなって、久生は唇を引き結ぶ。そうしないとむずむずと唇が緩んでだらしない顔になってしまいそうだ。

なんとなく、自分はこの場所を間借りしている部外者のような気分が抜けなかった。それでいて、力也が倒れたときは自分のことすら差し置いて写真館の心配などしてしまう。

雑用しかこなしていない自分が当事者意識を持つのもおこがましいのでは、と気後れしていただけに、鷹成から従業員と認めてもらえたようで嬉しかった。

隠そうとしてもどうしても口元が緩んでしまう久生を見て、鷹成はいつになく優しい顔で笑って椅子を立った。

「そんなふうに思ってたんなら、お前も映写機の使い方を覚えてみるか？　今回みたいに力也が急に寝込むことだってあるかもしれないしな」

言うが早いか、鷹成に腕を引かれ映写機の横の椅子に座らされた。

「こ、壊したりしないでしょうか？」

「逆向きに回したりしない限り大丈夫だろ。ほら、そうびくびくするな」

後ろから両肩に鷹成の手が置かれてどきりとした。門外漢の自分が触って壊したりしないかという不安はあったが、今回のようなことが今後もないとは言い切れない。覚悟を決め、そろりとハンドルに手をかけた。

「そのまま回してみろ。一秒間に二回転だ。……それだとちょっと遅いな」

もう少し速く、今度は速すぎる、と後ろから指示が飛ぶが、どうしても一秒間に二回転という感覚が理解できない。それに、両肩にずしりと置かれた鷹成の手が気になる。腕が回しにくいわけではないのだけれど、妙に意識してしまって動きがぎこちなくなった。

「意外と人に教えるのは難しいもんだな。これくらいなんだが」

鷹成の声が耳元に近づいたと思ったら、ハンドルを握る手に鷹成の手が重なった。

危うく声を上げそうになった。上映中は観客の前で写真を止めないようにと必死で照れている暇もなかったが、もう客席に目を配る必要もない。こんな状況では鷹成の掌から伝わってくる体温もしっかりと感じ取れてしまい、心拍数が急上昇する。

「これくらいの速度だな。しばらく回してれば体で覚えるだろ」

「は、はい……っ」

動揺して声が裏返った。事務所で鷹成が吸っている煙草の匂いや、髪を整える練香油の甘い匂いが鼻先をくすぐって、常になく近いところに鷹成がいるのを意識してしまう。

自分でもどうして心臓がうるさく騒ぐのかわからず、余計なことは考えまいと無心でハンドルを回し続けた。しばらくすると鷹成の手が離れ、「その調子だ」と背後から声がかかる。

「ちょっとそのまま練習してろ。俺は力也の様子をみてくる。もしあいつが回復してなかったら午後もお前に手伝ってもらうからそのつもりでな」

久生は背後も振り返らず、「はい！」と威勢のいい返事をした。しばらくは規則正しくハンドルを回し、白壁に開いた小さな窓から鷹成が舞台の袖に消えていくのを見送るや、ぐったりと肩を落とす。

（な、なんだか凄く、緊張した……）

まだ手の甲に鷹成の手の感触が残っているようで落ち着かない。ずっと背後に立たれていたせいか、背中もそわそわする。

項垂《うなだ》れた顔を起こすとふっと空気が動いて、鷹成の残り香が鼻先を過った。それだけでまた心臓が妙な具合に脈打ち始め、シャツの上から胸を押さえた。

これは一体なんだろう。急に映写室に連れ込まれ、極度の緊張状態でフィルムを準備したりハンドルを握らされたりした直後だから、頭も体もまだ興奮が冷めやらないのか。

わけもなく熱が集まってくる頬を掌で扇ぎ、久生は一人首を傾げた。


十一月に入り、久生が写真館にやってきてから半月が経過した。

十月の終わりに風邪で寝込んだ力也は幸いすぐに回復し、もう久生が映写機のハンドルを握ることもない。せっかく鷹成に教えてもらったのに惜しいような気もするが、常に客席の目にさらされる映写機の操作など、小心者の自分には向いていないのも事実だ。

代わりに最近、上映後のフィルムを巻き直して缶に戻す作業を任されるようになった。

作業は映写室で行われる。映写室には常に力也がいて、挨拶をすれば会釈などしてくれるが会話はほぼない。とにかく体が大きな人なので、黙り込まれると威圧感が凄まじい。

最初は緊張したが、久生がフィルムを巻き戻す作業に難儀していたりすると言葉少なに指示をしてくれたりする。いつも真顔なのも、最低限の言葉しか口にしないのも、怒っているわけではなく普段からそうした態度で他人と接しているのだとわかってしまえば、不必要に力也に怯えることもなくなった。

楽屋にお茶を出しに行けば老齢に差し掛かった楽士たちが孫でも見るような目で迎えてくれるし、写真館の従業員たちとは良好な関係を築けている——とは一概に言えないのが、目下の悩みだ。

「お前、電気をつけることもろくにできないのか？」

一日の上映を終え、舞台の袖口から客席に下りようとしていた久生の背中に不機嫌な声がかかった。振り返った先にいたのは堂島だ。

直前まで舞台で解説をしていた堂島は額に汗を浮かべていた。つるりとした頭のてっぺんからは湯気が立ちそうな勢いだ。

すでに楽士や他の弁士は楽屋に下がってしまい、舞台袖には久生と堂島の二人だけだ。誰かに助けを求めることもできず、久生は慎重に口を開いた。

「電気というと……上映の後に、客席の電気をつけたときのことでしょうか？」

「そうだ。上演が終わった後、あんなにすぐに明かりをつけたら余韻も何もないだろう。せめて客の拍手が完全にやむのを待ってからにしろ。せっかくの解説が台無しだ」

頭ごなしに叱られて、申し訳ありません、と久生は頭を下げる。

確かに今日は少し早めに客席の明かりをつけた。だがそれは、鷹成からそうするように指示があったからだ。昨日、まだ明かりのつかないうちに席を立とうとした客が歩み板に足を引っかけ、転んで怪我をしたらしい。

観客の安全のためだった。とはいえ、堂島の言い分もわかる。明日はもう一呼吸おいてから電気をつけようと反省して頭を下げると、堂島がふんと鼻を鳴らした。

「館長がどうしてお前をここに置いてるのかさっぱりわからん。特殊な技能があるわけじゃなし、掃除だの電気の点け消しだの、それくらいならその辺の小僧にだってできるだろう」

明らかな棘《とげ》を含んだ言葉に身を固くする。堂島からはあまりいい感情を向けられていないとは思っていたが、はっきりと言葉にされたのは初めてだ。

「館長がお前にどう言っているのか知らんが、うちの写真館の経済状況はかなり逼迫《ひっぱく》してるぞ。お前を雇ったことであちこち金が回らなくなってる。館長だってどれだけ身銭を切ってるかわかったもんじゃない」

的を射た指摘に、久生は何も言い返すことができない。

鷹成は久生に給料を払うばかりでなく、お仕着せだと言って洋服を用意してくれたり夕食に誘ってくれたりする。すっかり鷹成の厚意に甘えていた事実を突きつけられた久生は、体の前で強く両手を握りしめると深く頭を下げた。

「申し訳ありません。明日から客席の様子を確認しながら電気をつけます」

「だから、その程度の仕事ならお前でなくても……」

「掃除も今まで以上に精を出します。呼び込みも、今日よりたくさんお客さんが入るように頑張ります」

堂島の言っていることは正しい。人件費を抑えた方が利益を出しやすいのは当然だ。この写真館に勤める人たちは何かしら技術を持っている。弁士も楽士も映写技師も。久生は何も持たないが、客席を清潔に整えることはできる。通りでビラを配ることもできるし、演目内容を尋ねられればかいつまんで説明することもできる。中売り中はどんなに遠くから声をかけられても必ず客のもとに駆けつけるし、買おうか買うまいか迷っている客には笑顔で声をかけてその背を押すことだってできる。

上映前のわくわくした時間を観客に提供するのが自分の仕事だ。それは重要な仕事だと鷹成は言ってくれた。だから疎かにしたくないし、卑下したくもない。

思いがけず鷹成の言葉が胸の深いところにまで響いている。そんなことを自覚しながら、久生はますます深く堂島に頭を下げた。

「場内の余韻のことまで考慮できず申し訳ありませんでした。明日はきちんと……」

「あっ、何してんだよ、こんなところで！」

久生の言葉が終わらぬうちに誰かが会話に割って入ってきた。伏せていた顔を上げれば、虎彦が木戸を抜けて舞台袖に入ってくるところだ。久生が堂島に頭を下げている姿を見て大方の状況を察したのだろう。背後に久生を庇うようにして二人の間に割って入ってきた。

「こんなところで新入りいびってんじゃねぇよ」

「いびっちゃいない。仕事の話をしていただけだ」

年上相手にも敬語を使おうとしない虎彦と、そんな虎彦を忌々《いまいま》しげに見下ろす堂島。前々からこの二人は相性が悪そうだとは思っていたが、いきなり一触即発の雰囲気だ。止めようとしたが、猫のように毛を逆立てた虎彦は久生の言葉に耳を貸そうとしない。

「どうせあれだろ？　館長に新しい着物買ってくれって頼んだのに断られたから、その腹いせに久生をいじめて鬱憤《うっぷん》晴らしてたんだろ？」

「腹いせじゃない。単なる事実だ。こいつに給料を払う分、他に金が回らなくなったのは事実だろう」

「そもそもあんたの着物を館長が買ってるのがおかしいんだよ、自分で買え」

「主任弁士の舞台衣装を劇場側が用意することの何がおかしい。お前こそその服は館長に買ってもらったものじゃないのか？」

「これはお仕着せっつーんだよ。着物より動きやすいからって買ってくれたんだ。あんたの着物は無駄に派手で贅沢なんだから、久生がいるいないに関係なく断られるに決まってんだろ。主任弁士なら着物じゃなくて話術で勝負しろ」

「口上もろくに言えない前座がよく言う。話術を語るのはもう少しまともに原稿を読めるようになってからにしたらどうだ」

「なんだと！」

なんとか止めようとする久生を無視して虎彦は声を張り上げる。

「あんたこそろくに原稿なんて読んでないだろうが！　なんだよ今日の解説、話の筋がめちゃくちゃじゃねぇか！　なんでキャサリンが大阪弁なんだよ、なんで恋人との別れのシーンで急に漫才始めるんだよ、そんな内容じゃないだろ！」

虎彦は握りしめた拳をぶるぶると震わせていて、どうやら本気で激怒している。対する堂島はどこ吹く風で、虎彦の言葉を鼻先で笑い飛ばした。

「もう何度上演したかわからんあんな古いフィルム、毎回おんなじ原稿を読んでたら客が飽きるに決まってるだろうが。客の反応をつぶさに見て、即興で原稿を変えられるのが弁士ってもんだ。用意した原稿もまともに読めない奴は引っ込んでろ！」

「あんたみたいな弁士がいるから活動写真は見世物止まりなんだよ！　作り手がどんな意図で写真を撮ってるのかもっと勉強して尊重しろ！　勝手に内容を改竄《かいざん》するな！」

舞台袖に虎彦と堂島の怒声が響き渡る。騒ぎを聞きつけたのか、楽屋に続く廊下の向こうからばたばたと足音が近づいてきた。やってきたのは鷹成と正一郎だ。どうした、と鷹成が声をかけるより一瞬早く、堂島が吐き捨てるように叫んだ。

「何が勉強だ！　お前なんぞ学校に行ったこともないだろうが！　読み書きより先にスリの技術を覚えた不良児がよくも偉そうに！」

「そういうあんたこそ！　主任弁士どころか辻《つじ》売りやってた詐欺師だろ！」

どさっと重たいものが落ちる音がして、堂島と虎彦が同時に口をつぐむ。

音の出所は鷹成の背後だ。たくさんの本を詰め込んだ肩掛けカバンを取り落とした正一郎が、目を丸くして虎彦たちを見ていた。

堂島の言葉に驚いたのは久生も一緒だ。虎彦が学校に通っていなかったなんて初耳だった。小学校を卒業した後、親の反対を押し切って写真館で働き始めたのではなかったか。

虎彦はと見ると、真っ青な顔で正一郎を見て動かない。動揺して声も出ないらしい。唇を戦慄《わなな》かせる虎彦とは対照的に、堂島は開き直ったような顔で腕を組んでいる。

正一郎はまだ自分の見聞きしたものが信じられない様子で、目の前に立つ鷹成を見上げる。

「……館長。今、あの二人が喋っていたことは」

鷹成が振り返って口を開くより先に「本当だ」と堂島が言い放った。

「俺はもともと辻売りやってた詐欺師で、こいつは学校にも行ってない悪ガキだ」

やめろ、と虎彦が堂島を止めるが、声には先程までの勢いがない。語尾が掠れている。

正一郎の鼻梁《びりょう》をずるりと眼鏡が滑り落ちたが、本人はそれを直す余裕もないらしい。虎彦から鷹成に視線を移し、色を失った唇を開く。

「ここで働くよう僕を誘ったとき、この写真館はちゃんとした従業員が揃ってるって、だから安心していいって、館長そう言ってたじゃないですか。あの言葉は、嘘だったんですか？」

声を震わせる正一郎を落ち着かせるように、鷹成がその肩に手を置く。

「嘘じゃない。堂島さんも虎彦も立派な弁士だ。特に堂島さんはあれだけ観客を沸かせられる。観客の顔色を見ながら即興で話の筋を変えられるのは辻売りで鍛えたからこそだ。詐欺ってのはあの人なりの自虐で、多少色をつけた値で商品を売ってただけだ」

「弁士ではなく、辻売りをしていたことは否定しないんですね？　虎彦君が学校に行かず、スリをしていたというのも？」

正一郎が一歩後ろに下がる。肩に置かれた鷹成の手から逃れるようにもう一歩下がり、俯いて正一郎を見ようとしない虎彦を見てきつく眉を寄せた。

「僕は、そうと知っていたら、こんな——……」

「こんな嘘つきばかりの写真館には来なかったか？」

意地悪く声をかけてきたのは堂島だ。「堂島さん」と低い声で鷹成に窘《たしな》められて肩を竦めている。その隙に正一郎は一同に背を向け、大股でその場から立ち去ろうとした。

「せ、先生……」

虎彦の弱々しい呼びかけに一瞬だけその背中が揺れたような気がしたが、正一郎は立ち止まることはおろか、振り返ることもせずその場を去った。

久生はおろおろと皆の顔を見回す。虎彦はすっかり顔色を失って俯いているし、堂島は面倒くさそうに後頭部を掻いていた。鷹成は正一郎が去っていった方を見ていたが追いかけることはせず、久生の視線に気づいて振り返ると眉を上げる。

「さぁて、どうしようか」

重苦しい空気に似合わない、場違いにのんびりした声が誰もいない客席に響いた。

虎彦と堂島の思わぬ過去が露呈した翌日、早速問題が発生した。

午前の上映時間が近づいても正一郎が写真館にやってこないのだ。毎回三人の弁士で上映を回している写真館は、突然の欠員にてんやわんやの大騒ぎになった。

「誰か他の弁士に代役をお願いできないものでしょうか……？」

すでに写真館の入り口には客が並び始めている。楽屋に集まった鷹成と堂島と虎彦に尋ねると、三人分の溜息が返ってきた。

「今から呼ぶのは難しいだろうな。そもそも弁士は各写真館の専属でやってるのがほとんどだ。ちょっと来てくれってわけにもいかないだろ」

渋面でそう答えたのは鷹成だ。

「じゃあ、先生が担当するフィルムはどうします？　虎彦さんにやってもらいますか？」

暗い顔で俯いていた虎彦が、ぎょっとしたように顔を上げた。

「無理に決まってんだろ！　俺にあんな大作できるもんか！」

「でしたら堂島さんに……」

鏡台に肘をついて胡坐《あぐら》をかいていた堂島が、ハッと鼻先で笑う。

「素人は簡単に言ってくれる。立て続けに二本もやれるわけないだろう、息切れしちまう。館長にやらせた方がまだ現実的だ」

その手があったか、と期待を込めて鷹成を見るが、「ないない」と苦笑されてしまった。

「でも鷹成さん、前に飲み屋でいい声だって褒められてたじゃないですか」

「あんなの冒頭を口真似しただけだろう。練習もなしに一時間もやり通せるようなもんじゃない。先生だって本番前は暗記するくらい原稿を読み込んで仕上げてくるんだぞ」

正一郎は過度な抑揚をつけて解説をするわけでもないし、さらりと原稿を読んでいるように見えていたが、それほどの準備をしていたのか。簡単に誰かに代わってもらえるものではなさそうだと遅ればせながら理解して、久生も顔を青ざめさせる。

「今日のところは先生の出し物を外すしかないだろうな。代わりに堂島さんに十五分くらいの短編を担当してもらって」

堂島は嫌そうに顔をしかめたものの、他に手がないことは理解しているのだろう。「それで客が納得するか？」と溜息交じりに尋ね返す。

「木戸銭を少しばかり安くするか」

「構わんが、俺への支払いは減らすなよ。むしろ増やしてもらわなきゃ困る」

わかってるよ、と鷹成が苦笑する。

こういうとき「そんなこと言ってる場合じゃないだろ」と堂島に嚙みついてくるはずの虎彦は無言だ。正一郎が来ないことにひどく落ち込んでいるらしい。正確には、自分の過去が正一郎にばれてしまったことに落ち込んでいるのかもしれないが。

久生も昨日は驚いた。いつも抜け目なく周囲に目を配っている堂島が元辻売りだという話はさほど驚きもしなかったが、虎彦が学校にも行かずスリを働いていたなんて。

何かやむにやまれぬ事情でもあったのだろうか。尋ねてみたいところだが、目の焦点を失ったような顔で項垂れている虎彦を見たら気安く声もかけられない。それに今は、どうにか今日の上映を乗りきるのが先決だ。鷹成に指示され、久生は慌ただしく楽屋を出て写真館の入り口に向かった。

外に出た久生は、集まり始めていた客に正一郎の出し物が中止になったことを呼び掛ける。落胆の声や罵声に身を竦めながら、代わりに木戸銭をいつもの半額にすると説明して回った。半額ならば、と足を止めてくれた客もいたが、正一郎目当ての客はその場を離れてしまい、結局午前中の客入りは普段の半分程度となってしまった。

加えて、今日は虎彦のできが普段以上に悪い。いつもはぎこちないながらも必死で声を張って、客席からも「しっかりしろよ！」とヤジ半分、応援半分の声が飛ぶのだが、今日は演説台の前で棒立ちになってぼそぼそと原稿を読み上げるだけで、ほとんど声が聞こえない。舞台袖で堂島から「やる気がないなら舞台に上がるな」と叱責されていたが、それにすらほとんど反応を示さないありさまだ。

その後は堂島が時代物の短編を一本、洋画を一本読み上げてなんとか上映を終えたが、写真館を出て行く客の反応はいま一つだった。

「こんな状況で午後までやってられるか！」

先に癇癪《かんしゃく》を起こしたのは、汗だくで楽屋に戻ってきた堂島だ。

「こいつは全く使い物にならないし、客の入りも悪い。もう今日は店じまいにしちまえ！」

楽屋に戻っていた虎彦を指さし、堂島は鼻息荒くまくし立てる。客の反応が悪かったのは前座である虎彦の責任だとでも言いたげだが、虎彦も自分の解説が悪かった自覚があるのか俯いて何も言わない。この調子では午後の舞台も難しそうだ。

堂島は早々に帰り支度をすると、禿頭に中折れ帽をかぶって楽屋の入り口に立った。

「こりごりだ。俺はもうこんな写真館の舞台には立たんぞ」

一方的にそう宣言して、堂島は足音も荒く楽屋を出て行った。

堂島のために茶の用意をしていた久生は、余った湯呑と鷹成たちを見て恐る恐る口を開いた。

「……午後の上映は、どうしますか？」

部屋の隅に積み上げられていた座布団を背凭《せもた》れ代わりに座っていた鷹成は、笑いながら頭の後ろで手を組んだ。

「中止にするしかないだろうなぁ。これから先生の家に出向いて、午後の上映に来てくれるよう説得できれば話は別だが」

「来てくれるわけない」

きっぱりとした声は、俯いて膝を抱えていた虎彦のものだ。舞台に立っていたときよりもずっと明瞭な声だったが、床の一点を見詰めるその横顔には表情がない。

「先生は大学を卒業した立派な人なんだぞ。それなのに、スリとか詐欺師みたいな犯罪者しかいない写真館に戻ってきてくれるわけない。これまでそのことを黙ってた俺たちが悪いんだ」

だんだんと口早になっていく虎彦を止めようと、久生は座卓の傍らに膝をついた。

「そんな、犯罪者なんて……」

「似たようなもんだ！　ここはぐれ者の集まりなんだから！」

久生の言葉を遮るように叫んで虎彦は立ち上がり、楽屋を飛び出していってしまった。追いかけるべきか逡巡したが、部屋に残った鷹成は慌てるでもなく積み上げた座布団に凭れている。

「弁士が全員いなくなっちまったな」

「どうするんですか……？」

「どうもこうも、午後の上演は中止だ。楽士の連中と、力也にも声をかけてくる。お前も午後は好きに過ごしていいぞ」

「鷹成さんはどうするんです？　先生の様子を見に行くんですか？」

「いや、俺はビラを用意する」

一体なんの、と首を傾げると、笑顔でこう返された。

「弁士がいないんだ。しばらく休館する知らせに決まってるだろ？」

——新聞配達でも始めようか。

早朝、布団の中で天井を見詰めながら久生は思う。

もともと朝に弱い方ではなかったが、写真館の二階で寝起きをするようになってから目覚めが早くなった。まだ日も昇りきらない明け方に意識が浮上する。寒いからだ。

板の間に布団を敷いているせいか、敷布団の下からしんしんと冷気が伝わってくる。一度目覚めれば今度は体の節々が痛い。最後に綿を入れたのがいつだかわからない布団は、直接床に寝ているのとほとんど変わらないくらい薄っぺらかった。

(毎朝こんなに早く目覚めるんだから、新聞配達くらい問題ないな)

昨日までなら、朝から写真館の仕事もあるのにそこまでやっている時間もないか、と笑って終わりにしていたが、今朝は目が真剣だ。何しろ昨日からこの写真館の入り口には休館の張り紙が掲げられているのだから。

弁士が三人とも来なくなり、力也と楽士たちもしばらく休みを言い渡されたようだ。かくいう久生も休むよう言われたが、写真館に住み込んでいるので休んでいるような気がしない。

窓の外が白んでくる頃、布団を出て身支度を整えた。一階はひっそりと静まり返っている。何をしたらいいのかわからず、結局いつもと同じように事務所の掃除を始めてしまった。

黙々と掃除をしていると、二階から鷹成が下りてきた。

「おはよう。なんだ、仕事がない日まで掃除してるのか？　いいから朝飯にしよう」

いつもの洋装で事務所にやってきた鷹成は、昨日の売れ残りのパンを久生に手渡してくれる。それから室内を見回し、久生が律儀に掃除をしたのを見て取ったのか苦笑を漏らした。

「休み中は掃除もしなくていいぞ。日中ここにいる必要もないしな」

「でも、そうすると僕がここにいる理由がなくなってしまうので……」

「気にするな。いっそいつ再開するかもわからない写真館なんて見切りをつけて別の仕事場を探した方がいいんじゃないか？　新しい家が見つかるまであの部屋くらい貸してやるぞ」

思ってもみなかった提案に、パンを持つ手に不自然な力がこもってしまった。

本当に、このまま写真館は閉館してしまうのだろうか。成り行きで働き始めたとはいえ、写真館に対して愛着を抱きつつあっただけになんだか寂しい。俯いていたら、先にパンを食べ終えた鷹成が椅子から立った。

「とりあえず、俺はこれから出かける。お前も今日は休みだ。好きにしたらいい」

「出かけるって……もしかして、先生のところに行くんですか？」

それとも虎彦か堂島のところか。弁士に戻ってきてもらわないことには始まらないのだから説得に行くのかもしれない。自分には何ができるわけでもないが荷物持ちくらいなら手伝えるのでは、などと思っていたら、鷹成にきょとんとした顔を向けられてしまった。

「行ってどうする。戻ってきてくれと説得でもするのか？」

「しないんですか？」

鷹成は大きく口を開けて笑い「しない」と言った。やけを起こしているわけではなく、本気で必要がないと思っているふうだ。

わけがわからなかった。鷹成は活動写真が好きで、それが高じて写真館の館長にまでなったのではないか。それなのに写真館が閉鎖の危機に陥ってもなんの対策も講じないなんて。

「それじゃ、行ってくる。帰りは遅くなるからきちんと戸締まりしてから寝るんだぞ」

鷹成はなんの憂いもない顔でそう言い残して出て行ってしまい、あとには久生だけが取り残される。

喉につかえそうになりながらパンを食べ終えると、久生はよろよろと舞台袖に向かった。舞台から見下ろした客席に人の姿はない。視線を上げれば舞台正面にある白壁が目に飛び込んでくる。元は二階席があったあの場所を、鷹成はわざわざ映写室に改築したらしい。

(芝居小屋を丸ごと買い上げて、映写室まで作っておいて、それほど活動写真に思い入れがないなんてことあり得るんだろうか……?)

鷹成が何を考えているのかさっぱりわからなくなってしまい、久生は脱力したように舞台の袖にしゃがみ込んだ。


突然休みを言い渡されたものの、やりたいことも思いつかず、結局久生はいつもと変わらず客席や舞台の掃除をして過ごした。それだけでは時間が余ったので居住区の二階も掃除をして、小道具の整理までしてようやく冬の日が暮れる。

いつもは鷹成と一緒に夕飯など食べに行くのだが、今日は一人で近所のうどん屋へ向かった。素うどんをつるつると食べ、あっという間に器を空にして外に出る。

鷹成と一緒のときはこんなに早く食事を終えることなどない。鷹成が機嫌よさそうに語る活動写真の話を聞いているうちに一時間や二時間は経っている。最近一番館で上映されたという新作の話もあれば、子供の頃巡業に来た一団が見せてくれた古い活動写真の話まで、鷹成はたくさんの作品を見ていて、それぞれの率直な感想を披露してくれた。

正面で相槌を打つ久生だけでなく、近くの席に座っている客の耳にまでその楽しそうな声は届くらしく、見知らぬ客が会話に参加してくることもよくあった。久生は活動写真に対する知識がほとんどないが、ああだこうだと語り合う鷹成たちを見ているだけで、自分も会話に参加している気分になって楽しかったものだ。

だからこそ、久々に一人で取る食事が味気なくて仕方がない。

帰ったところですることはない。いつもならこの時間は上映したフィルムを映写室で巻き直し、鷹成や力也と一緒にフィルム置き場と映写室を往復しているのに。

運び終える頃には両腕がぶるぶると震えるほどフィルムは重い。冬場でも薄く汗をかくあの作業を恋しく思うなんてと、久生は夜道を歩きながら白い溜息をついた。

(もしこのまま、写真館が閉館したらどうしよう)

自分の生活も心配だが、それ以上に気がかりなのはトキのことだ。

トキは写真館の常連らしく、この二週間で少なくとも三回は写真館に足を運んでいた。

自分が石渡家の名を騙《かた》っていることは周囲に広めたくないので、中売りの際はなるべくトキから距離をとるようにしていたが、それでもトキが毎回例の帯留めをつけてくるのはわかってしまう。その姿を見るたび、申し訳なさで胃がキリキリと痛んだ。

トキのことを考えるなら明日からでも新しい仕事を探した方がいいのだろう。そう思う一方、鷹成たちの写真館に見切りをつけるのは忍びなかった。できるなら、これまで通り鷹成たちとあの写真館で働きたい。

鷹成たちと出会うまで、自分はむしろ芝居やそれに類するものに苦手意識を覚えていた。それがこんなふうに写真館の存続を望む日が来るなんて我ながら意外だ。

少しずつ苦手意識が払拭されていったのは、鷹成たち写真館の従業員が汗水たらして働く姿を目の当たりにしたせいかもしれない。

芝居や活動写真は夢を売る商売だ。その裏方にいる人々も夢に溺れているのではないかという偏見があったが、鷹成たちは久生のそんな偏見を打ち砕いてくれた。

自分も一緒になって働くうちに仲間意識のようなものも芽生えていただけに、ここで散り散りになってしまうのは淋しくもあった。

(……鷹成さんとご飯を食べながらお喋りする機会もなくなっちゃうんだな)

ぼんやりと考え、我に返って足を止めた。暗い夜道で、自分の顔にみるみる熱が集まっていくのがわかる。子供でもあるまいし、そんなことを淋しがるなんてどうかしている。

妙な考えを振り払うべく頭を振って写真館に戻る。居住区の玄関から中に入ったが、外と大差ないほど室内は冷え込んでいて真っ暗だ。

鷹成はまだ帰っていないらしい。そう思うとまた一抹の淋しさに胸を締めつけられた。薄暗い廊下を俯き気味に歩いていた久生は、ふと廊下の奥に目を向ける。

居住区と芝居小屋をつなぐ廊下の奥から、うっすらと明かりが漏れていた。

劇場に誰かいる。

廊下を歩き、半分開いていた木戸をくぐって舞台袖に立つと、舞台正面の白壁から一条の光が漏れていた。誰かが映写機を動かしているようだ。

舞台袖から映写室に目を凝らしていると、小窓から鷹成が顔を出した。

「久生か。おかえり」

誰もいない客席に、低く柔らかな声が響き渡る。

映写室には明かりがついていて、薄暗い舞台袖からは逆光になったその表情が見えない。それなのに、鷹成が温かく目を細めたのがわかった気がして棒立ちになった。

おかえり、という言葉を耳にした瞬間、自分はこの人と一緒に暮らしているんだと改めて思った。帰ってくれば笑顔で迎えてくれる。そういう人がまだ自分にはいるのだ。

もっと近くで鷹成の顔が見たくなって、誰もいない客席の脇を足早に歩き二階に続く階段を駆け上がった。鉄の重たいドアを開けば、室内から独特の匂いが流れてくる。

鉄の匂いと機械油の匂い、フィルムから薄く立ち上る甘酸っぱい匂い。

白壁に開いた小窓から舞台を見下ろしていた鷹成が振り返る。久生を見ると、来たか、というふうに目を細めてみせた。ふいに見せられた親密な表情に息が詰まって、声もなくぺこりと頭を下げることしかできない。

鷹成は白いシャツにベストを着て、背広は傍らの椅子に掛けている。袖をまくり、久生が来る前から映写機のハンドルを回していたようだ。

「それ、なんのフィルムですか？」

カタカタと一定の速度で回されるハンドルの音を聞きながら尋ねると、鷹成が顎先を動かして舞台を指し示した。見てみろ、ということだろう。

小窓から見下ろした映写幕に映っているのは、時代物の活動写真だろうか。大立ち回りをしているのはわかるのだが、画面がおかしい。妙にちかちかして目が痛い。白黒のはずのフィルムが赤くなったり青くなったりしているようだ。

「……なんですか、これ？」

困惑して目を眇めると、鷹成の楽しげな笑い声が上がった。

「消耗が激しくて使い物にならなくなったフィルムを写真館から集めてきて、切ったり繋げたりして安価に売りさばいてる奴がいてな、そいつから今日買ってきた」

「なんだか、ちらちらと色がついて見えるんですが……？」

「キネマカラーってやつだ。天然色の活動が見られるって謳《うた》い文句の」

幕を彩る光は赤と青、いや、緑だろうか。ときどき赤が橙《だいだい》に変化する気もする。

フィルムに着色されているのだろう。一コマごとにちらちらと色の変わるそれを見て、「天然色」と低く呟いた。見た限り、天然色とは程遠いけばけばしい色にしか見えないが。

しばらくすると画面が白黒に戻った。すべてのフィルムに着色がされているわけではないらしい。滑らかに動き出した映像を見てほっとする。

「フィルム自体がおかしいわけじゃなさそうだな。カラーのシーンだけ上手くいかん」

独り言のように呟いて鷹成はハンドルを回し続ける。フィルムを買った後、まっすぐ映写室にやってきてずっと上映を続けていたらしい。

「普段は客が入ってるから映写室を好きに使うことなんてできないからな。しばらくは存分に好きなフィルムを回せると思ったら、つい新しいフィルムが欲しくなった」

写真館を開けることができないというのに、鷹成はそれを深刻に受け止めるでもない。誰もいない客席を見下ろす横顔はおもちゃ箱を覗き込む子供のようだ。館長として、今後の写真館の進退は気にならないのだろうか。

久生の心配をよそに、鷹成は最後までフィルムを回すとようやくハンドルを止めた。

「もう一度フィルムをかけてみるか。久生、巻き直すのを手伝ってくれ」

仕事中と変わらぬ口調に反応して、久生も作業にとりかかる。

鷹成は映写室の壁にかかった時計を見上げ、釈然としない様子で深く息を吐いた。

「なんだろうな。フィルムが長い……ような気がする。尺に合わない。そもそもこの映写機じや難しいのか」

ぶつぶつ言いながら巻き直したフィルムを再びフィルム台にかける。

冒頭は他の活動写真と変わらない白黒のフィルムだ。画面に題字が現れる。

「これ、義経千本桜《よしつねせんぼんざくら》ですか？」

「ああ。吉野山《よしのやま》の段だ」

カタカタとハンドルを回す音が映写室に響く。弁士もなく、楽士もいない静かな上映だ。映写幕の上で声もなく語り合う登場人物の姿を眺めていたら、ふいに画面が赤く染まった。交互に現れる赤と緑の光に目を眇めると、鷹成が「上手くいかんな」と溜息をつく。

「前に見たときはもう少し自然な色合いだったんだが」

「別の写真館で上映されたものを見たことがあるんですか？」

「ああ。そのときは客席からもどよめきが上がったんだがな。確かに天然色の写真だと」

本当だろうか。赤と緑がちらつく画面を見ていられず思わず映写幕から目を背けると、鷹成が「無理に見なくてもいいぞ」と苦笑した。

「仕事でもないしな。お前は部屋に戻って休んでも……」

「いえ！　僕も見たいです！」

とっさに鷹成の言葉を遮っていた。フィルムが気になるというよりも、もう少し鷹成とこうしてフィルムを回していたかったのだ。自分でも驚くほど大きな声が出てしまい慌てて唇を引き結ぶと、その必死さがおかしかったのか鷹成に笑われた。

「じゃあ、せめてこのシーンは駆け足で行くか」

鷹成がハンドルを回す速度を上げる。いつだって機械のように正確に一秒間に二回転を順守していたのに。

カラーシーンの研究をしているはずなのにそれでは意味がないと久生が止めようとしたとき、目の端に映り込んだ映写幕の様子が変わった。

鷹成も気づいたのだろう。思わずと言ったふうに椅子から腰を浮かせる。

「今、色のちらつきが落ち着いてなかったか？」

鷹成が言う通り、一瞬だけ色味が自然になった。二人で映写幕を見下ろすが、画面は再び赤と緑がちらつくものに戻ってしまっている。戸惑い顔で映写機に目をやった久生は、鷹成のハンドルさばきがいつもの速度に戻っていることに気づいて声を上げた。

「もしかして、ハンドルを速く回すといいんじゃないですか？」

一秒間に二回転が体に染みついているのか、無意識にハンドルの回転速度を落としていた鷹成が再びその速度を上げる。たちまち赤と緑のちらつきが落ち着いて、久生と鷹成は顔を見合わせた。

「カラーのシーンだけハンドルの回転速度を上げないといけないのか！」

鷹成はベストのポケットに入れていた懐中時計を取り出し、秒針を見ながらハンドルを回す。

「一秒間に二回転、三回転と速度を上げていくから、どれが一番ちらつきが少ないか見ていてくれ」

はい、と答えて久生も舞台に目を凝らす。

試行錯誤を繰り返し、大体一秒間に四回転、普段の倍速でハンドルを回すのが一番自然に赤と緑が交じり合うことがわかった。

「これなら木々の緑や打掛の赤さがよくわかりますね！」

興奮する久生の横で、鷹成はまだハンドルの回転速度を変えている。

「速くする分にはまあ、どこまで速くてもそれなりに見えるのか。専用の映写機がないとさすがにこの見え方が限界かな。映写速度が秒間三十二コマを下回るとちらつきが起こるんだな」

「フィルムを買うときにそういう説明はなかったんですか？」

尋ねると、「あるわけないだろ」と苦笑された。

「相手は使い物にならないフィルムを売りさばく廃品屋みたいなもんだぞ。自分たちじゃ手に負えないから売りつけるんだ。俺だって映写機のことはよくわからん。毎度手探りだな」

「どこかで勉強をしたわけでは……？」

「まさか。俺も力也も見よう見まねでやってるだけだ。力也はもともと力士だしな。その腕力を見込んでフィルム運びを手伝ってもらうつもりが、ハンドルを回すのも苦にならないっていうから技師の仕事を任せてる。ここに集まってる連中は、活動に関しちゃ素人ばっかりだ」

「僕はてっきり、皆さん技術を身につけた凄い人たちだと……」

「楽士の連中はそれなりに舞台や座敷に上がってた経験者だが、俺は活動が好きなだけの素人だし、弁士の三人も似たり寄ったりだぞ」

話題が弁士の三人に及んで、しばし迷ってから久生は口を開いた。

「鷹成さんは、虎彦さんや堂島さんが以前何をしていたのか知っていたんですか？」

鷹成はハンドルを回す手を止めると久生を見遣り、椅子に座るように促した。腰を据えて話をしてくれるつもりのようだ。慌てて傍らの椅子に腰を下ろす。

「二人の経歴なら当然知ってた。堂島さんなんか自分から名乗ったからな。『若い身空《みそら》で芝居小屋を買い上げた豪気な男がいると聞いた。何か仕事があるなら手伝おう。俺は元香具師《こうぐし》だから口は回るぞ』ってな。弁が立つならちょうどいい。活動弁士なんてやってみる気はないかってこっちから誘いをかけたんだ」

香具師というのは露店で見世物や物売りをする商売人のことだ。辻で曲芸や軽業をして客を集め、薬や香道具などを売るのである。商品そのものより、客の気を引く話芸の方が重要で、ときとしてそれは二束三文の商品に高値をつける詐欺行為に等しいものになる。

堂島も、どこにでもある軟膏《なんこう》を万能薬のように説明して客に売りさばいていたそうだ。その持ち前の弁舌で、あっという間に活動弁士としての体裁も整えたという。

「虎彦がスリをやってたのも本当だ。子供たちがよく駅前をうろついてるだろ。あの一味だ」

「……そうでしたか」

できれば何かの間違いであってほしかったが事実なのか。俯くと、「もうとっくに更生してるぞ」と鷹成に言い足された。

「スリなんて褒められたことじゃないが、あんまり責めてやるな。虎彦は物心つく前に親に捨てられて路頭に迷ってたらしい。あの界隈の悪ガキどもと一緒に行動するしか生きてく術なんてなかったんだろう」

「でも虎彦さん、家族の反対を押し切って写真館で働き始めたって……」

言いながら、あれも嘘だったのだとようやく気づいた。そうとも知らず、正一郎に勉強を教えてもらえているなら家族も安心するのでは、なんて自分は口にしてしまったのだ。

無神経な自分の発言を後悔していると、鷹成が場違いに明るい口調で言った。

「虎彦の奴、最初は俺の財布をすろうとしたんだ」

「鷹成さんが被害に？」

「被害はない。あんまりやり口が下手だったもんで、その場で俺がとっ捕まえた。不器用すぎて成功した試しがないみたいだったぞ。そんな割に合わないことをやってるくらいだったらうちで働けって俺から声をかけたのがきっかけだ。幸い、あいつも活動は好きだったみたいだしな」

鷹成の言う通り、虎彦は新しいフィルムが届くと熱心にその内容や時代背景を勉強していた。

先日だってそれで堂島と口論までしていたのだ。活動写真が好きなのは事実だろう。

「先生は毎日公園で本を読んでたから声をかけたんだよ。文学の類が好きなら活動写真も好きになってもらえるんじゃないかと思ってな。なんだか難しそうな本を読んでたから断られるかと思ったが、意外にも話に乗ってくれたから弁士として迎えた。他の連中も似たり寄ったりだ。楽士のオッサンたちはたまたま飲み屋で知り合って、芝居小屋の主人がろくに給料も払ってくれないって愚痴ってたから揃って引っこ抜いた。活動写真なんてろくに見たことないって輩《やから》が大半だったぞ」

ふと、虎彦が口にした『ここははぐれ者の集まりなんだ』という言葉を思い出した。

香具師に浮浪児、膝を痛めて土俵に立てなくなった力士に、不当に安く使われる楽士たち。寄せ集めの素人集団の中、大学を卒業した正一郎は虎彦にとって憧れの存在だったのだろう。だが正一郎は、虎彦たちの経歴を知った途端写真館に顔を出さなくなった。それを見て虎彦は何を思っただろう。あれほど慕っていた正一郎に見放されたような気分になったのではないか。

「俺は別に、どんな経歴であれこの写真館で働いてくれるならなんだってよかったんだがな」

鷹成は映写機の置かれた台に肘をつくと、指先で軽くハンドルをつついた。

「まあ、素人の集まりで半年も写真館を続けられたんだからもった方か。この小屋を買ったときは従業員も集まってなかったんだから」

「人も集めないで小屋だけ買ったんですか？」

「まともに動いてる写真館を従業員ごと買い上げれば話は早かったんだが、さすがにそこまでの金はなかった。ぼろぼろの小屋を改築して、映写機とフィルムを買ったらほとんど持ち金は底をついたし」

「それほどの大金をつぎ込むほど、活動写真に思い入れが？」

「ああ、俺を生かしてくれたものだ」

軽やかな口調に相槌を打とうとして、思ったよりその内容が重たいことに気がついた。大げさな、と笑っていいものか逡巡していたら、鷹成がこちらの心を読んだように「大げさじゃないぞ」と言葉を重ねてきた。

「子供の頃は食うや食わずの生活をしてたからな。腹が減りすぎて眠れない夜が何度あったかわからん。唯一の楽しみは活動くらいのものだった」

「まさか、木戸銭のために食べるものさえ惜しんで……？」

眉をひそめた久生を、鷹成は軽やかに笑い飛ばす。

「田舎の悪ガキがそんなに品行方正なわけないだろう。金なんてないから、裏口から勝手に忍び込んでタダで覗き見してたんだよ。見つかると写真館の主人に嫌ってほどぶん殴られたが、命までは取られない。懲《こ》りずに何度でも通ったもんだ」

今の姿からは想像もつかないことを言い放ち、鷹成は悪びれもせず続ける。

「ガキの頃は連続活劇が好きで……ああ、ジゴマもそうだな。長編を週替わりで分割上映するんだ。腹が減りすぎて眠れない夜も、あの続きを見るまでは死ねないなんて必死になってやり過ごした。単純だが、おかげで死なずに今日まで来られたと思ってる」

鷹成の口調は静かで、乾いていて、湿っぽい悲愴感がない。だからこそ、誇張を感じることもなかった。

「きっとここには、夢を見たい連中が集まるんだろうな。観客も、従業員も」

夢、と小さな声で繰り返し、活動写真が終わる瞬間を思い出した。

真っ暗な場内に明かりが灯って我に返るあの瞬間は、確かに夢から覚めた心地に似ている。

「お前も初めて活動を見たとき、他人の人生を覗いてるみたいだって言ってただろ？　活動は他人の見る夢みたいなもんだ。それを覗いて観客も夢を見てる」

写真館で活動写真を見ているとき、現実は館内の闇に溶けて消えてしまう。暗闇の中で活動写真に出てくる人物の人生と自分の人生は溶けあい、登場人物に起きていることが我が身に起きていることのように錯覚して一喜一憂してしまう。

本を読んでいるときとも舞台を見ているときとも違う、それは不思議な感覚だった。

「俺は他人の夢を壊したくない。こちとら夢を売るのが商売だ」

「……だから、虎彦さんの嘘も否定しなかったんですか？」

鷹成はゆったりと脚を組み替え、そうだな、と頷いた。

「虎彦がそういう夢を見てるなら、俺はそれを受け入れる。俺の夢に周りをつき合わせてるんだから、それくらいはしてやって当然だろう」

「鷹成さんの夢は、写真館の館長になることですか？」

「俺の場合は夢というより、道楽とでも言った方が近いかもしれないけどな」

喉の奥で笑う鷹成を見て、久生は眉根を寄せる。

「写真館を存続させる気があるのなら、一刻も早く弁士の皆さんを呼び戻しに行った方がいいんじゃないですか？」

正一郎は堂島と虎彦の素性を知って随分と衝撃を受けていたようだが、きちんと話をすればきっと受け入れてくれるはずだ。

しかし鷹成は久生の訴えに賛同しかねる様子で腕を組む。

「呼び戻したところで、虎彦はもうここには来にくいんじゃないか？　お前や先生の前であれだけ自分を偽った後だぞ」

「そうだとしても、このままじゃ虎彦さんがかわいそうですよ！　あんなに一生懸命勉強してたのに……」

「だからこそ、虎彦にはもう少しまともな写真館で働かせてやりたい気もするんだが、お前はどう思う？」

逆に問いかけられて、久生は目を瞬かせた。

「この写真館は素人の俺が金で人をかき集めて作った場所だ。集まった人間だって活動に造詣《ぞうけい》が深い奴ばかりじゃない。むしろ門外漢がほとんどだぞ？　だったらここを辞めて、もっとまともな写真館で働いた方が虎彦のためになると思わないか？」

「そ、それは――……」

すぐには否定ができなかった。虎彦は弁士の技術こそまだまだだが、何かを学ぼうとする姿勢は前のめりだ。これからたくさんの知識を吸収していくに違いない。素人が集まった写真館より、浅草六区内にある写真館などで働いた方が得られるものは多いだろう。

「でも、そうしたらこの写真館はどうなるんです？」

人が離れるに任せていたら潰れてしまう。しかし鷹成は危機感もなく笑うばかりだ。

「この写真館は俺の手持ちが尽きるまでの道楽だ。他の連中を無理につき合わせるつもりもない。辞めたいなら止める必要もないだろう」

「手持ちが尽きるまでって……積極的にここを存続させる気がないように聞こえますが」

まさかと思いながら尋ねるが、鷹成はけろりとした表情で「その通りだが」などと言う。

「もともとは自分の楽しみのために始めた写真館だからな。好きなフィルムを好きなだけ見られたら満足だったんだ。でも音楽や解説がなくちゃそれらしくならないだろう。観客の拍手なんかもあった方が臨場感もあっていいだろうと思って客を入れてるだけで、経営がしたかったわけでもないしなぁ」

「そ、そんなの本当に、壮大な道楽じゃないですか……！」

「だから、さっきからそう言ってるだろう？」

肩の力を抜いて笑う鷹成を見て、ようやく理解した。

鷹成は写真館を経営したかったわけではない。純粋に、『活動写真の常設館』が欲しかったのだ。

フィルムを集めるだけでは駄目だ。映写機だけでも足りない。

抑揚をつけた弁士の解説と、情景を際立たせる音楽。そして熱気を帯びた観客の拍手と歓声全部が揃った写真館。音の出る大きなおもちゃ箱のようなそれが鷹成は欲しかったのだろう。

芝居小屋を買い上げ、中で働く人を集め、ある程度客が集まるようになった今、鷹成はもう満足してしまっている。一度手に入れれば十分なのか、写真館を存続させる気はなさそうだ。

(鷹成さんはもっと地に足のついた人だと思ってたのに……!?)

久生はずっと、芝居や活動写真といった架空の物語にのめり込む人たちが信用できなかった。だが、鷹成たちとこの写真館で働くうちに少しずつ考え方が変わってきた。ここに勤める人たちは全員現実を見て、観客のために働いている。

偏見を抱いていた自分を反省した。その矢先に、まさか館長である鷹成が誰より浮世離れした考えの持ち主だったことが明るみに出てしまうなんて。

「い……いいんですか？　この写真館が潰れてしまっても」

「潰したいわけじゃないが、素人の経営だからな。いつどうなっても不思議じゃないとは思ってる。なるようにしかならない」

「もっと必死になったりしないんですか？　弁士の皆さんに頼み込んで戻ってきてもらうとか、そういうつもりは……」

「戻ってくるなら喜んで迎え入れるが、あいつらにはあまり利点のない話だろう。こんな泥船みたいな写真館に呼び戻すのも酷じゃないか？」

「沈む前提で話をしないでください……！」

拳を握りしめる久生を見て鷹成はおかしそうに笑っている。笑い事ではないはずなのに。

「この写真館が潰れたら鷹成さんはどうするんです。何か新しい仕事を始める予定でも？」

そうでなければこうも泰然と構えていられる理由がないと思ったが、鷹成は笑顔のまま「特にない」と言い切った。

「写真館が潰れたら日雇いの仕事でもするか。その日の食い扶持《ぶち》くらいは十分稼げるだろう」

「特に当てもないのなら、まずはこの写真館を存続させる努力をしましょうよ！」

昨日まではあんなにも勤勉に働いていたではないかと詰め寄ると、鷹成の顔に初めて困ったような表情が浮かんだ。

「そりゃ、この写真館で働くよう周りを誘ったのは俺だからな。あいつらがここで働きたいと思ってくれてる間はどうにか給料が出せるように必死でやりくりしてたが……」

「だったら楽士の皆さんや力也さんはどうするんです。弁士の三人以外はまだここで働きたいと思ってるはずですよ」

「楽士のオッサンたちなら新しい働き口を紹介しておいたぞ。力也からは断られたが、必要ならいつでも紹介するとは言ってある」

なんだかんだと鷹成は有能で仕事が早い。その力をなぜ弁士を呼び戻す方向に使わないのだと思わなくもないが、とりあえずわかったことがある。

鷹成は、従業員たちのためなら労を惜しまないということだ。

(だとしたら、みんながここに戻ってきてくれれば鷹成さんも写真館を潰さないようにまた尽力し始めるんじゃ?)

自分の欲望よりも他人に対する責任感の方が比重は高いのか。そうとわかればやり方もある。

「僕、明日にでも虎彦さんたちに会いに行ってきます」

硬い表情で申し出ると、なぜ、と首を傾げられてしまった。

「これ以上俺の道楽にあいつらをつき合わせるつもりはないぞ?」

「鷹成さんにとっては道楽でも、あの三人がどう思ってるかはわからないじゃないですか。ずっとここで働きたいと思ってるかもしれないんですから、ちゃんと状況を説明してきます。このままじゃ写真館が潰れることも話して、それでも戻ってこないと言うなら僕も諦めます」

食い下がる久生を見て、鷹成は片方の眉を上げる。

「別に写真館が潰れても、お前はしばらく二階に寝泊まりしてくれて構わないぞ?」

住む場所のない久生がここを追い出されることを心配しているとでも思ったらしい。久生は椅子から立ち上がり、違います、と声に力をこめた。

「僕はこの写真館を諦めたくないんです、まだここで働きたいんです！」

鷹成が意外そうな顔で目を見開く。久生だって写真館にやってきた当初は、この場所にこんな愛着じみたものを感じるとは思っていなかった。

だが、一本の活動写真を上映するために従業員が一丸となって働くのは、これまでにない楽しさがあった。

母と二人暮らしをしていた頃は、毎朝暗いうちに寝床を出て一人黙々と新聞を配達して回った。雨が降ろうと雪が降ろうと休みはない。誰かと会話を交わすこともなく、かじかむ指先で新聞を一部ずつ抜いて郵便受けに差し込んでいく作業は過酷以外の何物でもなかった。

仕出し屋での仕事も調理場の隅で皿を洗うばかりで、楽しみもやりがいを見出す余地もなかったが、それで文句もなかった。仕事なんてそんなものだと思っていたからだ。

この写真館に来てからだ。自分の知らなかった世界を垣間見て、周りに感化されるように自分もいろいろなことを知りたいと思うようになったのは。

会場を包む万雷の拍手に痺れ、明日も頑張ろうと思えた。お疲れ、とみんなで肩を叩き合う嬉しさを知った。鷹成の言う通りこの写真館が泥船であったとしても、沈めないための努力をしたい。

何よりも、写真館が潰れたとしても仕方がないと笑った鷹成の、現実に見切りをつけたような顔に背筋が寒くなった。

久生の母親も現実に見切りをつけ、夢の名残を抱いて逝ってしまった。

あんなふうに鷹成も、なんの未練もない笑顔でふらりとどこかへ行ってしまいそうで怖い。

青ざめる久生の顔を見上げ、鷹成は不思議そうな顔をした。

「ここがいいのか？　俺みたいな適当な館長しかいない写真館が？」

「当り前じゃないですか」

久生はきっぱりと答える。

「ここがいいんです。鷹成さんがまとめてくれる、この写真館がいいんです」

「現状、俺は何もまとめてないぞ？」

「だから、まとめてくださいよ！　館長でしょう！」

もどかしく地団太《じだんだ》を踏む久生をぽかんとした顔で見上げ、鷹成は思わずといったふうに噴き出した。

「そんなふうに怒るくらいなら見切りをつけたらどうだ？」

「怒ってません！」

「怒ってるだろ」

笑いながら鷹成が両手を伸ばす。指先で手招きされ、その意図がわからないまま軽く身を屈めると、左右から伸びてきた鷹成の手にがっちりと頭を摑まれた。そのままわしゃわしゃと頭を撫で回されて、うわ、と小さく声を上げる。

また犬扱いか。最近は慣れてきたつもりだったが、大きな手の感触にはやっぱりドキドキしてしまう。虎彦はこんなふうに鷹成から頭を撫でられることなどないらしいと知ってしまっただけになおさらだ。

久生の頭ばかり撫でてくる鷹成の真意を考えあぐねて硬直していたら、「わかった」と声がした。

「三人の住所を教えるから、様子を見てきてやってくれ」

久生は少し遅れて鷹成の言葉を聞きとめ、「いいんですか！」と声を張った。

「止めたってお前は行きそうだ」

久生の頭を解放しながら、鷹成が苦笑交じりに言う。そこまで無茶をするつもりはなかったが、鷹成を放っておけないのは事実だ。

鷹成を現実につなぎ止めるためにも、まずはあの三人を連れ戻さなくては。

「ありがとうございます！」と久生は鷹成に頭を下げた。

休館から二日目の朝、写真館を出た久生は鷹成から教えてもらった住所を頼りに虎彦の家を訪れた。

虎彦の住処は、以前久生が住んでいたのとさほど変わりのない長屋だ。身寄りのない虎彦は、鷹成の勧めで三味線を担当している楽士と二人暮らしをしているらしい。

久生は長屋の木戸をくぐると、一番奥まった場所にある部屋の前に立って遠慮がちに声をかけた。

「虎彦さん、おはようございます。ええと……久生です」

石渡の名を出すのも憚《はばか》られて下の名を名乗ると、すぐに中から勢いよく戸が開いた。

戸の向こうから姿を見せた虎彦は、いつもの洋装ではなく絣《かすり》の着物を着ていた。そのせいか、写真館で相対するときより幼く見える。

気の強そうな眼差しは鳴りを潜め、虎彦はうろたえたように視線をさまよわせる。その背後からひょいと顔を出したのは、三味線を担当している楽士だ。霜が降りたように白い髪を短く切った楽士が虎彦と並ぶと、まるで孫と祖父のようだった。

楽士は久生を見ると「なんだ、もう写真館を再開するのか」と呆れたような声を上げた。

「いえ、そういうわけではなく虎彦さんの様子を見に……」

「じゃあまだしばらく休みでいいんだな？　そりゃよかった。今日は囲碁を打ちにいく予定があったんだ。虎彦、俺ぁもう出るからあとは頼むぞ」

そう言い残し、楽士はさっさと家を出て行ってしまう。

虎彦は迷ったような顔を見せたものの、渋々といったふうに久生を中に招き入れた。四畳半一間の家は狭いが掃除が行き届いている。畳に膝をつくと、向かいに座った虎彦にぼそりと呟かれた。

「俺を笑いに来たのか」

あまりに低い声だったので、一瞬言葉を拾い損ねた。

「俺が学校も行かずにスリやってたこと、もう知ってんだろ？　馬鹿にしに来たのか？」

「違います、僕は虎彦さんに戻ってきてもらえないかと思って……」

「俺が？　今更どの面下げて？」

着物の裾がはだけるのも構わず胡坐をかいた虎彦は、吐き捨てるように言い放った。

「俺がいたら、先生が写真館に戻ってきてくれる万に一つの可能性だって潰れちまう。あんな嘘ついて先生を騙したんだ。きっと俺のこと軽蔑してる」

「そんなこと……」

「あんただってそうだろ。家族もいない、学校に行ったこともないくせにって、腹の底では俺のこと笑ってんだろ。あんたもちゃんと学校に行ってるんだろうからな」

虎彦の表情は頑なだ。通り一遍の言葉をかけたところで、きっと撥《は》ね返されてしまう。

久生は正座をした膝の上で手を組んで、束の間黙り込んでから口を開いた。

「……僕は学校に通っていましたが、自分の意思ではありませんでした。本当はすぐにでも働きたかったのですが、母に通うようにと命じられて」

「羨ましいことだな」

「でも、学費を稼ぐために母は体を壊しました。僕はそんなこと望んでいなかったのに」

虎彦は一瞬口をつぐんだものの「あんたのためなら、母親だって本望だったんじゃねぇの」とぼそぼそつけ足した。

「そうかもしれません。でも僕は母のことが気になって勉強どころではなくて、なんとか卒業はしたものの身についたものは驚くほど少なかったと思います。それに比べたら、独学で学んだ虎彦さんは僕よりずっと偉いですよ」

言いながら、「学校に行ってちょうだい」と自分に縋りついてきた母親の姿を思い出した。

子供を学校に通わせる余裕などなかったのに、母は久生の進学を諦めなかった。勉強をして、久生が立派になればきっと父が迎えに来てくれると、本気でそう信じていた。

――そんなことをしてもお父さんは僕らを迎えに来ないよ。

そう告げることはできなかった。父が迎えに来ると信じることで、なんとか母は日々を生きていたのだ。薄氷の上を歩くようなその足元を、自分の一言で打ち砕く気にはなれなかった。

こんなことに意味はないと思いながら通った学校だ。学ぶことに関する貪欲さなど、虎彦と比べるべくもない。

「虎彦さん、いつも手帳に何か書きつけてましたよね。読み書きはどうやって覚えたんです？

全部独学で？」

虎彦は居心地悪そうに足を組みなおし、自分で、と小声で答える。

「凄いじゃないですか、独学でここまで身につけたなんて。自慢して回っていいですよ」

「ぜ、全部一人でってわけじゃない。写真館で働くようになってからは館長とか先生にもいろいろ教えてもらって、なんとか読み書きできるようになっただけだから……」

しかめっ面は照れ隠しだろうか。鷹成たちに出会う前も一人で勉強を続けてきたという虎彦を、久生は本心から尊敬する。

「せっかく読み書きできるようになったのに、ここで辞めてしまうのはもったいないですよ。これからも弁士として頑張ってみませんか？　ぜひ写真館に戻ってきてください。それに、昨日は鷹成さんが珍しいフィルムを持ってきたんですよ」

「……珍しいって、どんな？」

「義経千本桜です。でもただの千本桜じゃありません、色つきなんです」

「キネマカラーのこと？　ちかちかして目が疲れるやつじゃん」

「それがですね、ハンドルの速度を調整することで色のちらつきを抑えられることがわかりまして。今朝も鷹成さんがあれこれ調整してました。専用のフィルターがどうとか言って、もしかするともっと鮮やかな色が出るかもしれません」

へえ、と短い返事をしつつ、興味を引かれたのか虎彦がそわそわし始めた。

「俺、キネマカラーって一回しか見たことないんだよね……。なんか目が疲れるから途中で見るのやめちゃったし。千本桜は見たことないかも」

「今ならお客さんもいませんし、貸し切りで好きなフィルムが何度でも見られますよ。滅多にない機会ですから、他の皆さんにもこれから声をかけてみるつもりです」

「……先生にも？」

虎彦の顔に怯んだような表情が浮かぶ。ごまかさず、久生はしっかりと頷いた。

「もちろん、先生にも声をかけます。ちゃんと話をしましょう。このままみんな散り散りになって、あの写真館がなくなってしまうなんて淋しいです」

伏し目がちに話を聞いていた虎彦が、急に勢いよく目を上げた。えっ、と短い声を上げ、畳に両手をついて身を乗り出してくる。

「写真館がなくなるって？　休館じゃなく？」

「弁士の皆さんが写真館に来なくなってしまったので今は休館しているんですが、このまま誰も帰ってこなければ写真館が潰れるのも仕方がないと鷹成さんが……」

「なんだそれ、新しい弁士でもなんでも探せばいいだろ。え、本当に館長このまま写真館閉めるつもりか？　そういうことは早く言えよ！」

怒られて肩を竦めたが、虎彦に普段の調子が戻ってきたことが嬉しくて久生は笑顔になる。

「何笑ってんだ！　とっとと写真館行くぞ。館長からちゃんと話を聞かないと……！」

立ち上がり、あたふたと着替え始めた虎彦を見上げ、久生は笑顔で「はい」と頷いた。

「お、早速連れてきたのか」

虎彦を伴い写真館に戻ってみると、映写室から鷹成に声をかけられた。久生が出かけた後も一人で上映会をしていたらしい。

舞台の脇から誰もいない客席に下りた虎彦は映写幕に映る義経千本桜を見上げ、

「なんだよ」と不満げな声を上げた。

「キネマカラーでもなんでもないじゃん」

「もう少し先の場面からだ。ちょっと待ってろ」

二階から鷹成の声が降ってきて、止まっていた写真が再び動き出す。

「やっぱり解説が無いと味気ないな。音楽も」

客席の真ん中で腕を組み、虎彦がぽつりと呟く。それにお客さんがいないと盛り上がりませんよね、と久生が続けようとしたら、ぱっと画面に色がついた。

「うわ！　あれ、思ったより自然じゃん！」

フィルムに色がついた途端、虎彦は直前までの渋い顔を取り払って歓声を上げる。その声を聞いて、たった一人でも観客の声があると雰囲気が違うな、と久生は目を細めた。

カラーの場面が終わるなり、虎彦は映写室を振り返って声を張り上げた。

「館長、これ絶対お披露目した方がいいよ！　先生に解説担当してもらおう！」

虎彦はまたこの写真館が再開する体で鷹成に話しかけている。久生も「そうですよ！」と声を揃えると、映写室の小窓から鷹成ののんびりとした声が降ってきた。

「いや、これを上映するとなったら弁士は堂島さんに任せよう」

「なんで！」

「そりゃ、チャンバラをやらせたら堂島さんの右に出る者はいないだろ」

ぐぅ、と虎彦が声を詰まらせる。なんだかんだと悪態をつきつつ、虎彦も堂島の弁士としての実力は認めているらしい。

「でもさぁ、あのオッサンすぐ適当な解説するじゃん。もっとちゃんとした原稿用意してほしいんだよね。また急に静御前《しずかごぜん》が大阪弁とか喋り出したら嫌だし」

「だったらお前が原稿を用意してやったらどうだ？」

ぐつぐつと小鍋が煮えるように続いていた虎彦の愚痴が途絶えた。

目を丸くして映写室を見上げる虎彦に、鷹成は悪戯でも仕掛けるような顔で笑う。

「事前にお前が用意した原稿を読ませればいい。そうすれば妙な即興も入らないだろう」

「でも、あのオッサンが大人しく俺の原稿なんて読むかな……？」

「渋い顔をされたら『主任弁士ともあろうお方が、この程度の原稿も読み上げられないとは残念です』とでも言ってやれ。『随分簡単にしたつもりだったんですが』なんてしおらしくつけ加えれば堂島さんも無視できなくなるだろ」

話が進むうちに虎彦の目がキラキラと輝き始めた。堂島をやりこめる姿でも想像したのか、両手を握りしめて「任せろ！」と叫ぶ。

「なんか俺、凄いやる気湧いてきた……！　早速構想を……あ、手帳忘れた！」

虎彦は自分の尻尾を追いかける犬のようにその場でぐるぐる走り回ると、「今日のところは帰る！」と言い置いて帰っていった。明日からはこれまで通り写真館に来て、楽屋で義経千本桜の原稿を書くつもりだそうだ。

虎彦が帰った後、久生は二階の映写室へ向かった。

「鷹成さん、人を動かすのが上手ですね」

飽きもせずハンドルを回していた鷹成は肩越しに久生を振り返り「お前ほどじゃない」と目を細める。

「こんなに早く虎彦を連れ戻してくるとは思わなかった」

「すみません、勝手に……」

鷹成からは虎彦の様子を見にいくよう言われただけで、連れてこいとは命じられていない。余計なことをしたかと肩を竦めたが、鷹成の顔に浮かんだ笑みはそのままだ。

「別に、好きにしたらいい。俺はこの場所を提供してるだけだからな。また人が集まってくるなら館長らしく働くし、誰もいなくなればここを閉めるってだけの話だ」

あくまで放任の態度を貫くつもりらしい。

まるで水辺に浮かぶ浮草だ。生き生きと葉を茂らせているくせに、自分の意思はないかのように風に吹かれるままどこかへ流れていってしまう。このまま写真館を再開するめどが立たなかったら、ある日突然、煙のように消えてしまいそうだ。

水に流れるように、空気に溶けるように人は消える。前触れはない。そのことを、久生は痛いほどよく知っている。

「でしたら遠慮なく、僕は好きにさせてもらいます」

もう目の前で誰かが消えるのは嫌だ。

強い想いをこめて鷹成を見詰めたが、返ってきたのはやっぱり煙のように手応えのない緩い笑みだけだった。

作家と編集者が実際どのように仕事をするのか久生は知らない。だから想像することしかできないが、もしかしたら現実にもこんな会話を交わすことがあるのだろうか。

「先生、原稿の進捗はいかがですか？」

楽屋の襖を開けながら、久生は室内に向かって声をかける。

こちらの気配に全く気づいていなかったのか、座卓の前で頭を抱えていた虎彦がびくりと肩を跳ね上げた。久生を振り返り、ひどく嫌そうに顔をしかめる。

「何が先生だよ、チクショウ。思ってもねぇくせに、絶対面白がってるだろ」

「面白がってなんていませんよ。原稿を書くのは本当に大変なことなんですね。こんなに作業が進まないものだとは思ってもいませんでした」

「嫌味かよ！」

「違います、本心から驚いてるんです」

労《ねぎら》う気持ちも本物だ。台所で淹れてきた緑茶を座卓に置くと、虎彦も渋面をほどいて素直に礼を言ってくれた。

写真館が休館してからすでに一週間。虎彦は毎日写真館に通い義経千本桜の原稿を書いているが、なかなか原稿用紙の升目は埋まらない。書いては消し、書いては消しの繰り返しだ。

話の筋はわかっていても、　実際に映像と合わせて原稿を書くのは難しいらしい。　物語の状況を正しく観客に伝えるだけでなく、登場人物たちのセリフも考えなければいけない。

千本桜なら歌舞伎の演目にもあるので歌舞伎役者のセリフをそのまま使ってもよさそうなものだが「それじゃ舞台の焼き増しになっちまってわざわざ活動で見る意味がないだろ」と虎彦に睨《にら》まれてしまった。

「実際に原稿を書いてみて初めてわかったけど、やっぱり先生とか堂島のオッサンは凄かったんだな。一時間以上もある話の原稿を毎回一人で用意してたんだから」

いつになく殊勝なことを言う虎彦の傍らに腰を下ろし、久生は含み笑いする。

「それ、堂島さんの前で言ってあげたらいいですよ。きっとすぐに戻ってきてくれます」

「嫌だよ。それにあんたが迎えに行っても連れ戻すのは無理だったんだろ？　俺が行ったところでどうにかなるわけねぇじゃん」

「でももう一押しという雰囲気もあったような気がするんですよ。虎彦さんがついてきてくれたら何か変わったかも……」

「あんた意外とめげねぇな」

呆れたような顔をして虎彦は湯呑に息を吹きかける。その隣で久生も緑茶をすすった。

虎彦がこの写真館に戻ってきた翌日、久生は堂島の家を訪ねた。

堂島はごみごみとした住宅街に立つ一軒家で一人暮らしをしていた。次の仕事を探している様子もなく、まだ日も高いのに酒など飲んでおり、ちょうど話し相手が欲しかったところだと言ってあっさり久生を自宅に上げてくれた。

「飲みたきゃ飲め」と久生に茶碗を押しつけ、堂島は手酌で自身の茶碗に酒を注ぐ。久生は酒こそ遠慮したものの、写真館の状況を説明して堂島に戻ってきてくれるよう頼み込んだ。

こうして家に上げてくれたくらいだから脈があるのではと期待したが、堂島は本当に一人で飲むのに飽きていただけらしく、頭を下げる久生への反応は芳《かんば》しくなかった。

「虎彦はもう写真館に戻ってるんだろう？　だったらとっとと先生を呼び戻して、これからはあの二人で弁士を続ければいい。俺がいるとやたらと虎彦が突っかかってきて面倒だ」

「でも、虎彦さんは堂島さんのための原稿を用意してるんですよ」

だからぜひ戻ってほしいと伝えるつもりが、「あいつの書いた原稿なんて冗談じゃない」とますますそっぽを向かれてしまった。それでいて、虎彦が堂島の解説の腕を認めていたと告げれば気を良くしたように眉を上げたりする。

めげずに食い下がると、最後はうるさそうに顔の前で手を振られた。

「俺なんざ主任弁士と呼ばれちゃいるが、元香具師でしかないんだぞ。この程度喋れる弁士なら他にも山ほどいる。新しくまともな弁士を雇っちゃどうだ」

茶碗を口に運び、堂島はその縁からじろりと久生を睨む。

「それにお前、本気で俺を呼び戻したいと思ってるのか？　またあそこで働くとなったら、俺は真っ先にお前を写真館から追い出すぞ。お前個人に恨みはないが、無駄な人件費を払えるほどうちは儲かっちゃいない。お前のせいで俺の実入りが減っちゃ困る。何よりも、わけのわからん連中に追われてる輩と一緒に仕事なんぞしたくない」

脅しつけるような低い声に怯みそうになる。だが、堂島の言葉は見当違いな指摘ではない。

逃げそうになる視線を無理やり上げ、久生はまっすぐ堂島を見詰め返した。

「堂島さんの言っていることは正しいと思います。僕の素性を怪しく思うのも当然です」

まさか肯定されると思っていなかったのか、目を丸くした堂島に久生は言い募る。

「むしろ僕の言うことを丸ごと信じて受け入れてしまう鷹成さんがおかしいんです」

「ま、そうだろうな。館長はときどき突拍子もないことをする」

「その上、僕みたいになんの取り柄もない人間を住み込みで雇おうなんて好待遇が過ぎます。あの写真館赤字なんですよね？　そんな状況なのに、どうしてますます自分の首を絞めるようなことを？」

「知るか。俺だってあの館長が何を考えてるんだかときどきわからん」

「僕もわかりません。だから、あの人のそばには堂島さんみたいな人が必要なんです」

久生に対する堂島の態度は不条理な嫌がらせでもなんでもない。写真館の経営状態を正しく理解している従業員のまっとうな反応だ。

合理的ではない行動をとっているのは鷹成の方だ。自ら崖の縁に立ち、強い風が吹くのを鼻歌交じりに待っているような、そんな危うさを折に触れて感じる。

「普通に考えたら僕を警戒する堂島さんがまっとうです。浮世離れしているのは鷹成さんの方で、そういう人には堂島さんみたいな重しが必要なんです！」

渾身の説得だったが、堂島は妙な顔をした後「人を漬物石扱いするんじゃない」と言って久生を自宅から追い出してしまった。

「――やっぱり、堂島さんの弁士の腕を褒めて連れ戻した方が確実だったのかもしれません」

「あんたあのオッサンにどんな説得したんだよ？」

虎彦から胡乱《うろん》な目を向けられ、ごまかすように咳払いをする。そのつもりが、うっかり妙なところに唾が入って咳が止まらなくなった。

「おい、大丈夫かよ？　もうちょっと火鉢のそばに寄っとけ」

「お気になさらず、虎彦さんこそ暖かいところで作業に集中してください」

久生に促され、虎彦は再び原稿と向き直る。だが、鉛筆を握る手はなかなか動かない。原稿用紙の欄外に丸や四角を書いては溜息をつくばかりだ。

「一人前の弁士になれば自分で原稿を書かなくちゃいけなくなるんですから、練習だと思って頑張ってください」

虎彦は低く呻《うめ》いて座卓に顔を伏せると、ややあってからくぐもった声で呟いた。

「実はさ、俺……本当は弁士じゃなくて、活動写真を作る側になりたいんだ」

ともすれば聞き逃しかねない小さな声をすんでのところで聞き取って、久生は目を丸くする。

「作る側というと、役者を目指すということですか……？」

「いや、そっちじゃなくて……芝居の台本とか作る方」

「脚本家ですか！　凄い！」

「す、凄くねぇよ。そういうことがやりたいなぁって思ってるだけで、まだ全然……」

「僕だったらまずそういう仕事がしたいと思うに至れません。他人と違う夢を追いかけていること自体尊敬します」

虎彦はもそもそと身を起こすと、照れくさそうな顔で鼻の下を掻いた。

「まあ、今からネタとかも集めておこうと思って、気になることがあったら手帳に書くようにはしてるんだけどな。ありがちだけど、勧善懲悪ものの話とか……」

「いいじゃないですか、そういうの僕も大好きです」

自分で物語を作るなんて考えたこともなかっただけに、興味津々で身を乗り出す。それを見て虎彦も気を良くしたのか、少しだけ胸を反らした。

「俺が考えたのは、身分の高い人間が下町に身を潜めて市井の人間を助ける話なんだ。主人公は悪い奴らから追われて身を隠してるんだよ。本当は金持ちなんだけどそれも隠して、金が無くて困ってる連中にそっと金を置いてくような人の好いところもある。で、そうとは知らない隣近所の連中から何かと相談を持ち込まれて、なんだかんだ解決してやるって話」

「かなり具体的に決まってるじゃないですか。それに面白そうです」

「そ、そうか？　あとなんだっけな、いろいろ設定があって……」

ズボンのポケットから虎彦が取り出したのは見慣れた黒い手帳だ。一緒に中を覗き込もうとしたら、「勝手に見るなよ」と睨まれる。

「駄目ですか？」

「駄目だよ、特にあんたは――」

そこまで言って、虎彦はハッとしたように口をつぐむ。失言だったようだ。

言葉を濁す虎彦の顔を覗き込み、久生は悪戯っぽく笑う。

「僕には見せられないって、まさか僕の悪口でも書いてるんですか？」

「ばっ、違う！　ガキじゃないんだからそんなもん……！」

「じゃあ見せてくださいよ」

「だから……っ、企業秘密だ！」

久生が身を乗り出した分だけ後ろに体をのけ反らせる虎彦をからかっていたら、背後ですらりと襖が開いた。

「なんだか楽しそうにやってるな？」

襖の向こうに立っていたのは鷹成で、久生と虎彦は慌てて姿勢を正す。

写真館が休館になっても、鷹成は毎日洋服に身を包んで方々へ出かけていく。目的は新しいフィルムの買いつけだ。もう随分前に上映された古いフィルムや、キネマカラーのように持て余されて埃をかぶっているフィルムを安価に買い取っては持ち帰っている。

写真館の再開に意欲的なのかと思いきや、フィルムの収集は完全に趣味らしい。誰もいない芝居小屋で夜ごと映写機のハンドルを回して悦に入っている。誰に見せるわけでもない、自分のためだけの上映会だ。

それでいて鷹成は、この写真館を再び開けようとしている久生や虎彦を止めるでもない。今も機嫌よく笑って座卓の上の原稿を覗き込んでくる。

「どうだ、初めての原稿は順調に進んでるか？」

「……見ればわかるだろ？　全然だよ」

真っ白な原稿用紙を見下ろし「そうみたいだな」と鷹成も苦笑した。

「どうしても進まないようだったら先生に相談してみたらどうだ？」

正一郎の話題が出た途端、虎彦の表情がわかりやすく強張った。

「……先生は、多分もうここには来ないだろ」

鷹成は入り口の壁に手をついて、「先生のところには行ってないのか？」と久生に視線を向けた。

「下宿先には何度か足を運んでみたんですが、毎回不在でまだ会えてません」

「居留守に決まってる。先生はもう俺たちに会いたくもないんだ」

久生の言葉を引き取って虎彦は低い声で言う。鷹成だけは声の調子を変えず、「なんでそう思う」と重ねて尋ねた。

「だって俺、先生に嘘ついてずっと勉強教えてもらってたんだぞ。本当は学校なんて行ったこともないのに……。先生は大学を卒業してるくらい頭がいいし、俺に学が無いってわかって、もうこれ以上相手にしたくないと思ったんだ。きっと、軽蔑された……」

実際に正一郎が何を思っているかは知らないが、最後に虎彦たちに背を向けたときの彼の表情はひどく強張っていて、言葉数も少なかった。

鷹成は思案顔で顎を撫で、久生へと視線を戻す。

「先生の下宿には昼間しか行ってないのか?」

「はい。あまり遅くなるとご迷惑かと思って、日が落ちてから伺ったことはありませんが」

「だったら今日の夜にでも行ってみたらいい。単純に日中は用事があって出かけてるだけかもしれないだろう。虎彦も一緒に」

「俺は行けない」

鷹成の言葉尻を奪うようにして、きっぱりと虎彦は言い放つ。

「顔を合わせたらきっと嫌な顔される。しつこくして、これ以上先生に嫌われたくない」

いつになく覇気のない声で呟いたと思ったら、虎彦は座卓の上の原稿用紙をかき集め「帰る」と楽屋を出て行ってしまった。

足早に立ち去った虎彦を呼び止めるでもなく見送って、鷹成は再び久生を見遣る。

「……ということだが、お前はどうする?」

「僕は行ってみます。夜分遅くに伺うのはご迷惑かもしれませんが、先生が実際どう思っているのか訊いてみたいですし、できればここに戻ってきてもらいたいので」

好きにしたらいい、と肩を竦めて楽屋を出て行こうとする鷹成を、久生は慌てて呼び止めた。

「あの、できれば鷹成さんにもついてきていただきたいのですが……!」

意外そうな顔で振り返った鷹成に、さらに言い募る。

「僕一人では先生を説得できるかわかりません。でも、鷹成さんなら上手く説得できるのではないかと！」

「俺は別にどうしても先生に戻ってきてほしいわけじゃないが」

あっさりと言い返されて肩を落とした。この調子では助力を求めるのは難しそうだと溜息をつき、久生もその場に立ち上がる。

「……ですよね。じゃあ、僕一人で行ってみます」

活動写真は好きでも、自分の写真館には執着しようとしない鷹成の心理を未だに久生は理解できない。浮草のようにくるくると回りながらどことも知れぬ場所へ流れていかなければいいのだけれど、とまたぞろ溜息をついたら、吸い込んだ息が喉に引っかかって咳が出た。咳き込みながら廊下に出れば、まだ部屋の入り口に立っていた鷹成に肩を摑まれる。

「風邪か？」

振り返ると同時に鷹成が身を乗り出してきて、互いの顔が急接近した。驚いて飛びのこうとしたが、肩を摑まれたままなのでそれも叶わない。

「い、いえ、別に風邪では……」

「そうか？　さっきも咳をしていたようだし、顔も赤いぞ？」

咳き込んだのは気管に妙な空気が入ってしまったからで、顔が赤いのは火鉢のそばにいたからだ。どこも具合は悪くないと言ってみたが、鷹成は疑わしげな顔だ。

「軽く見ない方がいいぞ。今年の風邪は質が悪い。力也もそれで倒れただろう」

心配顔で「大丈夫なのか」と繰り返されると面映《おもは》ゆい。火鉢に当てていたのとは反対の頬まで赤くなっていくようで、慌てて顔を背けた。

「あ、あの、でしたら、やっぱり先生のところに行くとき、ついてきてもらえませんか？　途中で倒れたりしたら大変なので！」

「体調が悪いのに日を改める気はないのか？」

「え、は、まあ、こういう話は早い方がいいので……」

「仕方のない奴だな。夕飯の後でいいか？」

てっきり断られると思っていただけに、驚いて「えっ」と大きな声を出してしまった。

「つ、ついてきてくれるんですか？」

「病人を一人で外には出せないだろう」

「いえ、僕は本当に風邪など引いていなくて……」

「だったらどうしてこんなに顔が赤い」

言いながら鷹成が顔を近づけてくる。熱などないはずなのに再び頬に熱が集まってくるようで、久生は悲鳴じみた声を上げた。

「や、やっぱり体調が思わしくないようなので、ついてきてください！」

本来ならば久生が外出するのを止めればいいところだろうに、鷹成は面倒そうな顔一つせず、当然だと言わんばかりに頷いた。

正一郎の住む下宿は、薄暗い川沿いに立つ古い二階屋だった。

夜になっても下宿はひっそりと静まり返り、学生たちがどんちゃん騒ぎをしている様子もない。比較的住人の年齢は高めなのかもしれなかった。

正一郎が下宿に帰ってきたのは、夜鳴き蕎麦の声も遠ざかる夜更けだ。シャツの上に着物を着た書生姿で現れた正一郎は、重たげなカバンを肩に提げてふらふらと玄関先に向かっている。

建物の陰に身を潜めていた久生は夜道に飛び出すと、「先生」と正一郎を呼び止めた。

正一郎の肩がびくりと震え、ゆっくりとこちらを振り返る。久生を見て一度は背を向けようとしたが、その後ろから鷹成まで現れたのを見て逃げられないとでも悟ったのか、諦めたように肩を下げた。

話がしたいと申し出た久生を、正一郎は二階の自室に招き入れてくれた。

四畳一間の室内は、奥の窓辺に文机が一つ置かれているだけで実に殺風景だ。正一郎は文机に背を向けるようにして腰を下ろし、久生と鷹成もその向かいに座った。

「こんな遅い時間まで外で勉強でもしてたのか？」

鷹成に問われた正一郎は、俯いてぼそぼそと答えた。

「下宿より、外の方が集中できるので……。ここのところ勉強を疎かにしていたものですから、心を入れ替えようと思いまして」

ならば日中に久生が下宿を訪ねても不在にしていたのは、居留守でもなんでもなく本当に出かけていたということだ。避けられていたわけではないようだが、正一郎は俯いてなかなかこちらを見ようとしない。言葉よりも明確な拒絶に不安を抱きつつ、久生はそろりと口を開いた。

「あの、そろそろ先生にも写真館に戻ってきていただきたいのですが……」

下宿の中は静まり返り、隣の部屋からはしわぶきの声一つ聞こえない。これほどの静けさなら久生の声が聞こえなかったはずもないだろうが、正一郎は何も言わない。

「まさかこのまま、二度と写真館に来ないつもりですか？」

正一郎は目を伏せたまま、わずかに顎を引くような仕草をした。

困り果てて隣に座る鷹成に目を向けたが、こちらは緊張感の欠片もない顔で生あくびなどしている。ここまでついてきたのはあくまで久生の体調を気遣ってのことで、正一郎をどうしても呼び戻そうという気はやはりないらしい。わかってはいたが脱力しそうだ。貴方の写真館ですよ、と詰め寄りたくなったところで正一郎が口を開いた。

「僕は、きちんとした従業員が揃っている写真館だと館長から聞いてそちらで働くことを決めたんです。それなのに、写真館とはなんの関係もない、経歴を偽っているような人間しかいなかったなんて……」

俯いて、正一郎は力なく眼鏡の中央を押し上げる。見込み違いだったとでも言いたげなその姿を見て、久生は膝の上で固く拳を握った。

久生自身、華族の息子だと偽ってあの写真館に転がり込んだ。そのことについては正一郎から詰《なじ》られても軽蔑されても仕方がないし、詐欺師と言われても反論できない。

だが、虎彦にまで落胆したような目を向けてほしくなかった。毎日原稿用紙の前で唸っている虎彦を思い出せばもう黙っていられず、久生は声を大きくした。

「あの写真館に来る前はどうあれ、虎彦さんは頑張ってます！　そんなふうに馬鹿にしないでください……！」

久生の大きな声に驚いたのか、正一郎が弾かれたように顔を上げた。弾みで眼鏡が鼻梁を滑り、それを慌てて押し上げながら、正一郎は小刻みに首を横に振った。

「いえ、馬鹿にするなんてそんな……そんなつもりはないんです。ただ、まがい物はどこまで行ってもまがい物なのだと……」

「虎彦さんはまがい物なんかじゃありません！」

あの写真館の中でそんな言葉をぶつけられる者がいるとしたら自分くらいだ。いっそ真実をぶちまけてしまおうかと思ったところで、正一郎が大きく首を横に振った。

「違います、まがい物というのは僕のことです」

苦しげに口にされた言葉に目を瞬かせる。意味がわからず隣にいる鷹成に目を向けたが、鷹成からも、わからん、というように首を横に振られてしまった。

正一郎は目を伏せると大きく息を吐き、覚悟を決めたように眼鏡を押し上げた。

「経歴を偽っていたのは、僕です。大学を卒業したと皆さんにはお伝えしていましたが、実際は受験に失敗して……大学に入学すらしていません」

呆気にとられる久生の前で、「申し訳ありませんでした」と正一郎は深く頭を下げた。

「今年の春先、四度目の受験に失敗しました。田舎に帰るかもう一年勉強を続けるか心定まらずにいたとき、館長に声をかけられたんです」

正一郎の家は裕福で、実家は年の離れた兄が継いでいる。受験に失敗したところでさほど咎《とが》められることもなく、田舎に帰ってこいと急《せ》かされることもない。

焦りや緊張感もなく、上京した直後に抱いていた学問に対する情熱は日に日に薄れていく一方だ。自分は本当に大学に行きたかったのか、行ったところで何を学びたかったのかわからなくなってきてしまい、さりとてほかに何かしたいことがあるわけでもなく空虚な日々を送っていたある日、公園でぼんやり本など読んでいたら鷹成に声をかけられた。

もともと芝居や落語が好きで、上京してからはよく活動写真にも通っていたという正一郎は写真館にも興味を持った。

「実は、子供の頃は落語家に憧れていた時期もあったんです。一人で練習なんかもして……。写真館には手練れの弁士もいると言われて、もしかしたら稽古《けいこ》をつけてもらえるのではないかと期待しました。ただ、堂島さんは弟子をとるような性格の人ではなかったので、何か教えてもらえることはありませんでしたが……」

そもそも堂島自身つい最近弁士を名乗り始めたばかりだったわけだが、その解説を聞けば来歴を疑うことはなかったらしい。後からやってきた虎彦も弁士になるべく熱心に学んでいるし、鷹成も青年実業家と思しき立派な身なりだ。

きっとこの写真館はこれからもっと大きくなる。そう確信した。

「あの頃の僕は、自分が何をしたいのか、何ができるのかよくわからない状態で……だからこそ、写真館で熱心に働く人たちが眩しく見えたんです。こんな人たちと一緒に働いていたら自分もひとかどの人間になれるんじゃないかと、そう思って写真館で働き始めました」

その後は弁士になるべく人知れず努力を重ねた。

子供の頃、落語家の口真似をしていた下地があったせいか案外と口跡は悪くなかったが、やはり堂島と比べると抑揚のつけ方、声色の使い方が淡々としすぎている。ならばせめて解説の質を高めようと持ちうる知識を総動員して原稿を書いたそうだ。

「最初に館長から声をかけられたとき、もう何年も受験に失敗しているとは言いにくく……それで大学を卒業したと嘘をつきました。どこかで訂正すればよかったのでしょうが、周りの皆さんがすっかり信じ込んでいるのに、言い出しにくくて……」

ああ、と久生は同情の交じる声を上げる。久生も出自を偽っているだけに、正一郎の苦悩は痛いほどよくわかった。

「特に虎彦君は僕が大学を卒業していると信じきって、だからこそあんなにも慕ってくれていたのに、今更本当のことを打ち明けたら軽蔑されてしまいそうで――……」

虎彦はそんなことを気にする子ではない、と言いたかったが、自分も虎彦たちに本当のことを打ち明けられずにいる。無責任に背中を押すこともできずにいると、それまで事態を静観していた鷹成がおかしそうに笑いだした。

「先生、虎彦もあんたと同じこと言ってたぞ。嘘がばれて先生に嫌われた。だから会いに行けないって」

「嘘……？」

「あいつが学校にも行かず駅前で不良どもとつるんでたって話だよ。あんた、虎彦のことを一般的な家で育った子供だと思ってたんだろ？　そうじゃなかったってばれて、先生に軽蔑されたって青い顔して言ってたぞ」

話を聞いて、顔を青ざめさせたのは正一郎の方だ。まさか、と掠れた声で否定する。

「僕はむしろ、学校にも行かず独学で勉強した虎彦君を尊敬しているんです。僕は一人で勉強をしていてもまったく集中できなかったし、そのうちなんのために学ぼうとしているのか忘れてしまったくらいだったんですから。軽蔑なんてあり得ません……！」

「だったら虎彦にそう言ってやれ。きっと飛び上がって喜ぶぞ」

「でも、僕が大学を出ていないと虎彦君が知ったら……」

「そんなもんあいつは気にしないだろ。虎彦は先生が持ってる知識や、フィルムを作った相手に対する誠実さを尊敬してるんだろうからな」

鷹成の言葉を聞き漏らすまいとしているのか、正一郎は唇を引き結んで動かない。

「お互い半人前なんだ。二人で補い合ってひとかどの人間とやらになったらいい。少なくとも虎彦には、あんたみたいな先生が必要だよ」

鷹成の声は大らかで、優しかった。正一郎が学歴を偽っていたことを責める気もないらしい。硬く張り詰めていた正一郎の肩からゆるゆると力が抜けていくのが傍目《はため》にもわかる。最後は深く息をつき、「考えさせてください」と正一郎は言った。


鷹成とともに正一郎の下宿を出る頃には、もはや外に人通りもなくなっていた。しんと静まり返った夜道を歩きながら、久生は詰めていた息を吐く。

「先生、戻ってきてくれるでしょうか?」

隣を歩く鷹成を見上げて尋ねるが、返ってきたのは「さぁな」という気のない返事だ。その横顔をじっと見詰め、久生は呟く。

「思ったよりもちゃんと先生を説得してくれたの、意外でした」

てっきり正一郎との話し合いは久生に丸投げして、事の成り行きを見守っているばかりだろうと思っていた。

素直にそう告げると、なぜか呆れたような顔をされてしまった。

「俺だってそうするつもりだった。でも先生が帰ってくるのが思ったより遅かったから、そう悠長なことも言ってられなかったんだよ」

「早く帰りたかったってことですか？　もしかして、この後何か用事でも？」

だとしたら悪いことをした。一緒に写真館まで戻るつもりでいたがここで別れるべきかと思案していたら、いきなり目の前が暗くなった。額に冷たいものが触れる。

視界を奪われ足元をぐらつかせたら、横から伸びてきた腕に抱き寄せられた。

「自覚がなかったのか？　お前もうふらふらだぞ」

目元を覆っていた手が少しずれ、心配そうにこちらを覗き込む鷹成の顔が視界に飛び込んできた。額どころか目元まで覆っているのは鷹成の大きな手だ。ひんやりとして心地いい。

「ふらふらしているのは鷹成さんが目隠しをしているからでは……」

「そんなわけあるか。先生が帰ってくるのを待ってる間だってガタガタ震えてただろう」

「それは外が寒かったからで……」

「だったら今は震えが収まってる理由がわかるか？　熱が出てるからだよ」

言われてもまだぴんとこなかったが、鷹成に抱き寄せられてその広い胸に寄りかかったら、見る間に膝から力が抜けた。

「先生に会うから気を張ってたのか知らんが、こんなになるまで自分の不調に気づかない奴があるか。あれだけ質の悪い風邪が流行ってるって忠告してやったのに……」

一度体調不良を自覚してしまうと立っているだけで精いっぱいになってしまい、鷹成の腕の中で、すみません、と力なく呟く。

「いい。わかってて止めなかった俺にも非はある。ほら、背中に乗れ」

言うが早いか鷹成が久生の前にしゃがみ込んだ。すぐには状況が摑めず、いつもは見上げている背中をぼんやり見下ろしていると「早くしろ」と急かされた。

負ぶろうとしてくれているのだと理解して、恐る恐る鷹成の肩に手を置いた。しっかりと肩を摑むつもりが指先に力が入らず、ずるりと掌が滑って鷹成の背中に体当たりしてしまった。

慌てて謝ろうとしたが、鷹成が立ち上がる方が早い。

「ちゃんとしがみついてろよ」

夜風が頰を掠め、ぐんと視界が高くなる。とっさに目の前の首にしがみつくと、膝の裏に鷹成の腕が回った。しっかりと背負い直されて軽く体が跳ねる。

子供のようで恥ずかしかったし、鷹成に迷惑をかけて申し訳なかった。でもそれ以上に、広い背中の感触に安堵してしまって目を閉じた。

ゆらゆらと体が揺れる。幼い頃、こうして母にも負ぶってもらった。

鼻先を過る白粉《おしろい》と椿油の匂いを思い出しながら、「すみません」と謝ると、鷹成の背中が小さく震えた。

「病人が気を遣うな。着くまで寝てろ」

笑い交じりの優しい声。

かつて確かに久生の傍らにあったもので、ある日ふつりと消えたもの。手の中から滑り落ちてしまったそれは川に落ちて、浮草のように流れ、目を凝らしてももうどこにも見えない。傍らに根を張って、ずっとそばにいてほしかったのに。

「……鷹成さんも？」

ぼんやりと呟いたら「何が？」と尋ね返された。声に反応して目を開ける。

目を閉じた一瞬で、短い夢のようなものを見た。ゆらゆらと揺れる鷹成の背の上で、夢の続きを見ているような気分で口を開く。

「貴方も流れていくんですか……」

「ん？　まあ、そうだな。どっちかって言うと流れ者だな」

「根は張らないんですか」

「張れないって方が正しい。張ったところですぐひっくり返される」

久生の言葉を寝言か何かだと思っているのか、鷹成の口調は軽いものだ。続く言葉にもなんの感傷もこもっていなかった。

「流れたくて流れてるわけじゃない。しっかり根を張る場所が見つからないだけだ」

夜道に響く声はからりと明るい。もうさんざん根を張る場所を探し回って、そんなものはど

こにもないのだと諦めた後のような乾いた明るさだ。

そうやって、あの写真館からもいつかあっさり消えてしまうのか。

想像したらたまらなくなって、久生は目の前の逞しい首にしがみついた。

「行かないでください」

ぐ、と鷹成が声を詰まらせる。苦しい、と低い声で告げられたが、構わず鷹成の首に回した腕に力をこめた。

「写真館を貴方の大切な場所にしてください」

「いや、もちろん大事だぞ。ただ、他の奴らを巻き込みたくないだけで」

「巻き込むくらい執着してください……！」

しばらくは鷹成の首に強くしがみついていたが、そのうちそんな体力もなくなってぐったりと脱力した。

どうした、と鷹成が笑う。笑われても上手く答えられない。むずかる子供のように低く唸ると、また鷹成の背中が小刻みに揺れた。

「なんでそんなに必死なんだ？　わざわざ先生や虎彦を説得して、堂島さんの家にまで行ったんだろう？　そこまでする必要があるか？　仕事が欲しいならこんな場末の写真館じゃなく、別の働き口を紹介してやる。こう見えて顔は広い方だからな」

久生は首を振り、鷹成の肩口に額を押し当てた。

「ここがいいんです。この写真館がなくなってしまったら淋しいので……」

「でもお前、本当は芝居も活動も好きじゃないだろ？　うちが元は芝居小屋だってわかった瞬間警戒するような顔になったし、初めて活動を見たときだって、最初はなかなか映写幕に目を向けようとしなかった。どっちかというとこういう生業は苦手なんじゃないのか？」

隠したつもりでいたが、芝居や舞台に対する久生の苦手意識はすっかりばれていたらしい。

溜息をついたらやけに白く空気が濁った。今日は随分冷え込んでいるのか、それとも自分の吐く息が熱いせいか。白くかすんだ視界に目を眇め、ぼんやりと呟く。

「苦手というか、怖かったんです……。芝居とか、活動とか、現実よりも華やかな世界を見せてくれるあの舞台は蜘蛛《くも》の巣みたいで、捕らわれたら最後、現実が見えなくなりそうで」

「なんだ、お前もそれほど舞台にのめり込んだことがあったのか？」

「いえ、僕ではなくて……母が」

ざくざくと規則正しく地面を踏んでいた鷹成の歩調が少しだけ乱れた。久生は重たい瞼を開けていることもできず、目を閉じたまま続ける。

「僕の父親は、母の贔屓の歌舞伎役者なんだそうです。もちろん、母の妄言ですが」

「そうだな。お前の父親は石渡家の当主だ」

すぐさま言い返され、はたと口をつぐんだ。

自分のついた嘘をすっかり忘れていた。熱で混濁していた頭に冷や水をかけられた気分で息を詰めたが、鷹成の言葉には続きがあった。

「世間ではそういうことになってるが、実際はわからん。華族様の家を囲う塀は高くて、俺たち市井の人間からは中を窺い見ることもできん」

「あ、いえ、もちろん母の思い込みです。事実ではなく……」

「わかってる。口外はしない。元華族の奥様がそんな妄言を口にしてるってこと自体問題だ」

鷹成の声は真剣そのものだ。久生の出自は端から疑っていないらしい。

今ここで間違いを正すべきか迷ったが、すべての嘘を打ち明けていいのか、どこまで隠しておいたほうがいいのか、茹だった頭では上手く判断がつかない。複雑な問題は先送りにして、再び力を抜き鷹成の背に凭れかかる。

「母は僕の父親を、その役者だと信じ込んでいました。現実と舞台の上の夢が混濁していたのかもしれません。その役者が母の部屋に置いていったという浅葱《あさぎ》色の浴衣をずっと大事に持っていました。それだって、母の妄想だと思いますが」

久生の母親は線の細い美しい人で、どこか夢見がちな目をした人だった。

母はいつか父が自分たちを迎えに来てくれると信じていて、そうなったら久生も父親と同じ舞台に立つのだとよく語っていた。そのために勉強をしろ、と高等小学校にまで通わされた。

考えてみればおかしな話だ。役者にさせたいなら学校より芝居小屋にでも通わせた方がいい。それなのに敢えて久生を学校に通わせたのは、本当に芝居小屋の裏側を覗き込んでしまったら自分の見ている夢が崩れてしまう懸念が意識の片隅にあったからかもしれない。

夢と現実のあわいを母は歩き続けた。久生はその背中を、歯痒《はがゆ》い気持ちで見詰めることしかできず、高等小学校を卒業した後はただひたすらに働いた。

必死に働き続けていれば、いずれ母も自分を振り返ってくれるかもしれない。芝居小屋から離れ、いるのかいないのかわからない役者の父のことも忘れて、母子二人で平穏に、慎ましく暮らしていけるのではないか。

そんなささやかな願いが打ち砕かれたのは数ヶ月前の夏のこと。

仕事から帰ってみると、家から母の姿が消えていた。

消えていたのはそれだけではない。母が大事にしていた父親の浴衣も消えている。

悪い予感がして、戻ってきたばかりの家を飛び出し一晩中母を探した。

母が見つかったのは翌日の昼。

葦の茂る川辺で、母は冷たい骸《むくろ》になって発見された。真夏にもかかわらず真冬の水に浸かっていたかのように真っ白な肌をさらし、唇は青ざめて色がなかった。

久生のもとを訪ねた巡査からは、特に外傷もなく着衣に乱れも見受けられないところを見るに、母は自ら川に飛び込んだのではないかと告げられた。

身投げか。でも自分を置いて？　事故ではないか。そんなことを目まぐるしく考えていた久生の前に、念のため確認してほしい、と巡査が差し出したのは、母が後生大事にしていたあの浴衣だった。母の死体が見つかった場所からほど近い葦原に引っかかっていたという。

そこまで語り、久生は切れ切れの溜息をついた。

「あのとき、母は父と一緒に逝ってしまったんだと思いました。あの浴衣は母にとって父との思い出……というよりも、父そのものだったんです」

久生は父親の本名はおろか、役者名すら知らない。母は足しげく舞台に通っていたが贔屓の役者はころころ変わり、ついぞ父らしき人物を舞台の上に見かけたことはなかった。

母と父の接点はあの浴衣だけだった。セミの抜け殻のようなそれが、母にとっては父のすべてだったのだ。

「きっと母は、心中をするような気持ちで着物を抱いて川に飛び込んだんだと思います。苦しい現実も、僕のことも置き去りにして」

舞台の上に、母はどれほど強烈な夢を見出していたのだろう。

川を流れる浮草のように、母の意識は現実に根を張ることなくふわりと浮き上がって、もう二度と手の届かないところまで流れていってしまった。現実に取り残された久生は、一人で容赦のない事実と向き合うことしかできない。

現実は舞台の上の夢に勝てない。生身の自分では、母を引き留めることができなかった。

「一度舞台にのめり込んだら、母のように現実に帰ってこられなくなりそうで、怖かったんです」

空っぽの浴衣を抱いて、母はたった一人で心中を成し遂げてしまった。まるで美しい独り芝居だ。あるいはひどく滑稽《こっけい》な。

黙って歩いていた鷹成が立ち止まり、ひょいと久生を背負い直した。広い背中の上で体が跳ねて、過去を回想していた久生は現実に引き戻された気分になる。

「それじゃあ芝居や活動が怖くなっちまうのも仕方ないな」

耳をつけた鷹成の背中から、低くくぐもった声が響いてくる。柔らかな低音は耳に心地よく、久生は細く長い息をついた。

「活動写真も、最初は怖かったです。僕は長いこと、母は役者に騙されたんだろうと思っていたので、舞台の裏側には客を食い物にする悪い人たちがいるんだって思い込んでました」

「耳が痛いな」

笑いながら鷹成が言うので、「鷹成さんたちは違いますよ！」と声を荒らげた。勢い余って顔も上げたが、くらくらと視界が回ってまた鷹成の肩に顔を埋めてしまう。大人しくしてろ、と笑われて、久生はぐずる子供のように鼻を鳴らした。

「本当に、鷹成さんたちを悪い人だなんて思ってません。だってみんな活動写真が大好きで、あんなに一生懸命じゃないですか……」

芝居も活動写真も、どちらも架空の物語を形にしたものに過ぎない。現実とは異なるそれに夢中になっては母のようになってしまうと案じていたが、誰しもが夢幻の世界に搦《から》め捕られてしまうわけではないのだ。そんな当たり前のことに気づくことができた。

「お芝居や活動が悪いわけじゃなく、母は少しだけ心が弱かったんだと思います。現実よりも舞台に心を奪われてしまって、僕では母をこちら側に引き止めることができなかった。母に執着してもらえなかった……それだけの話なんですよね」

事実を淡々と喋っていたつもりなのに、目の端からぽろりと一粒涙があふれた。鼻梁に沿うように転がる涙はやけに冷たくて、自分の肌がどれほど火照《ほて》っているのか自覚する。

鷹成は歩調を変えることなく、どうなんだろうなぁ、と応える。他愛のない話に相槌を打つような、のんびりとした声だ。

「そうかもしれないし、そうじゃないかもしれないし、今は答えが出た気がしても、時間が経てば別の答えも出てくるかもしれないからな。ぼんやり待ってればいいんじゃないか？　納得がいく答えが浮かんでくるまで」

好きに悩んだらいいと鷹成は笑う。無理やり前を向けとは言わず、いいから先に進めと背中を押すこともなく、川面に浮かんでくるカメでも待つようなのんきさで。

そうやってぼんやり待っていたら、いつか自分の納得のいく答えが出る日も来るだろうか。

ゆらゆらと優しい振動に身を任せ、久生はゆっくりと目を伏せた。

「僕は、鷹成さんが心配です。写真館にも、他の何にも執着していないみたいで」

目を閉じれば、小舟で川を下っているような気分になる。実際に川沿いでも歩いているのか、遠くで水の流れる音がした。

瞼の裏に流れる浮草。川を下っていく浅葱色の浴衣。顔に濡れた髪を張りつかせた母の白い顔と、何に拘泥《こうでい》するでもなく緩く笑う鷹成の横顔がなぜか重なる。

きつく鷹成の首に縋りつくと、苦笑交じりの声が耳を打った。

「俺の心配までしてんのか。お人好しだな。虎彦たちのために駆けずり回ってるだけでも相当だと思ったが。いくら仲違いした三人を放っておけなかったにしても……」

鷹成の声が遠い。浮き沈みするように遠くなったり近くなったりするその声に耳を傾け、久生はわずかに瞼を上げる。

「三人のためじゃなく、僕は鷹成さんのためにみんなを呼び戻そうとしたんです」

「俺のため？」

肩越しに鷹成がこちらを振り返り、頬を寄せた肩が波打つように揺れた。久生はもう目も開けていられず、そうです、と力なく繰り返す。

「鷹成さんは、一人にしたらどこかに行ってしまいそうだから……。でも、僕一人では引き止められそうもないので——……」

唯一の肉親である母親に置いていかれた事実を思い出し、溜息にもならない微かな息を吐く。それに気づいたのか、鷹成があやすように久生の体を揺らした。

「お前一人でもなかなかの威力だぞ。少なくとも、お前がうちにいる間はあの写真館を手放すつもりはない」

「だったら僕は、ずっとあの写真館にいます」

強く鷹成の首にしがみつくと、夜道に低い笑い声が響いた。

「あんな古びた写真館に、ずっとか？　お前の部屋もないようなあそこに？」

「います。鷹成さんを一人にさせられません」

久生の言葉を本気にしていないのか、鷹成はまだ笑っている。小刻みに震える肩に額を押しつけ、本気ですよ、と不明瞭に呟いた。

もう一度鷹成の首にしがみつこうとしたが、腕に力が入らない。声もふわふわとして寝言のようだ。水の底にもう一段深く沈んでいくように、鷹成の声がさらに遠くなる。

「写真館なんてうち以外にもごまんとあるんだ。お前だって他に身を寄せられる場所があればそっちに行った方がいいに決まってる。先に言っておくが、下手に恩を感じる必要もないからな。どこか当てがあるならそっちに行けばいい」

「……そうしたら、鷹成さんが一人になるじゃないですか」

「慣れてる。俺のそばには誰も残らない」

笑いを含んだ声はからりとしている。湿っぽさは欠片もない。そのことを淋しいと思うのは久生ばかりだ。

「やっぱり、貴方を一人にできません。僕だけはずっとそばにいますから……」

熱に浮かされながら同じ言葉を繰り返していると、鷹成の声が少しだけ変化した。

「——だったら、目が覚めても同じことを言ってくれるか?」

久生は微かに瞼を痙攣《けいれん》させる。寝言を言っているつもりはないのに。

「ここにいてください……」

目が覚めたらもう一度ちゃんと伝えるから、きっと傍らにいてほしい。そんな思いを込めて呟いた辺りで、久生の意識は水に溶けるように薄れて消える。

耳元に鷹成の掠れた笑い声が触れた気がしたが、久生の切実な言葉に対してなんと答えたのかはわからないままだった。


久生が寝起きしている小道具置き場は、高い棚に窓をふさがれほとんど朝日が入ってこない。しかし今朝はいつになく室内が明るい。眩しいほどだ。

眉を寄せたら、どこかで襖の開く音がした。人の近づいてくる気配にうっすらと目を開ける。

「ん? 起きてるのか?」

耳慣れた声で急速に覚醒して目を開いた。目の前に誰かいる。鼻先一寸の距離からこちらを覗き込んでいたのは鷹成だ。

寝覚めに近距離で鷹成と目を合わせてしまい硬直していると、額に掌を押し当てられた。

「まだ完全に熱は引いてないみたいだな。もう一晩ここで寝ていくか？」

ここ、と言われて素早く周囲に目を向けた。見慣れた小道具置き場ではない。鷹成が顔を離すと同時に身を起こしたら、舟にでも乗せられているかのように体が揺れて身を固くした。

「ここは俺の部屋だ」

久生が何か尋ねる前に、先んじて鷹成が説明してくれた。二階の一番奥にある鷹成の私室か。中を見るのは初めてだ。

襖があるところを見ると元は和室だったのだろうが、床に絨毯《じゅうたん》が敷かれ、部屋の隅には洋箪笥と洋机が置かれているため一見すると洋室のようだ。窓には紺色のカーテンが垂らされて、まるで洋画の中に迷い込んだ気分だった。

久生が寝かされているのは活動写真の中でしか見たことのないベッドだ。少し高さがあるので寝返りを打ったら落ちてしまわないか心配だが、鷹成は毎日ここで寝ているという。

「あの、どうして僕はここに……？」

いつの間にか服も浴衣に着替えている。しかしいつ着替えたのか記憶にない。鷹成に背負われ、写真館に向かっている辺りから記憶が曖昧だ。

ふと目を上げると、鷹成がベッドの傍らに立ちじっとこちらを見下ろしていた。もの言いたげな瞳に気づいて背筋を伸ばしたが、鷹成はふいと久生から目を逸らしてしまう。

「俺が運んだ」

「それは、す、すみません……」

何やら鷹成の雰囲気が普段と違う。怒っているのかと狼狽《ろうばい》していると、その様子を察したのか鷹成が深く息をついた。再びこちらに向けられた顔に浮かんでいたのは、いつもの笑みだ。

「小道具部屋はさすがに寒い。病人をあんな場所には寝かせてられないからここに寝かせた。服も勝手に着替えさせたぞ」

鷹成が着替えさせてくれたのだとわかった途端、ただでさえ上がっていた体温がさらに上昇した。申し訳なさと、それを上回る羞恥で顔を上げていられず深々と頭を下げる。

「ご迷惑をおかけして申し訳ありませんでした……！　それに昨日は僕がここを使ってしまって、鷹成さんはどこで休まれたんですか？」

顔を上げながら尋ねると、唇の端を上げてにやにやと笑う鷹成と目が合った。

「覚えてないのか？　お前が寒いって言うから添い寝してやったのに」

「えっ」

「薄情だな。明け方まで俺にしがみついて離さなかったくせに」

驚きすぎて全身が強張り、狭まった気道をヒュッと空気の塊が通り抜ける。

（し、しがみつく？　僕が、鷹成さんに？）

どれほど体が密着していたのだろう。覚えていないなんてもったいない。違う、申し訳ない。失礼なことを。鷹成は同性にしがみつかれて嫌ではなかったのだろうか。

無言で赤くなったり青くなったりしていたら、鷹成に盛大に噴き出された。

「冗談だ！　そんな死にそうな顔をするんじゃない」

「え……、じ、じゃあ……？」

「俺は一階の楽屋で寝た。最初はお前と同じように小道具部屋で寝ようと思ったんだが、板の間で寝るのは無理があるな。今まで気がつかなくて悪かった。今度から楽屋を使ってくれ」

鷹成にしがみついて眠ったわけではないらしいとわかり、脱力して再び布団に沈み込んだ。深く息をつけば、鷹成が屈みこんで久生の頬に触れてくる。単に熱を確かめているだけだとわかっていても、優しい指先とこちらを案じるような眼差しにどきりとした。

「何か食べられそうか？　一応、白湯と果物を持ってきたんだが」

鷹成はベッドの傍らに置かれた机に歩み寄ると、そこに置かれた盆から湯呑を取り上げてみせた。続いて手に取ったのは丸のままの柿だ。窓から差し込む日差しを受けて輝く柿は甘そうで、思い出したように喉が渇きを訴える。

ごくりと喉を鳴らした久生を見て、鷹成は小さく笑うと机の前の椅子をベッドの端に引き寄せた。そこに腰かけ、盆に置かれた小さな果物ナイフで柿の皮をむき始める。

「あの、そんなことまでしていただかなくても……」

「気にするな。どうせ下にいても虎彦に邪魔者扱いされるからな」

「虎彦さん、また原稿に行き詰まってるんですか？」

「いや、先生が来てる。今は二人で感動の対面中だ」

「先生、戻ってきてくれたんですか……！」

俄かに下の様子が気になってそわそわしていると、鷹成に苦笑を漏らされた。

「お互い相手に落胆されたんじゃないかって悩んでたからな。自分のついた嘘を詫び合ってたぞ。もうすぐ昼になるっていうのに、飯の時間も忘れた顔であれこれ話しこんでる」

喋る間も鷹成は器用に果物ナイフを使って柿の皮をむく。

油彩の絵画や豪奢《ごうしゃ》な飾り棚が置かれた洋室に、洋装姿の鷹成はすっかりなじんでいる。海外の活動写真に出てきそうなその光景に見惚れていると、鷹成が自身の手元に目を落としたまま「洋間が珍しいか？」と声をかけてきた。

「ガキの頃から外国の活動ばかり見てきたからな。西洋の生活に憧れて、長い時間かけてあれこれ買い集めたんだ。こんな場末の写真館でも結構それっぽいだろう？」

「それっぽいどころか、洋画の中に入り込んだような気分です」

「そうか？　世間知らずの坊ちゃんも大分世辞が上手くなってきたじゃないか」

お世辞ではなく、と久生は口の中で呟く。

布張りの椅子に腰かけて脚を組む鷹成はくつろいだ様子で、長年洋式の生活に親しんできた人のような立ち居振る舞いだ。洋装も板についている。

（なんだか、この人こそ本物の華族みたいだ……）

そんなことを考えていたら、果物の皮をむき終えた鷹成がナイフを傍らの机に置いた。片手に柿の載った小皿を持ち、久生を見下ろして唇に悪戯っぽい笑みを浮かべる。

「お口までお運びしましょうか？　お坊ちゃん」

鷹成が指先で果物をつまもうとするのを見て我に返り、慌てて布団から身を起こした。押しいただくように両手で小皿を受け取り、早速柿を口に運ぶ。

まだ熟れ切っていない柿はさくさくと歯触りがよく、さっぱりと甘い。渇いた喉にしみ込むようだ。空腹より渇きを満たすため黙々と柿を食べていると、椅子に腰かけた鷹成と目が合った。柿を独り占めしていたことに気づき、頬を膨らませたまま小皿を差し出す。

鷹成は薄く笑うと、首を横に振って椅子の背に凭れかかった。

「お前のためにむいたんだ。全部食え。今回の功労者だからな」

久生はごくりと喉を鳴らして柿を飲み込むと、いえ、と力なく呟いた。

「頼まれてもいないのに勝手に張り切って、熱を出して、すっかりご迷惑をおかけしました」

「迷惑とは思っちゃいないが……」

鷹成の言葉尻が曖昧にほどける。視線は久生に向けられたままだが、続く言葉が出てこない。

無言で見詰められ、どきりとして皿を持つ指先に力がこもった。先を促すことも、目を逸らすこともできず次の言葉を待っていると、ようやく鷹成が口を開いた。

「昨日、先生の下宿先からここに帰ってくる間に何があったか、覚えてるか？」

鷹成の表情は真剣そのものだ。だから久生も必死で記憶を手繰《たぐ》り寄せる。

「下宿を出た後、鷹成さんに背負ってもらってここまで帰ってきたんですよね……？　途中で何か、話をしたことは覚えているんですが……」

母親のことを話した記憶はうっすらと残っている。だが、後半は何を喋ったのかよく覚えていない。正直にそう打ち明けると、鷹成の表情がふっと緩んだ。

「そうか。忘れてるならそれでいい」

「な、何か……失礼なことでも言いましたか……？」

自分ばかり忘れているのは心もとなかったが、鷹成は答えず椅子を立ってしまう。

「気にするな、夢の中の言葉なんて忘れるもんだ」

「で、でも、鷹成さんは覚えてるんですよね？　僕、何を言ったんですか？」

すでに部屋の入り口に向かいながら振り返り、「大したことじゃない」と鷹成は笑う。本当に大したことでもなさそうな顔で、久生がそれを忘れていることを惜しんですらいないようだ。そんな顔をされては食い下がる方が迷惑なような気がして、久生も渋々口を閉ざした。

「虎彦たちの様子を見てくる。お前はもう少し休んでろ」

一人部屋に取り残された久生は柿を食べ終えると、空になった皿を傍らの机に置いて布団に身を横たえた。だいぶ熱は下がっているようだが、長く身を起こしていると息が上がる。

普段使っている布団とは比べ物にならないくらい柔らかなベッドに身を沈め、昨晩鷹成と交わした会話を思い出そうと試みる。母親のことを話した記憶はうっすらあるが、その先は重たい霧が垂れ込めたように色も音も曖昧で思い出せない。

大したことではないと鷹成は言った。その表情に取り繕うようなところはなかったが、その前に見せた真剣な表情が頭から離れない。覚えているかと尋ねてきたときの鷹成は、何かを期待しているようではなかったか。何も望まず、何にも執着しない鷹成にしては珍しく。

（でも、僕が覚えていないってわかったらそれ以上は尋ねてこなかったし……いつもと違って見えたのは気のせいだったのかな？）

覚えている限りの会話を反芻《はんすう》して、はたと久生は目を見開く。

母親の話をしてしまったが、あれは石渡家の一人息子として齟齬《そご》のない内容だったろうか。

（確か石渡家のご当主は女遊びが激しくて、奥さんが息子を連れて家を飛び出したとか？）

虎彦たちが以前そんな話をしていた。当主は慌てて二人を探したものの、すでに細君は亡くなっており、一人息子だけを家に連れ帰ったという話だった。

石渡家を飛び出した後、妻が芝居小屋の役者にのめり込んで入水自殺をした、という筋書きを加えたとしてもぎりぎり破綻せずに済む範疇《はんちゅう》か。

もう下手に口を滑らせないようにしようと己に言い聞かせ、久生は掛布団を手繰り寄せる。

（そういえば、本物の石渡家って今はどうしているのかな……）

これだけ人口に膾炙《かいしゃ》しているのだ。誰かその行き先を知っている者がいてもおかしくはない。

もしも本人たちの居場所がばれたら久生が嘘をついていることもばれてしまう。そうなったらもう、この写真館にはいられない。

石渡家の人々が、もうしばらくどこかに身を潜めてくれていればいい。せめて自分がこの写真館にとって必要不可欠な人間になれるまでの時間が欲しかった。そうやってみんなに受け入れられたそのときは、虎彦や正一郎のように包み隠さず真実を打ち明けたい。

嘘をつき続けるのも苦しくて、久生は布団の中でひっそりと溜息をついた。


久生が微熱交じりでうつらうつらとしている間に、正一郎と虎彦は無事に和解をしたらしい。写真館が再開するまでは正一郎が虎彦の原稿作りを手伝ってくれるそうだ。

久生の熱は正一郎たちが帰った後も下がらず、翌日になってようやくすっきりと熱が引いた。汗をかいたので昼から銭湯へ行き、そのまま起きるつもりが鷹成から「病み上がりなんだからもう少しゆっくりしてろ」とまた浴衣に着替えさせられた。

熱が下がったのに鷹成のベッドを占領し続けるのは気が引けて、楽屋に布団を延べて横になった。虎彦は正一郎の下宿先に行ったそうで、今日の写真館には久生と鷹成しかいない。

熱が下がってもまだ本調子ではないらしく、布団に入ればうつらうつらといくらでも眠れた。昼下がりから夕暮れにかけ、目覚めるたびに障子越しに差し込む光の色が変わる。

日没間近の紫がかった日差しを眺めているうちにまた眠りに落ち、次に目を開けたとき、電気の落ちた楽屋は真っ暗になっていた。

ほんの少し目をつぶるだけのつもりだったのに、思ったより長く眠っていたらしい。乱れた髪を撫でつけながら起き上がり、浴衣の襟元を掻き合わせて廊下に出た。

廊下の電気もついておらず、居住区全体が静まり返っている。廊下は足の裏をべたりとつけるのが憚られるほどに冷え切っていて、自然と爪先立ちになった。

左右に目を向けると、舞台に向かう廊下の奥から薄く明かりが漏れているのが見えた。舞台袖に続く木戸が開いていて、舞台からこぼれる光がちらちらと壁を照らしている。

そろりと舞台袖に顔を出してみると、映写幕の上で活動写真が滑らかに動いていた。

「久生？」

舞台を振り返りながら客席に下りたところで映写室から声がかかった。幕の上で動いていた女性の姿がぴたりと止まり、映写室の窓から鷹成が顔を出す。

「もう起きていいのか？」

階段を下りながら尋ねてきた鷹成に、久生も少し大きな声で答える。

「はい、もうすっかり熱も下がりましたから。長く休んでいてすみません」

「どうせ仕事もないんだ。もう少しゆっくりしててもいいんだぞ」

腕に背広をかけた鷹成は、久生のそばまでやってくるとそれをばさりと久生の肩にかける。

「これでも着てろ。薄着だとまたぶり返す」

ふわりと肩を包んだ上着から煙草の匂いが薄く漂う。直前まで腕を通していたのだろう、鷹成の体温が残ったそれは温かかった。

匂いのせいか温かさのせいか、後ろから鷹成に肩を抱かれたような錯覚に陥った。そんなことを考えてしまった自分に顔を赤らめ、あたふたと上着を脱ごうとしたが鷹成に止められる。上着の上から肩を摑まれ、「着てろ」と言われれば無理に脱ぐこともできなかった。

肩にかかった鷹成の上着を意識しないよう、久生は舞台に目を向ける。

「また新しいフィルムでも見つけてきたんですか？」

「いや、これは前からうちにあったもんだ。古いし派手さがないから堂島さんはあんまりやりたがらないし、先生も女性が主役の話は苦手らしくてお蔵入りしてたんだが、俺は好きなんだ。どの場面も綺麗に撮れてる。音楽も解説もなしでも、ぼんやり眺めていられるくらいに」

まるで万華鏡でも覗き込むような手軽さで映写機のハンドルを回し、一人きりで活動写真を眺めるなんて大変な贅沢だ。改めてそんなことを考えていたら、軽く背中を叩かれた。

「調子がいいなら少し見ていくか？　上着を着てりゃそう寒くもないだろ」

「え、でも、そうしたら鷹成さんが寒いのでは？」

映写室は火気厳禁だ。火鉢なども持ち込めないのでひどく冷える。

鷹成は「上着があるとハンドルを回しにくい」と笑い、二階へ上がっていってしまった。

「巻き戻すのも面倒だから、途中から見てくれ。どうせまだ一巻の頭だ」

写真が動き出すと同時に、映写室から鷹成の声が降ってきた。久生以外誰もいない客席には二階からの声もよく響く。耳をすませばカタカタとハンドルを回す音まで聞こえてきた。

静止していた女性が動き出し、年若い少年に何か言っている。少年が外に出たところで、再び二階から鷹成の声がした。

「この話の登場人物は三味線屋の娘と、その友人の看護婦だ。三味線屋の娘は、とある歌舞伎役者に心底惚れこんでる。その役者が病づいて、友人の看護婦が役者の看病をしに行くことになるんだ。最終的に役者は亡くなり、娘は泣き伏す。それを不憫に思った看護婦が、役者の浴衣を娘に手渡すって筋書きだ」

久生は驚いて映写室を振り返る。あまりにも母の人生と重なる部分が多い。

「……本当ですか？」

久生の母親の話をそれらしく仕立て直したのではと疑ったが、「原作の小説もある」と返された。作者は久生も知っている有名な作家だ。

「すっかり気落ちした娘に看護婦は、『また役者の話をしてあげるから』と言って励ましてやる。だが、いざ役者の話をしようと約束したら娘が姿を消してしまう。不思議に思った看護婦が、使いの小僧を娘の家まで見に行かせるのがこの場面だ」

鷹成が喋る間も写真は動き続けている。

娘を呼びに行く少年が夜道を歩いているようだ。人通りの少ない道に、流しの三味線弾きが歩いている。続けて黒い箱のようなものを持った男が通り過ぎる。辻占《つじうら》だ。手にしているのはおみくじ機だろう。

弁士もなく、楽士もない。音のない映像を見ているのに、久生の耳には辻占がおみくじ機を手にして歩くときの、カシャンカシャンという音が聞こえてくる。人気のない夜の道の匂いまで漂ってくるようだ。

少年は娘の家までやってきて、入り口でしきりと娘を呼んでいる。だが返事はない——のだろう。少年の「あれ?」と言いたげな表情を見ていればわかる。玄関を上がり廊下の奥へ。娘を脅かそうと襖をわっと開けるがやはり誰もいない。音のない振り子時計だけが揺れている。

静まり返る室内の情景を見ているうちに息が浅くなってきた。

この光景を知っている、強くそう感じた。

久生が仕事を終えて長屋に帰ったあの日、長屋の戸口に立った瞬間に母の不在は見て取れた。長く臥《ふ》せっていたはずなのに布団はきちんと上げられ、寝間着にしていた浴衣も畳んである。真夏の淀んだ空気ばかりが室内に残っている。何かおかしい。目ばかり忙しなく動いてその場から動けない。あの日の不安を鮮明に思い出した。

途中でフィルムをかけ替え、物語はさらに進む。看護婦も娘の安否を心配しているようだが、当の本人はなかなか見つからない。

そのうち急に場面が変わり、七輪が現れた。何か焼いているようだ。

夜が明けて、場面は朝に変わっていた。場所は川辺だ。朝日に輝く川を船が渡っていく。

無自覚に、胸の前で手を握りしめていた。

目の前の映像は、久生の過去とあまりにも符合しすぎている。今にも画面が切り替わり、川辺に横たわる娘の骸が映し出されるのではと緊張する。

固唾《かたず》を呑んで見守っていると、川辺に座り込む若い娘の姿が映し出された。

娘はぼんやりと川を見ていた。どてらを羽織って、その下に濡れた浴衣を着ている。傍らには船頭と思しき男性の姿もあった。

「役者に入れ上げてた娘だ。役者の浴衣を着て後追い自殺をしようとしたが、船頭に助けられたところだ」

ああ、と久生は微かな声を上げる。

やはり役者の後を追おうとしたのか。

でも、この娘は助かった。母とは違って。

船頭が娘に声をかけ、何事か話し込んでいる。しばらくするとまた場面が変わった。

今度は飛翔する鳥の目を借りたような、真上からの映像だ。パラソルと日傘が二つ、前後しながら移動している。

「身投げした娘と看護婦だな。二人でまたあの川に来たんだろう」

弁士と違い、鷹成の言葉は端的だ。説明は必要最低限で、再びハンドルを回す規則正しい音だけが客席に響く。

川にかかる橋の上で立ち止まった二人の娘が、手にしていた風呂敷包みから浴衣を取り出した。身投げをした娘が川辺で着ていた浴衣だ。役者の形見でもある。

「思い出を流しましょう」

鷹成の声がした。声色は使っておらず、普段通りの声だったが、それが娘たちのセリフだということはわかった。二人は川に浴衣を流し、手を取り合ってそれを見送る。

思い出を流しましょう。二人で一緒に見送りましょう。

娘たちの声は聞こえない。だからその心情は想像するよりほかないが、欄干の前に立つ二人の後ろ姿と、川の向こうへ流れていく浴衣を見ていれば、娘が役者への未練を断ち切って前に進もうとしていることがありありと伝わってきた。

フィルムが終わり、舞台からふっと明かりが消える。客席の真ん中に座り込んで暗い舞台を見詰めていると、客席の電気が灯った。鷹成がつけてくれたようだ。眩しさに目を眇めて振り返ると、近づいてきた鷹成が久生のそばの歩み板に腰を下ろした。

「着物と一緒に思い出を流したんだな。過去との決別だ」

久生は鷹成を見上げ、口元にぎこちない笑みを浮かべた。

「素敵な話でした。現実も、こんなふうだったらよかったんですが……」

言っても詮無いことだとわかっていても、口から本音がこぼれてしまった。

久生の母親もこんなふうに現実を生きてくれたらよかったのだけれど、そうはならなかった。橋の上で看護婦は娘の手を取ることができたが、久生は母親の手を摑めなかったのだ。

口元に浮かべた笑みは脆《もろ》くも剥がれ落ちる。傷ついた顔を見られまいと面を伏せたら、思いがけない言葉が耳を打った。

「現実もそうだったかもしれないぞ？」

あまりにも軽い口調だったので、一瞬何を言われたのかよくわからなかった。困惑して顔を上げると、鷹成が穏やかに笑ってこちらを見ていた。

「あの物語の終幕みたいに、お前の母親も好いた相手の着物を流して、お前と新しい人生を歩もうとしてたのかもしれない」

「……まさか、あり得ません」

「どうして。遺書でもあったか？」

「それは、ありませんでしたが……」

「だったらわからないだろう。着物を流そうとして、運悪く川辺で足を滑らせた。思ったよりも川の流れが速くて足を取られた。あり得ないか？」

久生は強張った表情で鷹成を凝視する。

母親が亡くなったのは夏のことで、梅雨の名残のような雨もよく降っていた。

川辺はぬかるんで足を滑らせやすかったかもしれないし、川の流れも普段より速かったかもしれない。でも、全部「かもしれない」だ。

母親が過去と決別して浴衣を流しに行こうとしていたなんて話も、そうだったかもしれないという都合のいい解釈でしかない。

「……現実と物語は違います。きっと母は、父と心中をしたんです」

「それはお前の解釈だろう？　他の解釈だってあるかもしれない」

鷹成の口調はあくまでもゆったりとしている。久生を説得するというより、思いついたことを口にしているようで緊迫感がない。

「同じフィルムでも、担当する弁士によって印象が変わる。堂島さんと先生じゃ観客の反応も、盛り上がる場面も違う。あれは物語に対する弁士の解釈がそれぞれ違うからだ」

そこでふと何か思い出したような顔をして、鷹成は唇の端を上げる。

「お前、前に言ってただろう。活動は芝居を見ているっていうより、他人の人生を覗き見てるようだって。同じ人生でも解釈は人それぞれだ。悲劇にもなれば喜劇にもなる」

お前の母親はどうだった？　そう目顔で問われ、久生は唇を戦慄かせた。

久生はずっと、母を夢見がちな人だと思っていた。もしかしたら本当に久生の父親は役者だったのかもしれないが、結果として母は久生ともども捨てられたのだ。その事実を受け入れられず、いつか父が迎えに来ると信じて芝居小屋に通い、古ぼけた浴衣を後生大事にしている母が不憫だった。見ていられなかった。

実際にどうだったのか、もう母親本人に問いかけることはできない。

だからこそ、鷹成の言葉を頭から否定する術もない。

鷹成が言う通り、母は過去と決別するため川に向かったのかもしれない。空っぽの浴衣を抱いて泣きながら川に飛び込んだのではなく、現実に対峙すべく前を見据えて川辺に立っていたのかもしれない。最後の瞬間、母の頭にあったのは久生のことだったかもしれないのだ。

——そうであれば、と久生は唇を嚙む。

母を亡くした悲しみは消えない。でも、自分では母を引き留められなかったと俯くことはなくなるだろうか。

「……そんな夢みたいな解釈をしてしまって、いいんでしょうか？」

震える声で尋ねると、鷹成の口元に笑みが浮かんだ。

「夢くらい見たっていいだろ。もう動かしようのない現実はそのまま受け止めるしかなくても、確かめようのない過去のことやら他人の胸の内くらい都合よく解釈したっていいじゃねぇか」

「夢に逃げ込むことになりませんか？」

「なったとして何が悪い？　逃げ場所はあった方がいいだろう」

久生がこれまで必死で忌避してきたことを鷹成はあっさりと容認する。唖然とする久生を見下ろし、鷹成は肩を震わせて笑った。

「活動写真も芝居も、所詮は『こんなことがあったらいいなぁ』っていう夢だ。見なくたって生きていける。でも、夢見てた方が生きやすいこともあるだろ。夢見たものを実現しようって気にもなれるかもしれない。俺の部屋がいい例だ」

鷹成が寝起きしている洋室を思い出し、久生は少しだけ頬を緩める。洋画を見て、西洋の生活に憧れた鷹成が買い集めたという品であふれたあの部屋は、こんな古い活動写真館には不似合いなくらいに豪奢だった。あれもまた夢を見た結果か。

「貧乏百姓の倅《せがれ》がこうして写真館の館長になれたのは、あの頃に繰り返し見た活動のおかげだ。活動を見てるときだけは空腹も寒さも忘れた。夢に逃げて、きつい現実をやり過ごしてこうしてここに立ってるんだ。何も悪いことはないだろう」

活動や芝居に夢中になることは逃避ではなく、ほんのひと時避難するのに近いのかもしれない。どうしようもなくやり切れない現実にまた立ち向かうために、束の間休んで夢を見るのだ。

鷹成は暗くなった舞台に目を移し、もう何も映っていない映写幕を眺める。

「さっき見た写真の原作小説で、身投げした娘を救った船乗りが『何があったか知らないが、生き返ったんだからもう全部夢だと思え』みたいなことを言うんだよ。そうこうしているうちに朝がきて、船乗りが言うんだ。『もう夜が明けたから夢ではない』」

眠る前の辛い出来事はすべて夢だ。でももう夜は明けた。

目覚めた今、目に映るものはもう夢ではない。

進め、と、俯いて立ち止まっていた背中を押された気がした。

「夢はいずれ覚める。それさえわかってりゃ、いっとき夢に酔うのも悪くないだろ」

はい、と応えたつもりが、掠れた息しか出なかった。目の奥が急に熱くなって下を向く。

鷹成がこちらを向く気配がした。短い沈黙のあと、優しい声が降ってくる。

「最後の場面、よかっただろ。もう一度見るか？」

久生は顔を上げられず、俯いたまま何度も頷いた。よし、と機嫌のいい声がして、鷹成が歩み板から腰を浮かせる。湿っぽくなった目元を拭っているうちに再び客席の明かりが落ちて、鷹成が二階へ上がっていく足音がする。

フィルムを巻き戻しているのか、映写室から微かな物音が響いてくる。膝を抱えて舞台に顔を向けていると、再び映写幕が真っ白な光に塗りつぶされた。

夜の芝居小屋を真昼の太陽が照らし出す。上空から見下ろすパラソルと日傘。二人の女性が目を見かわして川に浴衣を流す。

浴衣が遠ざかる。日差しは明るく川面に反射して、美しい終幕だと思った。

浴衣を抱いて川へ向かった母の心も、こんなふうに明るく穏やかなものであればいい。母は自分を捨てるためではなく、ともに生きるために川に向かったのだと信じたい。

真相はもうわからない。けれど、きっとそうだったのだと思えることが、久生にとっては救いになる。母に捨てられた。母の心のよりどころになれなかったと自分を責め続けるよりはずっといい。

（鷹成さんがいなければ、自分に都合よく現実を解釈しようなんて思うこともなかったんだろうな……）

声も音もない活動写真には様々な解釈の仕方があって、同じように目に見える現実にも、自分なりの解釈を与えていいのだと教えてもらった。

視界を遮る目隠しを、後ろから柔らかく解かれたような気分だ。

映写幕の上で川面が光って眩しい。写真とは思えないくらいの鮮明さに目を眇めたら、瞼の裏に母の顔がちらついた。

母が亡くなってから、その顔を思い出そうとしてもやつれた横顔や暗い表情しか思い出せなかったのに、目に浮かんだのは穏やかに笑う顔だ。

唐突に目の奥から突き上げてきた痛みに耐えきれず目頭を押さえた。

自分でも忘れかけていた大切な記憶を、鷹成の大きな掌で川底からすくい上げてもらったような気がした。

瞼の裏がふっと暗くなった。フィルムが終わったのだろう。だが、映写室からはなんの声もかからない。鷹成が一階に下りてくる気配もなく、久生はゆっくりと面を上げた。

目元を拭い、暗がりの中で転ばぬよう慎重に立ち上がる。

二階に上がって映写室の重たい鉄の扉を開けると、鷹成がフィルムをかけ直しているところだった。また巻き戻して最後の場面を見せてくれるつもりだったのかもしれない。

「なんだ、来たのか」

久生を振り返り、鷹成は映写機の傍らの椅子に腰を下ろす。

「……フィルム、巻き直してくれたんですか？」

「ああ。いい写真だろう？　ここから見るのも乙なもんだぞ。見てくか？」

鼻声がばれてしまわないよう、久生は黙って頷いた。白壁の小さな窓から舞台を見下ろせば、川辺をパラソルと日傘が並んで歩く場面が映写幕に映し出される。

穏やかに晴れた川辺を眺め、そっと傍らの鷹成を振り返った。

鷹成は目線の高さにある小窓から舞台を見詰め、規則正しくハンドルを回している。もう何度となく繰り返し見てきたフィルムだろうに、その横顔に飽いた表情は見受けられない。

シャツの袖をまくり、嬉々としてハンドルを回す鷹成を見ていると胸の底から立ち上ってくるものがある。湯気のようなそれは最初こそもくもくと胸を満たす程度だったが、いつの間にかやかんの口から噴き上がるような勢いを得て、なんだか胸が破裂しそうだった。

さらさらと流れて、消えて、そのまま忘れ去りそうになっていた大切なものを、鷹成は両手で受け止め、すくい上げてくれた。

――鷹成の大事なものを、自分もすくい上げることができないだろうか。

「鷹成さんは、この写真館もいっときの夢だと思ってますか？」

胸の内側で膨張し続ける熱気を逃がすべく口を開いたら、そんな言葉が飛び出した。

舞台を見ていた鷹成が顔を上げる。久生が活動写真ではなく自分を熱心に見詰めていることに気づいたのか、ハンドルを回す手が止まった。

「もしも従業員たちが戻ってこなかったら、自分から呼び戻しに行くことはせずひっそりとこを閉めてしまおうって、まだ思ってますか？」

一心に答えを待っていると、鷹成の眉尻が下がった。頑是《がんぜ》ない子供の相手をしているような表情だ。

「無理に続けようとは思わない。俺は見よう見まねで写真館を始めただけの素人だ。もう元手もない。そんな泥船みたいなもんに他の連中をつき合わせるわけにはいかないだろ」

「だったらその船をもっと大きくしようとは思わないんですか？　荒波にも呑まれないくらい頑丈なものにしようとは？」

「そういうのはよっぽど商才のある人間にしかできない。学もない俺には無理だ」

あっさり無理だと言い放ち、悔しそうな顔もせず笑っている鷹成をもどかしく思った。砂地から何か掘り返すように、襟元を何度も指先で掻いて言葉を探すが見つからない。

口ごもる久生を見遣り、鷹成は軽く肩を竦めた。

「俺が本気でこの写真館を続けるなんて、夢のまた夢だ」

すっかり見慣れてしまった諦観の笑みを見て、久生は襟元を握りしめる。

「だったら、写真館でなくても構いませんから！」

思わず口をついて出た言葉にハッとする。鷹成も驚いたような顔をしているが、その言葉を口にした久生自身も驚いた。

口にしてみて初めて気づいた。久生にとっても写真館は大切な場所だが、無理に写真館にこだわらなくたっていいと思ってしまった。自分はただ、鷹成に諦めたような顔をしてほしくないのだ。ふらりとどこかへ行ってほしくない。置いていかれたくない。

（――僕がこの人から離れたくないだけだ）

唐突に、己の本心を自覚してしまった。

写真館は自分と鷹成をつないでくれたもので、だから失われるのが惜しかった。でも互いの間にあるのは活動写真でなくてもいいのだ。隣にいるのが鷹成ならばそれでいい。

ひとつひとつ本心を言葉にしてみたら、襟元から湯気が噴き出してきたように首から上が熱くなった。

地の底から湧きだす温泉のように胸の底から滾々《こんこん》と湧くこの気持ちに、なんと名前をつければいいだろう。これまで知らなかった感情だから確信はないが、たった一人にこんなにも拘泥してしまうこの気持ちを、世間では恋情と呼ぶのではないか。

わかった途端、どっと背中に汗をかいた。

鷹成は自分と同じ男性だ。そんな相手に恋心を抱くなんてあり得ない。

だが頭でどれほど反論しても、もう体の方が納得している。腑《ふ》に落ちる、という言葉をこれほど実感したこともなかった。

急に押し黙った久生を、鷹成が怪訝そうに見ている。その視線を意識しただけでますます汗が噴き出してきて、汗ばんだ手で強く襟元を握りしめた。

「し、写真館でなくても構いませんから、何か大切なものができたら、必死でしがみついてほしいんです」

「写真館でなくてもいいのか？」

「はい、あの……鷹成さんが今後どんなものに興味を示すのか気になりますし、その気になればなんだかんだと周りを巻き込んで動かしてしまえる人だと思うので……」

恋心を自覚した途端、鷹成を褒める言葉を口にするのが恥ずかしくなった。秘めた想いが声に滲んでしまいそうだ。話題を変えようと無理やり舵《かじ》を切る。

「鷹成さんが何か新しいものを見つけたそのときは、僕も隣で見ていたいんです」

突然の申し出にさすがの鷹成も戸惑っている様子だ。なんだなんだと身を乗り出してくる。

「このまま二度と写真館が再開しなくても、お前はここにいるのか？　俺の隣に？」

「できれば、いさせてください。鷹成さんは、僕みたいに頼りない人間をそばにつけておいた方がいいと思います。この写真館だって、従業員がいるからにはちゃんとお給料を出そうってあれこれ奔走してたんですよね？　周りに誰かがいれば、自暴自棄にはなれない人なんじゃないかと思うので……」

鷹成は基本的に面倒見がいい。久生のような素性のしれない人間を助け、住み込みで働かせることを即決したくらいだから間違いない。

「だから、僕は鷹成さんのそばにいます。貴方を一人にさせられません」

久生がそう口にした瞬間、鷹成が大きく目を見開いた。

「覚えてるのか？」

「え、な、何をですか？」

「一昨日の夜──……」

言いかけて、鷹成は軽く首を横に振った。顔を伏せ、記憶を反芻するように小さく視線を揺らしている。

ややあってから、鷹成がちらりとこちらに目を向けた。視線が合ってどきりとする。次の瞬間、真剣そのものだった鷹成の表情が変化した。

「お前、夢から覚めても同じことを言うのか」

硬い根雪が溶けるように、鷹成の顔が笑みで崩れた。と思ったら、耐え切れなくなったように身をのけ反らせて笑い始める。参った、と言わんばかりに両手まで上げられてしまったが、久生は何がおかしいのかわからず目を丸くするばかりだ。

余計な口も挟めず瞬きを繰り返していると、ようやく鷹成が笑いを収めた。

「お前は夢を現実にできる側の人間だな」

「そ、そうでしょうか……？」

先程の会話の何が鷹成にそう思わせたのかわからない。首をひねる久生をつくづくと眺め、鷹成は深く息を吐いた。

「俺は、夢は夢のままでいいと思ってた。望んでも、この手の中にはどうせ何も残らない」

そう言って目を伏せた鷹成の顔には、これまでにない複雑な色が混ざっていた。遠い記憶に想いを馳せるように沈黙して、またゆっくりと口を開く。

「俺がガキの頃は近所に常設写真館なんてなかったから、弁士を筆頭に映写機を抱えた一団が年に何回か近所の公民館で活動を見せてくれたんだ」

目もくらむような眩しい映像と華やかな音楽、観客を煽る弁士の見事な口上で、古びた公民館は束の間、光と影に彩られた別世界になる。

しかし相手は巡業者。やってくるときと同じく唐突に姿を消し、映写幕に映っていた世界も跡形もなく失われる。

「うちは貧乏だったからなぁ。なかなか木戸銭が払えなくて、勝手に館内に忍び込んでは蹴り出されてたもんだ。そのとき、巡業についてきてた弁士に言われたんだよ。『本当に活動が好きだったら表から堂々と入ってこい。後ろめたい気持ちなんて一個もない状態で、ただまっすぐ写真だけ見ろ。そういう気持ちで見た写真はきっと一生もんになる』ってな」

弁士の言葉に感銘を受けたつもりもなかったが、鷹成は言われた通り子守りをしたり、食費を削ったりして小銭を貯めた。

数日後、鷹成は木戸銭を握りしめ公民館へ走った。今日は最前列に並ぶのだと期待に胸を膨らませて。そうやって得意満面で駆け込んだ公民館の中はがらんとして、巡業師たちはすでに遠くの町へ移動した後だった。

手の中に木戸銭は残ったが、期待に膨らんだ胸は破れてしぼんでしまった。途中で蹴り出された きり続きが見られなかった物語は、未だ結末がわからないままだ。

誰もいない公民館の入り口で、ずっとそこにあるものなんてないのだと思った。

弁士の言葉を真に受けず、何度でも公民館に忍び込んで最後まで活動写真を見てしまえばよかったのだ。明日をも知れない自分に『一生もの』なんて荷が重すぎる。

最初から、いっときの夢を見るだけで満足するべきだった。

それ以上を望めば辛くなる。木戸銭を握りしめて痛感した。

「だから、この手で何かを摑もうなんて考えようともしなかった」

鷹成は膝に乗せた手を緩く握り込む。指の間からいろいろなものがこぼれ落ちそうな頼りなさで。

力の抜けた鷹成の手を、上から強く握りしめてしまいたくなった。そうしなかったのは、久生が動くより先に鷹成が自ら固く拳を握りしめたからだ。

「でも、少なくともお前はここに残るんだな？」

強い意志を感じさせる指の動きに目を奪われていた久生は、まっすぐにこちらを見る鷹成を見詰め返して頷く。

「残ります。口先だけじゃありません、本気です」

「もう二度と写真館が開かれなくてもか？」

「もちろんです。でも、それだけ好きなものがあるのなら、なりふり構わずしがみついてほしい気もします」

久生自身は写真館に対してさほどの思い入れがあるわけではない。鷹成の隣にいられるのであれば、まったく別の仕事についても悔いはなかった。

だが鷹成はどうだろう。幼い頃の出来事を未だに忘れられないくらい活動写真に思い入れがあるのに。無理に手放そうとしてはなんらかの禍根が残ってしまいそうだ。

憂い顔の久生を見上げ、鷹成はごく軽い口調で尋ねる。

「なりふり構わずしがみつけば、俺でもこの写真館を存続できると思うか？」

「思います」

迷わず即答した。むしろ鷹成自身がどうしてそう思えないのか不思議だと正直に口にすると、

「持ち上げすぎだ」と苦笑される。

「言っただろう。ガキの頃は活動を見る金もないくらい貧乏な家で育ったんだ。学もなければ

商才もない。活動写真に関する技術的な知識すらちゃんと教わったこともないんだぞ」

「でも、写真館の帳簿をつけたりビラを作ったりしてるのは鷹成さんじゃないですか。映写機だって動かせるし舞台挨拶だって立派にこなすし、問題なくいろんなことができてますよ。ちゃんと写真館の館長やってます」

鷹成は首元でもくすぐられたような顔で肩を竦め、視線を横に流した。白壁に空いた小窓から舞台を見遣り、手の届かない遠くの星でも眺めるように目を眇める。

「俺はここで、いっとき夢が見られれば十分だと思ってた。この先もずっと、従業員の生活まで抱え込んで写真館を続けようなんて、それこそ夢のまた夢だ」

久生は無意識に背筋を伸ばす。鷹成の声音が変わったのに気づいたからだ。

「……でも、夢を現実にするために泥臭く足掻いてみるのもいいかもしれないな」

映写幕に視線を定めたままそう呟いた鷹成の声に、諦観の響きはもうなかった。緩い笑みはどこかに消えて、舞台に注がれる視線は獲物を狙う鷹のように鋭い。

初めて見る表情に見惚れていると、ふいに鷹成の顔がこちらを向いた。

「明日、堂島さんのところに行くぞ。戻ってくるよう一緒に説得してくれ」

あまりにも鷹成の眼差しが強いので、互いの視線がぶつかり合う音すらした気がして肩が跳ね上がった。とっさに「はい！」と返事をしてしまったが、自分が行ったところで役に立つだろうか。考え込んでいたら鼻先がむずむずしてきて、大きなくしゃみが飛び出した。たちまち鷹成が椅子を立って久生の腕を掴む。

「病み上がりの人間がこんな寒いところに長くいるもんじゃないな。明日の予定も決まったし、今日のところは早く寝ろ」

「あ、あの、でも、フィルムの片づけを……」

大きな手に腕を掴まれただけでドキッとして声が裏返ってしまった。

幸い、鷹成は単に久生が勢い込んで声を裏返らせただけだと思ったらしい。半分呆れたような顔で目尻を下げて笑う。

「いい、早く寝ろと言ってるだろうが」

「あの、じゃあ、せめて上着を……」

「それも着ていけ。後で楽屋に取りに行くから」

肩から上着を落とそうとしたら鷹成が深く身を屈めてきて、ひ、と危うく喉を鳴らしかけた。肩に上着をかけられたときと同じかそれ以上に、鷹成の匂いが強くなる。

鷹成は久生の胸の前で上着の襟を掻き合わせると、身を屈めたまま、まっすぐ久生と視線を合わせた。

「明日は期待してる」

なぜだろう、鷹成の声がいつになく甘い、気がする。こちらを見る眼差しにも熱がこもって見える。

単に自分が鷹成への恋心を自覚してしまったから、普段と変わらぬ声や視線にも過剰に反応してしまうだけか。動揺して返事を忘れた久生に、駄目押しのように鷹成が囁く。

「ずっと俺の隣にいてくれるんだろう？」

「は……、はっ、はいっ！」

至近距離でゆるりと目を細められ、過呼吸でも起こしたかのような返事しかできなかった。

傍目にも頬が真っ赤になっているのは明らかだっただろうが、鷹成はおかしそうに笑っただけでその事実を指摘することはせず、「早く寝ろよ」と軽く久生の肩を叩いた。

鷹成に送り出されて映写室を出た久生は、よろける足を叱咤してなんとか楽屋に戻る。

敷きっぱなしだった布団に膝をつくと全身から力が抜けた。間近で見た鷹成の笑みを思い出せばもう体を起こしていられず布団に突っ伏す。

相手は同性だ。恋心を抱くなんてありえない——なんて考えはこの短時間で木っ端《こぱ》みじんに吹き飛んでいた。

他人の顔を思い浮かべるだけでこんなに胸が荒ぶるのは初めてだ。多分、これが恋なのだろう。幼い頃から苦しい生活をしてきた久生は恋に現を抜かしている余裕もなく、実質これが初恋だ。

（これから、鷹成さんの前でちゃんとした振る舞いができるだろうか……）

今後どんな顔で鷹成の前に立てばいいのかわからず、久生は布団に突っ伏して唸り声を上げた。

翌日は朝から天気もよく、秋晴れの空の下を鷹成と二人で堂島の家へ向かった。

一晩明けても鷹成への恋心は鎮火せず、顔を合わせた途端想いが決壊してしまうのではと案じたが、朝一番に事務所の前で顔を合わせた鷹成が出陣前のごとく張り詰めた表情をしていたので浮ついた考えは吹き飛んだ。

鷹成は本気で堂島を説得するつもりらしく、舞台挨拶に上がるときと同じく三つ揃いの背広を着て、前髪も軽く後ろに撫でつけていた。

堂島の家の玄関前に立つと、鷹成は躊躇なく戸口を叩いて堂島の名を呼んだ。すぐに戸が開き、浴衣姿の堂島が不審な顔つきで現れる。

「……あんたが来るとはなんの用だ？」

「そりゃもちろん、写真館に戻ってきてもらおうと思って」

にっこりと笑った鷹成を見上げ、堂島は驚いたように目を丸くした。久生はともかく、鷹成が自分を呼び戻しに来るとは夢にも思っていなかったようだ。

堂島の背を押して茶の間に上がりこんだ鷹成は、座卓を挟んで堂島と向かい合うと、今朝用意したばかりのビラを堂島の前に押し出した。

「次回の出し物だ。目玉は『義経千本桜』のキネマカラー。解説はもちろん、主任弁士の堂島さんに頼みたい」

堂島はビラを一瞥すると、渋い顔で禿頭を撫でた。

「キネマカラーってのは、あれだろ？　やたらと目がちかちかする……」

「改善策は考えてある。原稿は虎彦と先生が作ってる最中だ」

「あの小僧が作った原稿を使えってのか？」

堂島が心底嫌そうに顔をしかめる。それは伝えない方がよかったのではとはらはらしたが、鷹成は含み笑いで堂島に耳打ちした。

「虎彦の書いた原稿を使うのが癪なら、今からでも写真館に顔を出してあれこれ口を挟んだらいい。まだいくらでも書き直しを要求できる段階だ」

堂島はわずかに迷うような顔をしたものの、いや、と首を振る。

「俺はもう写真館には戻らん。あんな小僧のお守りをするのはごめんだ」

「一昨日から先生も写真館に戻ってきてる。先生の助言のおかげで虎彦の執筆速度も上がってきた。早くしないと書き終わっちまうかもしれないぞ？」

「だから、戻らないと言ってるだろうが」

「一割しか原稿ができていない状況で口を挟まれるのと、八割方でき上がっている状況で修正を促されるのじゃ虎彦の反発具合も違うだろう。説得にかかる労力だってまるで違ってくると思うんだがな」

「いい加減俺と会話をしろ！」

拳で座卓を叩いた堂島に肩を竦ませたのは久生だけで、鷹成は緊張感の欠片もない顔で笑っている。

「でも堂島さん、戻ってくるだろ？　弁士の方が香具師より収入が安定してるし、あの写真館に来る客の中には堂島さんのご贔屓さんもいる。道端で野次を飛ばされるより、舞台の上で歓声を浴びる方が気分良くなかったか？」

この言葉は堂島の急所を突いたらしい。それでも肯定はしたくないのか、堂島は鷹成の言葉をはねつけるように固く腕を組んで黙り込む。

「虎彦の態度が気に入らないのなら、俺からもあいつに一言かけておく。堂島さんは主任弁士で、虎彦はまだまだ見習いだ。デカい口を叩くのはもう少し弁士の腕に磨きをかけてからにしろってな」

「従業員の人間関係にまで言及するのか？　あんたが？」

「もちろん。館長として、これからは館内にも従業員にも目を配っていくつもりだ」

鷹成はこれまで、従業員の間でどんないざこざがあってもその仲裁に入ろうとしなかった。むしろ面白がって喧嘩を眺めている節すらあったくらいだ。

鷹成の応対がこれまでと異なることに気づいたのだろう。堂島が意外そうに眉を上げる。

「そういうわけだから、堂島さんも早く戻ってきてくれ。もうビラも作っちまったし、堂島さんの名前も書いてある」

「勝手に作っておいて、その帳尻合わせに人をつき合わせるんじゃない」

吐き捨てるように言いつつも、堂島の目はしっかりと座卓の上のビラに向いている。公開日まであと十日程度しかないことに気づいたのか、呆れたような溜息をついた。

「本気か」

「でなければわざわざこんなところまで出向かない」

しばしの沈黙を経て、堂島が組んでいた腕をほどいた。改めて座卓に置かれたビラを手に取り、溜息で紙の端を震わせる。

「放任主義を決め込んでるあんたが俺のところまで来るとは思わなかった。このまま写真館も閉めちまうもんだとばかり思ってたが」

「俺もそのつもりだったが、元華族様があれだけ奔走してるのに高みの見物を決め込んでるわけにもいかないだろう」

顔は堂島に向けたまま、鷹成が腕を伸ばして久生の背中を叩く。

死角から伸びてきた手に背中を叩かれた衝撃と、ともすれば忘れそうになる元華族という設定を思い出して咳き込みそうになった。すんでのところでそれを堪え、久生は畳に両手をついて堂島に頭を下げる。

「虎彦さんも先生も、堂島さんのことを待ってます。どうか戻ってきてください」

そのまま頭を下げ続けるも、堂島からの反応はない。駄目か、と眉根を寄せたら、肩にぽんと温かな手が乗せられた。伏せていた顔を上げると同時に肩から手が離れ、深く頭を下げた鷹成の横顔が視界に飛び込んでくる。

「元華族がこれだけ頭を下げてんだ。戻ってきてくれ、堂島さん」

自分と同じく深々と頭を下げる鷹成に驚愕して、久生は慌ててその腕を掴んだ。

「た、鷹成さん、頭なら僕が下げますから……！」

「館長である俺だって下げるべきだろ」

でも、と反駁《はんばく》しようとした久生の言葉を遮ったのは堂島の大きな溜息だ。

「館長、ねぇ。写真館を開けたばかりの頃は、『館長なんて柄じゃない』って苦笑いしてたあんたが、自分でそれを名乗るのか」

鷹成は伏せていた上体を起こし、まっすぐに背筋を伸ばした。

「あの頃は長く写真館を続けるつもりもなかったからな。所詮いっときの夢だ。館長なんて呼ばれ方が板につく前に解散するもんだと思ってた」

「今は？」と堂島に問われ、鷹成は視線を揺らすことなく続ける。

「今はもういっときの夢じゃなく、あの写真館を浅草六区の一番館に匹敵する場所にしてやろうと思ってる」

「そりゃまたデカく出たな」

「あのちっぽけな写真館じゃ収まりきらないくらいの夢だ。人手が足りない、手伝ってくれ」

堂島ははだけた浴衣の胸元に手を突っ込み、ガリガリと横っ腹を掻いている。胡坐をかいて、ひどくだらしのない格好だが目だけは鋭い。鷹成の言葉の真偽を吟味するようにしばし黙り込み、ようやく胸元から手を引いて膝の上に置いた。

「本気なんだな？」

「もちろん」

「なら戻ってやる」

鷹成の言葉尻を奪うようにして堂島が宣言する。

わっと声を上げそうになった久生を見て、堂島はもうその表情がうるさいと言いたげに顔をしかめた。それを見て、慌てて久生も口をつぐむ。

「あんたの夢とやらのことは知らん。ただ、これまでのあんたはいつ写真館を手放しても構わないような飄々とした態度で、雇われてるこっちとしちゃ気が気じゃなかったんだ」

どうやら虎彦との確執云々より、鷹成のやる気の方が堂島にとっては問題だったようだ。だが、こうして自分の家を訪ねてきた鷹成を見て少し考えが変わったらしい。

「とはいえ、あの写真館の売り上げがいよいよまずいとなったら俺は真っ先に出て行くからな。そのときは止めるなよ」

縁起でもないことをと久生は眉を寄せたが、鷹成は気を悪くした様子もなく「そうならないように尽力する」と堂島に笑顔を向けた。

早速明日から来てほしいと鷹成に頼まれた堂島は、渋りつつもまんざらでもない顔をしている。思ったよりも抵抗なく堂島が戻ってきてくれることになり胸を撫で下ろしていると、隣に座った鷹成がとんと久生に肩をぶつけてきた。

ごく微かな動きに堂島は気づいていないようで、ここ数日の気ままな暮らしぶりを惜しむ言葉を並べている。相槌を打ちつつ、久生は横目で鷹成の顔を窺った。

鷹成も堂島の言葉に頷きながら、一瞬だけ久生に目を向ける。

視線が合った瞬間、鷹成の目に微かな笑みが浮いた。

やったな、とでも言うように小さく唇の端を引き上げ、今度はゆっくりと久生に肩を押しつけてきた。まるで肩を抱く代わりのように。

シャツ越しに体温がしみ込んできて、鷹成に触れている肩の辺りがどくどくと脈打った。薄いシャツを通してそれが相手に伝わってしまわないか心配で顔を伏せる。

そんな久生の反応を面白がっているのか、鷹成はますます肩を寄せてくる。

（な、なんだか前より、距離が近いような……？）

存外子供っぽいところがある人だとは思っていたが、友達相手にそうするようにちょっかいを出しているのだろうか。昨日の夜、お互いに昔のことなど話したせいで心の距離が縮んだのかもしれない。

だとしたら嬉しいが、急に距離を詰められては上手く応対ができない。こちらは初めての恋なのだ。ちょっとしたことで心臓が跳ね、頬も熱くなってしまって、久生は極力鷹成を視界に収めないようにして堂島の話に相槌を打つ。

単なる従業員として鷹成と接することができるようになるまでは、まだもうしばらく時間がかかりそうだった。


鷹成と久生がともに堂島の自宅を訪ねた翌日、堂島が写真館に戻ってきた。

久々に三人揃った弁士たちのもとに久生がいそいそと緑茶を持って行くと、楽屋はすっかり以前の雰囲気に戻っていて、堂島と虎彦が早速口喧嘩をしていた。

「今更千本桜の原稿なんざ不要だ！　目をつぶってても解説できるわ！」

「俺の原稿を読まないんだったらあんたにはやらせねぇぞ！　先生にやってもらう！」

「虎彦君、そんなこと言わずに……。義経千本桜は堂島さんの十八番だし、僕よりずっとお上手だから」

弱り切った顔で眼鏡を押し上げながら間に入った正一郎を押しのけ、堂島が「そんなに言うならとっとと原稿をよこせ！」と怒鳴る。虎彦も「上等だ、すぐ読ませてやるよ！」と返し、それまで全く原稿が進まなかったのが嘘のように鉛筆を動かし始めた。

堂島の存在は虎彦にとってやる気の起爆剤になったらしい。正一郎が戻ってきてから精力的に知識の吸収に励んできただけあって、その日のうちに大方原稿を書き上げてしまった。

弁士たちが侃々諤々《かんかんがくがく》のやり取りをしている傍ら、鷹成は力也と楽士たちを写真館に呼び戻した。さらにキネマカラー専用の映写機もどこからか借りてきて、早々に戻ってきた力也にその使い方を教えていた。

久生は久生で改めて客席を隅々まで掃除したり、写真館再開のビラを配り歩いたりと忙しい。おかげであまり鷹成と二人きりになる機会もなく、残念な半面、手綱の取れない恋心に振り回されずに済んでホッとしてもいた。

慌ただしく準備は進み、堂島が戻ってきてから十日後、写真館が閉まってからは実に二十日ぶりに再び活動写真が上映される日がやってきた。

目玉はなんと言ってもキネマカラーだ。

久しぶりの上映ということもあってか、午前中から客席は満員だ。

虎彦と正一郎の解説が終わり、堂島が舞台に出ると盛大な歓声が上がった。

「さて、本日ご高覧に供しまするは総天然色のキネマカラー、義経千本桜でございまぁす！」

舞台脇に並んだ楽士たちの演奏が始まる。観客の盛り上がりに反し、その音色は抑えめだ。

キネマカラー専用の映写機にはフィルターがかかっているため、通常のそれより暗い映像しか映せない。そこで導入の音楽を重々しいものにして、堂島の解説も冒頭は抑えることで、映像の暗さも演出の一つにしてしまおうという算段である。

これらの演出を考えたのは鷹成だ。上映中は映写室で、堂島の解説に合わせて緩急自在にハンドルを回している。

写真館を存続させるべく腹をくくったらしい鷹成は、これまで以上に事細かく仕事に手を回すようになった。キネマカラー専用の映写機を探し回って借りてきたのもそうだし、堂島にもカラーの場面だけは長々と解説しないよう念を押していた。ハンドルの回転数が下がると画面がちらついてしまうとはいえ、鷹成から弁士に要求をつけたのは今回が初めてのことらしい。

おかげでカラーの場面でも不自然なちらつきが起こることなく、義経千本桜は好評のうちに幕を閉じた。

午前の上映も満員大入りで無事終わり、これで一安心――と言いたいところだが、楽屋では虎彦と堂島が早々に口喧嘩を始めていた。

「また勝手に原稿の内容変えやがって！　どれだけ苦労してこっちが原稿書き上げたと思ってんだよ！」

楽屋の座卓に原稿用紙を叩きつけ、顔を赤くして虎彦が怒鳴る。

舞台から降りたばかりで汗だくの堂島は、手拭いで頭を拭きながらフンと鋭く息を吐いた。

「カラーの物珍しさだけで作ってるフィルムなんざ引きの場面ばっかりで動きがほとんどな

い！　原稿通りに読んでちゃ間延びしちまうだろうが！」

「いつもはカットが多すぎて喋りにくいとか言ってるくせに！」

「ものには限度ってもんがあるんだよ！」

久生が楽屋に戻ってきたときにはすでにこの調子で、今にも取っ組み合いの喧嘩が始まりそうだった。そばには正一郎もいたが、止めるに止められない様子でおろおろと足踏みをするばかりだ。

ここは自分が体を張ってでも止めるしかないと二人の間に割って入ろうとしたら、傍らを大きな人影が追い越していった。映写室から戻ってきた鷹成だ。

「どうした、せっかく無事に初日の上映が終わったってのに」

「館長！　また堂島のオッサンが勝手に原稿変えて読んだんだけど！」

虎彦が鷹成にあれこれ不満を訴える。堂島は仏頂面で汗を拭うばかりで何も言わない。

一通り虎彦の泣き言を聞いた鷹成は、困った顔も見せず鷹揚に笑った。

「あのフィルムは引きの場面が多いからな。総天然色って以外は新味もないし、少々退屈な内容なのは間違いない」

「だからって勝手に原稿の内容変えていいのかよ！」

「結果としてなんでもない場面でも笑いが起きてただろ。堂島さんの客を退屈させない技術は本物だ。虎彦もあの技を盗んで、次の原稿に反映させてみろ」

加勢してもらえないとわかるや、虎彦はフグのように頬を膨らませ足音も荒く楽屋を出て行ってしまった。それを正一郎が追いかける。

部屋に残った堂島は、首の後ろの汗を拭きながら満足顔で座卓の前に腰を下ろす。

「あんたも従業員の扱い方がようやくわかってきたみたいだな。ああいう鼻っ柱の強いガキには自分の実力をきっちりわからせてやった方がいい」

「まあ、今回は初めて書いた原稿だからな。手心加えてやってくれ」

「あいつの原稿を使っただけでも十分だろう」

鷹成と堂島が会話をしているのを横目に、久生は足音を忍ばせて楽屋を離れる。主任弁士である堂島を立てる鷹成の対応は館長として正しいのかもしれないが、ここ数日の虎彦の頑張りを目の当たりにしていた久生はなんだか釈然としない。

虎彦の姿を探していると、裏口から正一郎の声がした。外に出てみると、井戸の脇に虎彦と正一郎の姿がある。二人の後ろ姿しか見えないが、正一郎が虎彦を慰めているようだ。

何か温かい飲み物でも持ってこようかと踵を返したら、裏口に鷹成が立っていた。

その顔を見たら、胸にわだかまっていた言葉がいっぺんに口からあふれそうになった。

鷹成が言う通り堂島の解説は見事なものだった。虎彦の原稿に拙い部分があったのも否定できない。堂島が忠実に原稿を読んで、あれほど観客が盛り上がったかどうかは疑問だ。

それでもあの場で堂島の肩を持つのはいかがなものか。虎彦は誰より早くこの写真館に戻ってきてくれたのに。

背後に虎彦たちがいるので声を大にしてそれを口にすることもできずパクパクと唇を動かしていると、鷹成の顔に苦笑が浮かんだ。わかっている、と言いたげに頷き、久生の肩に手を置いて身を屈める。

「熱い茶を淹れて楽屋に運んでくれ。後で虎彦たちも連れていく」

耳元を低い声が掠め、こんな状況にもかかわらず胸をどきつかせてしまった。

動揺を悟られぬよう、久生は黙って頷きその場を離れる。

鷹成は虎彦にどんな言葉をかけるつもりだろう。そわそわしながら台所で茶の準備をしていたら誰かがやってきた。鷹成かと思いきや、現れたのは正一郎だ。久生は正一郎に駆け寄ると、「虎彦さんと鷹成さんは？」と勢い込んで尋ねる。

ほんの少し前まで、久生が声をかけてもなかなか目を合わせてくれなかった正一郎だが、今回の一件で少しは久生との距離も縮まったのか、控えめな笑みを返してきた。

「まだ裏で話をしています。でも、僕はあの場にいない方がいいかと思って」

「まさか、喧嘩でもしてるんですか？」

不安を隠せない久生に、正一郎は笑いながら眼鏡の位置を直した。

「館長は褒めてましたよ、虎彦君の原稿。堂島さんの即興で客席が沸いたのは事実だけれど、時代背景に沿った解釈は虎彦君の方が正確だって」

虎彦は口を尖らせながらも、鷹成に褒められ照れくさそうにしていたという。

正一郎は台所の奥まで入ってくると、流し台に伏せられていた茶碗を手に取った。

「館長は、少し雰囲気が変わりましたね。以前は僕らが何か揉めていても決して話の輪に入ってこない人だったんですが。話の流れがどんなに悪い方に傾いてもなお笑っているので、この人は一体何を考えているんだろうと不安になることもありました」

人数分の茶碗を用意しながら、秘密ですよ、と正一郎が耳打ちしてくる。久生はくすりと笑い、自分も同じようなことを考えていたと打ち明けた。互いに忍び笑いを漏らす。

「館長は摑みどころのない人だと思っていましたが、今回の件で少し印象が変わりました。下宿まで僕を迎えに来てくれたり、さっきのように僕らの間に入ってくれたり」

「館長としての自覚が出てきたのかもしれませんね」

「そう言ってもらえると俺も自信がつくな」

背後から低い声が響いてきて、ぎょっとして振り返ると台所の入り口に鷹成が立っていた。その隣には虎彦の姿もある。

久生は誇張ではなくその場に飛び上がり、慌てて顔の前で手を振った。

「すみ、すみません！　偉そうなことを言ってしまって……！」

どこから話を聞かれていたのだろう。隣の正一郎もばつの悪そうな顔だ。

けれど鷹成は機嫌を損ねた様子もなく笑って、虎彦の背中を軽く押して台所に入れる。

「久々の開館だ。今日の昼は出前でも取ろう。お前ら、茶の準備を頼む」

言うだけ言って鷹成は台所を出て行ってしまう。

虎彦は唇の端を下げながらも久生たちのもとにやってきて、正一郎と一緒に茶碗の用意を始めた。久生が二人に背を向け急須や茶葉を出していると、背後でぼそっと虎彦の声がした。

「先生、今度から俺、自分の原稿は自分で用意する。……手伝ってくれる？」

もちろん、と正一郎が柔らかな声で返事をしている。

わずかな沈黙の後、虎彦は小さいけれど決意を込めた声で言った。

「いつか堂島のオッサンにも文句がつけられないくらいの原稿作りたいんだ」

「わかった。協力するよ」

二人の会話を背中で聞きながら、久生は口元を緩める。

初めて書いた原稿を堂島に駄目出しされ、原稿用紙に向かう虎彦の意欲が低下してしまったらと心配していたが、杞憂だったようだ。

正一郎や鷹成が上手く立ち回ってくれたおかげだ。案外堂島の存在も、虎彦を奮起させるのに一役買っているのかもしれない。

従業員たちが互いに刺激し合って、このまま写真館が上手く回ってくれればいい。

虎彦と正一郎の創作談議に耳を傾けながら、久生は唇に笑みを乗せて熱い緑茶を淹れた。

午後も堂島の義経千本桜は大いに盛り上がり、久々の上演は好評のうちに幕を下ろした。専用の映写機を用意したおかげか、鷹成のハンドルさばきがよかったのか、キネマカラーも思ったよりちらつきがないと評判だ。

客がはけた後、久生は楽屋に茶を配り、客席の掃除をして、弁士と楽士たちが帰った後は鷹成と力也の三人でフィルムのチェックと巻き直しを行った。

すべてのフィルムを運び終えて力也が帰ると、建物全体が静けさに包まれる。

事務所で書き物をしている鷹成を残し、久生は一人で舞台袖に向かった。

舞台の明かりをつけ、暗い客席に目を向ける。舞台から離れた席までは明かりが届かず真っ暗だ。上映中も、これと同じような景色が見られる。

違うのは、客席に満員の客がいるかどうかの違いくらいだ。

「昼間の光景を見た後だからか、随分閑散として見えるな」

低い声に振り返ると、背後に鷹成が立っていた。

ほんの少し客席の様子を眺めるだけのつもりだったのに、気づかぬうちに長いことこの場に立ち尽くしていたらしい。板の上に立つ足の裏がすっかり冷たくなっていた。

「なんだか、夢から覚めたような気分で」

昼間の熱気が嘘のように場内は静まり返っている。熱を帯びた弁士の解説も、音楽も、拍手の音も聞こえない。

でも明日も舞台の幕は開く。写真館にはたくさんの人がやってきて、惜しみない歓声を送ってくれるだろう。そうであってほしい。

「明日が楽しみで、じっとしていられなかったんです」

眠る前に、もう一度客席を見ておきたかった。今日の夢を反芻するように。明日もまた、たくさんの観客に夢を見せられるように。

「久生」

鷹成に呼ばれて振り返ったら、深く頭を下げられてぎょっとした。

「ありがとう。お前のおかげだ」

「な、何がですか？　今日の上映が成功したことなら、僕より他の皆さんの方が断然貢献していると思うんですが……」

「一番貢献したのはお前だろう。お前が動き出さなくちゃ、この写真館はあのまま廃《すた》れてたかもしれないんだからな」

まさか、と目を丸くした久生に、鷹成はもう一度真摯に礼を述べた。

「本当に、感謝してる。堂島さんはとっくにこの仕事に見切りをつけてたし、虎彦や先生は自分から戻ってこられるような状況じゃなかった。挙句、俺には周りを引き留める気がなかったからな。新しく弁士を雇うこともしなかっただろうし、あのままなら確実にこの写真館は閉めることになってたはずだ」

鷹成は誰もいない客席を見遣り、遠くを眺めるように目を眇めた。

「寄せ集めの従業員たちだ。手近な相手に適当に声をかけたり、働きたいって申し出てきた相手をよく調べもせず受け入れたり、そんな調子で数さえ集まれば誰でもいいと思ってた。時がくれば散り散りになるのも仕方がないと思っちゃいたが——やっぱり俺もあいつらに愛着があったんだってことに、今更になって気がついた」

鷹成は大きく息を吸い込むと、深い溜息に乗せて呟いた。

「あいつらとまたここで仕事ができて、本当によかった」

一服した後のような満足そうな声を聞き、久生は頬を緩ませた。

「僕もそう思います。弁士はやっぱりあの三人がいいですし、楽士の皆さんにもよくしていただいているので顔ぶれは変わってほしくないです。力也さんともようやく少し会話が弾むようになってきましたし、こうして全員戻ってきてくれて嬉しいです」

繕うことなく本心を口にすれば、つられたように鷹成も口元をほころばせた。

「そうだな。これまでは写真館もあいつらもいつ手放してもいいようなことばかり言ってたが、本当は手放したくないのを自覚したくなかっただけかもしれない」

どうせ手に入らないなら望まなければいい。いずれは目の前から消えてしまうものだと諦めておけば、失ったときに落胆せずに済む。

そうやって幾重にも予防線を張り、何にも拘泥せずにいた鷹成がようやく「手放したくない」と口にしてくれて、久生は満面の笑みを浮かべた。

「もう手放せませんね。写真館も従業員のみんなも。大事だって気がついてしまったんですもんね？」

「お前のおかげで気づきたくもなかったことに気づいちまった」

「狙い通りです。大事なものは持ち重りするから、どうしたってその場に根を張らなくちゃいけなくなるでしょう。必死にならざるを得なくなるんです」

自分も母と一緒に暮らしていた頃、体調を崩しがちな母に少しでも楽をさせたくて必死で働いた。喜ぶ顔が見たくて仕事の合間に無理やり勉強の時間を作って、なんとか学校も卒業した。母の存在がなければ、あんなにもあの場所で必死になれなかったはずだ。そうやって勉強をしてきたおかげで、今は鷹成の帳簿づけなどを手伝える。

仕事と学びを両立させてくれた母親に素直に感謝している自分に気づいて、少し意外な気持ちになった。これまでは母のことを思い出すときは苦い気持ちにしかならなかったのに。

母の真意はもう一生わからないが、久生の中で心の整理がついた。鷹成と一緒に活動写真を見られたおかげだ。

他人の人生を覗いて、自分の人生と重ねて、違うところと同じところを比べながら、心の空白部分を埋めていく。活動写真を見ていると、そんな気持ちになることがある。

もちろん、単に最高の娯楽であることも間違いないのだけれど。

「本当に、手放せなくなっちまったなぁ」

溜息交じりの声で我に返って鷹成を見上げる。そうでしょうとも、と続けようとしたら、斜め上からこちらを覗き込む鷹成と目が合った。

凝視される理由がわからず目を瞬かせていると、緩く首を傾げられる。

「お前、わかってんのか？　手放せないものの中にはお前も含まれてるんだぞ？」

「ぼ、僕もですか？」

「当たり前だ。お前だってここの従業員だろう」

互いの距離が近くて目を泳がせていたら、「違うのか」と詰め寄られてしまった。

「違いませんが、僕もずっとここにいてもいいものかと……」

「いいも悪いも、ずっと俺の横にいるって宣言したのはお前だろうが。まさか、あの言葉は口から出まかせか？」

鷹成の声が一段低くなる。猛禽類を思わせる金色を帯びた瞳に見据えられ、久生は慌てて「本心です！」と答えた。途端に鷹成の目元がほどけ、その顔に笑みが戻る。

「そうでなくちゃ困る。来るもの拒まず去るもの追わずを信条にしてきた俺が、ようやく執着したもんだぞ」

写真館だけでなく、久生にも執着心が向けられているということか。それはつまり、自分も大事な写真館を構成する輪の中に入れてもらえたということだ。嬉しくなって、「頑張ります！」と答えると、鷹成の眉が片方だけ上がった。

鷹成は何か言いたげな顔をしたものの、溜息とともに深く首を倒してその顔を隠してしまう。続けて鷹成に肩を抱かれ、重たい腕の感触に心拍数が跳ね上がった。

いい加減鷹成の気安い態度にも慣れなければと平常心をかき集めていると、身を屈めた鷹成に真横から顔を覗き込まれた。

「お前、逃げられると思うなよ。もう手加減しないからな？」

「はい！　よろしくお願いします！」

明日からはますます仕事が増えるということだろうか。望むところだと威勢よく返事をすると、当てが外れたような気の抜けた笑顔が返ってきた。肩に置かれた腕が解かれ、代わりに頭を撫でられる。いつもよりゆっくりと、慈しむような手つきで。

「とりあえず、お前はずっとここにいろ」

大きな手で久生の頭を撫で、鷹成は踵を返してしまう。

「今日は餡パンもせんべいも売り切れだ。食うものもないし、外に食いに行くか」

嬉しいお誘いに元気よく返事をして、久生は舞台の電気を消す。慌てて追いかけると、鷹成はきちんと廊下の途中で立ち止まって久生を待っていた。

(でも本当に、僕もずっとここにいていいのかな)

取り立てて技術があるわけでもない。堂島からは人件費の無駄とまで言われている。下手に鷹成の言葉を本気にして、いつまでここにいる気だ、と顔をしかめられでもしたら――。

俯きそうになっている自分に気づき、久生は意識して顎を上げた。

（そうならないように、僕はここでできることを増やしていこう）

前を歩く鷹成の背中を見詰め、強く自分に言い聞かせる。

現実は、舞台や映写幕の上で繰り広げられる物語のように上手く進まないかもしれない。

けれど美しく作り上げられた物語は、時として現実で立ち往生している人たちの背中を押す。

いつかの夜、二人きりの劇場で鷹成が見せてくれた活動写真の清々しい終幕に背を押され、久生は歩幅を大きくして鷹成の隣に並んだ。


師走《しわす》の第一日曜日。キネマカラー版の義経千本桜は惜しまれつつ上映最終日を迎えた。

もともとチャンバラものを得意としている堂島の解説は回を重ねるごとに冴えてきたし、虎彦も毎日のように原稿に手を加えてより文面を洗練させていった。上演の後は毎回喧嘩腰で虎彦と堂島がやり合っているが、一週間も経つ頃にはそれも見慣れた光景となった。むしろ激しく言い争うことによって二人の距離が縮まっているようにすら見える。

最終日も午後の上映が終わるなり口論を始めた二人だが、廊下を歩いてきた鷹成から「盛り上がってるところ悪いが、給料渡すから事務所に来てくれ」と声をかけられるやぴたりと口を閉ざして楽屋を出て行った。現金なものだ。

「それじゃ、まずは主任弁士の堂島さんから」

事務所の椅子に腰かけた鷹成の前に従業員たちがずらりと並び、一人一人給料袋を受け取る。

「なんだ、今回はやけに少ないな？」

「先月なんて写真館を閉めてる時間の方が長かったんだから仕方ないだろ。他の奴らも覚悟しろよ、これでも今回の上演が当たったおかげでマシになった方なんだからな」

次々と給料袋が手渡され、受け取った者から事務所を出て楽屋や控室に戻っていく。最後に残ったのは久生だ。

「先月は日割りでろくな金が渡せなかったのに、今月もこんなもんで悪いな」

「ありがとうございます。十分です」

本心からそう口にしたが、鷹成は複雑そうな表情だ。

「今回の立役者はお前なんだ。もう少し色をつけたかったんだが」

「本当に、十分すぎるくらいです。住み込みで働かせてもらってるんですから、部屋代が浮くだけでも相当にありがたいんですよ。最近は鷹成さんに食費も出してもらってますし」

写真館が再開してから、久生は朝晩の食事を自炊するようになっていた。

これまでは売れ残ったパンやせんべいを食べていたが、写真館を再開してから客が多くて商品が残らない。朝から外に食べに行くのも出費がかさむ。

幸い、母との二人暮らしで家事には慣れている。外食よりは貯金もできるだろうと煮炊きをしていたら、鷹成に「材料費を半分出すから俺の分も作ってくれ」と声をかけられた。

「食費はあれで足りてるのか？　足すぞ？」

「いえ！　むしろもらいすぎてるくらいです」

週末ごとに鷹成から手渡される食費はいつも少し多めだ。料理を作るのは久生だからと手間賃を上乗せしてくれているらしい。それにしても出しすぎだと思う。

「もしかして僕のご飯、質素すぎましたか？　もう少し奮発した方が？」

「いや、質素どころか贅沢な飯だと思ってるが」

「ご飯とお味噌汁と納豆の朝食がですか？　夕飯だってめざしと漬物がつくくらいですよ？」

「十分だろう。毎日熱い味噌汁が飲めるだけでも相当な贅沢だと思うが」

椅子に座ったままそんなことを言う鷹成は真顔だ。本気でそう思ってくれているなら嬉しい。

久生としては、好きな人と一緒に朝晩食卓を囲めるだけでも幸せだ。

「温かいものがよければ、今夜はお鍋にしましょうか？　おでんとか」

いいな、と鷹成が目を細める。そんな顔をされると俄然張り切ってしまって、すぐにでも買い出しに走りたくなった。途端にそわそわし始めた久生を見上げ、鷹成が喉の奥で笑う。

「お前はなかなかいいお内儀《ないぎ》になりそうだな」

男の自分になんの冗談を、と笑い飛ばそうとしたら、笑顔でこうつけ加えられた。

「いっそ俺と所帯でも持ってみるか？」

冗談なのはすぐにわかったが、こちらは鷹成に片想いをしている真っ最中だ。不意打ちに動揺して言葉を詰まらせてしまった。

うろたえる久生を、鷹成は面白そうな顔で眺めている。こちらの気も知らないで、と思ったらなんだかむっとして、せめてもの意趣返しをした。

「……そんなこと言って、真に受けられたらどうするんです」

少し困ったような顔をしてもらえれば十分だったのに、鷹成は動じることなく笑みを深くした。

「望むところだ」

言いざま、鷹成が椅子から立ち上がる。途端に視線が逆転して、目線より少し高いところから鷹成に見下ろされた。直前の言葉の意味を尋ねる暇もなく鷹成の指が近づいてきて、久生の前髪を軽く横に払った。

「ちゃんと散髪してるか？　伸びてるぞ」

「行……っ、てません、すみません……」

接客業なのだから身なりはきちんとしておくべきだったか。反省すべきところだとは思うが、こちらを覗き込む鷹成の顔が近くて会話に集中できない。鷹成の指先で払われた前髪が額に落ちて、わずかに視界を翳《かげ》らせる。

「せっかく給料も出たんだ。年が明ける前に切ってこい。それから、今夜は外に飲みに行こう。おごってやる」

「お、お鍋は……？」

うろたえながらも尋ねると、「明日でいいだろ」と笑われた。

「明日は休みだし、たまには二人でどこかに出かけてもいいな」

言葉の合間に、鷹成は戯れのように久生の前髪に触れてくる。本人は野良猫の額でもつついているような気分なのかもしれないが、こちとら鷹成にこっそり恋心を抱いているのだ。こんな距離から見詰められ、気安く髪など触られたらどう足掻いたってときめきを隠せない。

「久生？」

自分の名前を呼ぶ声が甘く聞こえて耳朶が熱くなる。

いたずらに前髪を梳《す》いていた指先が耳の方へ移動して、大きな手が髪全体に触れたその瞬間、「あのー」と間延びした声が背後から響いてきた。

「館長、取り込み中に悪いんだけど、力也の兄ちゃんがキネマカラー用の映写機の確認してほしいって」

事務所の入り口から声をかけてきたのは虎彦だ。

背後の気配にまったく気づいていなかった久生は大いに動転したが、鷹成は落ち着いた様子で「今行く」などと虎彦に返している。久生の髪からもすぐに手を離し、映写室に向かうべく事務所を出て行ってしまった。

横目で鷹成を見送った虎彦は、頭の後ろで両手を組んで久生に向き直る。

「久生、大丈夫かよ。あれ完全にあんたのこと狙ってるぞ」

狙うの意味がわからず小首を傾げると、虎彦に「本気か」と顔をしかめられた。

「鈍感そうだとは思ってたけど、あんた想像以上に鈍かったんだな」

踵を返した虎彦を慌てて追いかける。どういう意味かと尋ねると、楽屋に向かって廊下を歩いていた虎彦が面倒くさそうに口を開いた。

「あんた、館長からあれだけ露骨に言い寄られてて気づいてないわけ？」

「いっ、言い寄られるって、僕は男ですよ？」

笑い飛ばそうとしたのに声が掠れた。

わかっている。男同士なんて冗談にしかならない。だからちゃんと笑わなければいけないのに、自分の想いを真剣に伝えられる日は永劫来ないのだと思うと胸がひしゃげそうになる。

この先ずっと鷹成の隣にいられたとしても、それ以上の関係になることはない。鷹成だっていつかはきっと所帯を持つ。その相手は、男の自分ではあり得ないのだ。

暗い未来を想像して、笑うどころか溜息をついてしまった。

久生を見上げた虎彦が、「なんで今にも死にそうな顔してんだよ？」と眉を寄せる。

「いえ、虎彦さんがそんな、ありもしない冗談を言うもので反応に困ってしまって……」

「ありもしないって、館長に狙われてるって話？」

「だって僕も鷹成さんも男同士ですし。鷹成さんにこんな話聞かれたら、気味が悪いって言われちゃいますよ」

自分で自分にとどめを刺している気分だ。乾いた笑い声を漏らすと、虎彦に鼻で笑われた。

「久生は本当に、箱入り娘並みに清いお坊ちゃんだなぁ」

意味がわからず足を鈍らせた久生を置き去りに、虎彦は楽屋の襖を開けてこちらを振り返る。

「館長は男も女もいける口なんだよ。そうでなくてもあんた綺麗な面してんだから、男からそういう目で見られることもあるって忘れない方がいいぞ」

「い、いける……？」

「なんだよ、そこから説明しなくちゃいけないのかよ？」

硬直していると、今度は楽屋の中から声が飛んできた。

「こら坊主、勝手に他人の趣味嗜好をばらすもんじゃない」

座卓の前にいたのは堂島だ。すでに身支度を整えて帰るところらしい。隣には正一郎の姿もあった。

虎彦は部屋の隅に置かれた上着を手に取り口を尖らせる。

「だって久生の貞操の危機かもしれないんだぞ」

「なーにが貞操だ。よく意味も知らんくせに」

「知ってる！　貞操ってのはあの、ま、まぐ、まぐわう前の……」

「と、虎彦君、大丈夫！　説明しなくていいから！」

しどろもどろに何か言い始めた虎彦を、正一郎が真っ赤な顔で止めている。

久生は廊下に立ち尽くしたまま三人の様子を眺め、ゆっくりと虎彦の言葉を反芻した。

男も女もいける。それはつまり、男女問わず恋愛感情を持てる、ということだろうか。

「えっ」

遅れて意味を理解して、大きな声を上げてしまった。

久生は今まで、男性は女性を、女性は男性を恋愛対象にするのが世の常識だと思い込んでいた。鷹成に惹かれた自分は常識という枠から外れてしまった奇異な人間で、そんなことが周囲にばれたら鼻つまみ者にされる。そう覚悟していたが、どうやらこの場にいる人間はそれをさほどの問題とも思っていないらしい。

しかも鷹成は、久生と同じく同性にも心惹かれる人間だという。

長く頭上を覆っていた分厚い雨雲が左右に分かれ、突然眩しい光が差したような気分だ。

詰めていた息を吐き出し、ふと顔を上げると楽屋にいた三人が無言で久生を見ていた。

取り繕うように背筋を伸ばした久生から視線を外し、虎彦が正一郎に声をかける。

「放っておいても大丈夫そうな感じ？」

「いや、僕はこの手の話題にはどうも疎くて……」

「放っておけ。馬に蹴られて死ぬぞ」

堂島がつき合っていられないとばかりにそっぽを向く。

虎彦は座卓に頬杖をついて、妙に疲れた顔で久生を見遣った。

「せっかく写真館も再始動したし、この後みんなで飯でも食いに行こうと思ってたんだけど、あんた館長に飯に誘われてたよね？　俺、別に阻止しなくていいよね？　あんたも行きたいんでしょ？」

「それはもちろん……。あ、どうせだったら鷹成さんにも声をかけて、全員で食事に――」

久生が言い終えるより前に、三人が揃って「違う」「結構です」「巻き込むな」と声を上げた。いつになく一致団結している。

「じゃあ力也の兄ちゃんも誘って早めに行くか。楽士のおっちゃんたちはもう帰ってるし、邪魔者は早々に退散しようよ」

虎彦の言葉を皮切りに、三人がぞろぞろと立ち上がる。すれ違いざま虎彦に「まあ、頑張んなよ」と腕を叩かれた。

久生は三人の後ろ姿を見送って、え、と誰もいない廊下で声を上げた。

何を頑張ればいいのだろう。鷹成への想いを隠さなくてもいいということか。そんな都合のいい話があっていいのか。

（そもそも鷹成さんが男性も恋愛対象になるっていう話も本当かどうかわからないし、虎彦さんたちが勘違いしてる可能性もあるのに？）

楽屋に上がり込んで座卓の周りをうろうろと歩き回っていたら、前触れもなく廊下からひょいと鷹成が顔を出した。

頭に思い浮かべていた顔が突然目の前に現れたことに驚いて、久生は熊にでも遭遇したような声を出してしまう。鷹成もさすがに驚いた顔で「どうした」と楽屋に入ってきた。

「なんでも！　なんでもありません！」

「なんでもなくて悲鳴を上げるのか？」

鷹成がどんどんこちらに近づいてくる。久生はその顔を直視することができず、糸のもつれた操り人形のような不自然な動きで上を見たり下を見たりした。

「お気になさらず！　そ、それよりも、お借りしていた映写機はどうなったんですか？」

「ああ、動作確認をしたが特に問題はなかった。明日にも映写機を借りた写真館に返すつもりでいたんだが、先方がうちの前まで来ちまってな」

「来てるって、今ですか？」

「写真館の入り口前にトラックを横づけしてる」

鷹成の写真館で上映したキネマカラーが思いがけず好評だったのを受け、来週から自分たちも再上演に挑んでみたいという。ついでに緩急をつけた上手いハンドルの回し方を教えてもらいたいと頼まれてしまったそうだ。

「力也はこれから堂島さんたちと飲みに行くっていうし、俺も破格で映写機を貸してもらった恩がある。ちょっと出かけてくるから留守を頼めるか」

「もちろんです」と力強く頷くと、鷹成に手荒に頭を撫でられた。

「なるべく早く戻る。帰ったら飲みに行くから支度しとけ」

いつまで経っても不意打ちのように触れられるのには慣れない。前髪の隙間から鷹成を見上げると、頭を撫でていた手が離れて乱れた髪を指で梳かれた。

「わかったか？」

前髪をつまんだ指先が毛先まで滑り落ち、そのまま人差し指の背で頬を撫でられる。

一連の動きは滑らかで、身じろぎするのも忘れて「はい」と掠れた声で返事をした。

満足そうに笑った鷹成が立ち去った後も頬を撫でられた感触は消えず、久生は震える掌で頬を押さえる。

出会った当初から、鷹成は他人との距離が近い人だと思っていた。そういう性格なのだろうから、過度な接触にもあまり動揺しないでおこうと自分に言い聞かせていたのだが。

（……もしかして、違った？）

やけに距離が近いと思ったのも、触れる指先が優しいと思ったのも、眼差しが甘く感じたのも、自分の勘違いや自意識過剰ではなかったということか。思い返せば鷹成が、久生以外の従業員の頭を気安く撫でている姿を見たことはない。

今夜鷹成と一緒に夕食に行ったら、一体何が起こるだろう。緊張とも興奮ともつかないもので腹の底を絞られる。

何も起こらないかもしれない。でも何か起こってほしい。そう期待している自分に気づいて、久生は赤くなった顔を両手で覆ってその場にしゃがみ込んだ。

鷹成が出かけた後、久生はいつも通り客席の掃除をした。しかしこの後鷹成との食事を控えていると思うとどうしたって上の空になってしまい、何度も手が止まっていつも以上に時間がかかった。

目の前のことに集中しようとしても、外で微かな物音がすると鷹成が帰ってきたのかと身構えてしまう。大抵は風に吹かれた木の枝が塀に当たった音や、子供が走り去っていく足音だったりするのだが、そのたび詰めていた息を吐いた。

（これじゃ鷹成さんが帰ってくるまで身が持たない……）

よろよろしながら楽屋に戻ってきた久生は、崩れ落ちるように座卓の前に膝をつく。

畳に手をついたら指先に硬いものが触れ、座卓の下に何か落ちていることに気がついた。虎彦がいつも肌身離さず持ち歩いている黒い手帳のようだ。

使い込まれてすっかり表紙が波打っている手帳をそっと取り上げる。虎彦は暇さえあればこの手帳にあれこれと書き込んでいた。脚本のネタなども書き留めているらしい。

以前教えてくれた勧善懲悪ものの話は面白そうだったので見せてほしいと頼んだが、虎彦はどうしてか久生にだけ手帳の中を見せようとしない。それでいて、正一郎や鷹成の前では平気で手帳に何か書き込んでいる。堂島の前でさえ気にしたふうもなく手帳を開くのに。

（……何が書いてあるんだろう？）

誘惑にかられ、そっと手帳の表紙に指先をかける。だが、すぐに思い直して両手で手帳を挟んだ。どうしても見たければ虎彦に頼めばいい。勝手に見ていいものではない。

次に会ったときに返しておこうと、久生はズボンのポケットに小さな手帳をしまった。

立ち上がろうとしたところで、事務所から物音がした。誰かが戸を叩いているようだ。

鷹成なら自分で鍵を開けて入ってくる。こんな夜分に来客か。首をひねりながら事務所に向かう。

事務所の電気をつけると、戸口を叩いていた人物が声を上げた。

「どうも、牛乳配達の者です。明日の配達の件で確認がありまして」

愛想のいい男性の声だ。だが、馴染みの配達員の声とは違う。

「明日は休館日なので配達はないはずですが……？」

「本当ですか？　配達表には明日も配るようにとあるんですが、確認していただいても？」

不思議に思いながらも鍵を外した瞬間、戸外から響く声に聞き覚えがあることに気がついた。どこで耳にしたのだろう。思い出す前にガラリと勢いよく戸が開いた。

「捜したぞ、久生」

直前の柔らかな声とは打って変わって低い声でそう言い放ったのは、背広の上から黒い外套を着こんだ男だ。目深に中折れ帽をかぶっていたため一瞬相手を見定め損ね、一拍置いてようやく芝原だと理解した。

後はもう考える暇もない。踵を返して走り出した瞬間、芝原の「追いかけろ！」という声が響いて事務所に複数の足音がなだれ込んできた。

久生は背後を振り返る余裕もなく一目散に廊下を駆け抜ける。楽士たちの控室の前を通り抜け、まだ明かりをつけたままだった楽屋の横も素通りし、舞台と廊下を仕切る木戸を力任せに引き開けて、舞台袖から真っ暗な客席に飛び降りた。

このまま客席を走り抜け、写真館の表口から外に出れば周囲に助けを求めることもできる。そう思った矢先、爪先が歩み板に引っかかって体が宙を浮いた。

周囲が闇に呑まれているせいで、自分の体がどの方向から地面に倒れているのかよくわからない。闇を泳ぐような気分で手足をばたつかせてみたが体勢を立て直すことはできず、胸から勢いよく床に倒れ込んで息が止まった。起き上がる間もなく荒々しい足音が近づいてきて、力任せに久生の背中を押さえつけた。

床に打ちつけられた胸が痛む。上から体重をかけられてまともに息ができない。息苦しさにあえぐと、場内にぱっと明かりがついた。

「高飛びするだけの金はないだろうとは思ってたが、こんな近くに隠れてたのか」

遠くから芝原の声がして、久生はなんとか顔だけ上げた。

自分を押さえつけているのは力也と同じくらい体格がいい屈強な男だ。この男も含め、四人の男たちが久生を取り囲んでいる。

芝原は舞台袖から悠々と客席に下り、久生のそばまで来ると帽子のつばを引き下げた。

「こんなところでまだ華族の真似事なんてしてたのか。周りからちやほやされるのに味でも占めたか？　そのお上品な顔さえあれば、お前一人でも周りから金を騙し取れただろう」

帽子のつばの陰から芝原に見下ろされ、久生は掠れた声で「してません」と答えた。

「その割に、この写真館に通ってる婆さんは『石渡のお坊ちゃんがここにいる』って嬉しそうに吹聴して回ってたがなぁ。なんのためにそんな嘘をつき続けてたんだ？」

久生はきつく目をつぶる。

芝原のもとを離れてからすでにひと月半が過ぎ、もう追われることもないだろうと慢心していた。足しげく写真館を訪れるトキにせめて口止めをしておけばよかったが、悔やんだところで後の祭りだ。

久生は胸の痛みをこらえ、切れ切れに芝原に尋ねる。

「どうして、未だに僕を追いかけてくるんですか……？」

芝原たちの稼ぎを持ち逃げしたわけでもないのだし、自分一人放っておいてもよさそうなものを。詐欺の口止めでもしたいのかと思ったが、まずもって久生は芝原の素性を知らない。移動中はずっと宿を転々としていたので芝原たちの本拠地も知らず、芝原の名が本名なのかすら謎のままだ。警察に駆け込んだところでなんら有益な情報は渡せない。

「ぼ、僕がいただいた洋服の仕立て代でしたら、ちゃんと返しますから」

背中に膝でも当てられているのか、胸を強く床に押しつけられてほとんど息が吸えない。消え入りそうな声で訴えると、芝原が声を立てて笑った。

「そんなはした金を回収しに来たわけじゃない。仕事の話をしに来たんだ。お前にはこれからも俺たちと働いてもらわなくちゃ困る」

芝原が笑いながら帽子を脱ぎ捨てる。目深にかぶっていた帽子を脱ぐと、つばの陰に隠れて見えなかったその顔が露わになった。なんとか首を上げてその顔を見た久生は目を見開く。

初対面では品よく柔和に笑っていた芝原が、今は人の好さそうな表情をかなぐり捨てて苦々しげに久生を見下ろしている。だが、驚いたのは顔つきの変化ではない。

芝原の頰には引きつれたような深い傷跡があった。かなり大きな傷で、目尻から唇の脇まで頰を斜めに横断している。傷口を縫うほどの大怪我だったのだろう。抜糸の跡が痛々しい。おそらく一生残る傷だ。

芝原は片手で傷口を押さえ、血走った目で久生を睨みつける。

「俺みたいな詐欺師はな、相手に不信感を抱かせない平凡な見た目が肝心なんだよ。相手の印象に残っちゃ足がつきやすくなる。それなのにこんな目立つ傷ができちゃ仕事がやりにくくて仕方ない。お前たちのせいで商売上がったりだ」

「僕たちの……？」

芝原に危害を加えた記憶もなく眉を寄せると、芝原が久生の前で大きく足を振り上げた。

よく見れば芝原たちは靴を脱いでいない。革靴を履いた足で顔面を踏みつけられそうになってとっさに目をつぶると、ドンと床が低く震えた。

恐る恐る目を開けると、芝原が久生の顔の横の床を踏みつけていた。興奮しているのか肩で息をして、久生の顔を覗き込んでくる。

「まあ、お前は気を失っていたみたいだからな。許してやるよ。やったのはお前を担いで走ってたあの男だ」

鷹成のことか。顔を強張らせる久生の前で、芝原は忌々しげに舌を打つ。

「あの野郎、逃げる途中で卑怯にも砂なんて蹴り上げてきやがって。おかげで坂道を転げ落ちて部下もろとも藪《やぶ》に突っ込む羽目になった」

「砂を蹴り上げただけ、ですか？」

尋ねると、芝原にぎろりと睨みつけられた。

「あいつはそれきり振り返りもせず逃げちまったが、藪に廃材が投げ込まれててな。木に打ちつけられた釘で頬を裂かれてこのざまだ」

傷の直接の原因が鷹成にあるわけではなさそうだが、その発端を作った鷹成に芝原は深い恨みを抱いているらしい。

「この顔じゃ今までみたいな仕事はできない。だからこれからはお前に働いてもらうんだ。それだけ綺麗な面してりゃ結婚詐欺でもなんでもできるだろう」

屈めていた腰を伸ばした芝原は、難しい話はお終いだとばかりに天井に向かって息を吐いた。

「さっきちらりと見たが、ここの事務所には金庫があったな。とりあえずあれを開けて中身を持ってこい。その金で移動するぞ」

芝原の指示で久生を押さえつけていた男が離れ、「早くしろ」と急かされる。起き上がった久生はござの敷かれた床に座り込んだまま、鈍く痛む胸を押さえて芝原を見上げた。

「……金庫の鍵なんて持ってません」

「この写真館の従業員のくせにか？」

「それ以前に、貴方たちの仲間になるつもりもありません」

久生の背後に控えていた男たちが威嚇《いかく》するように靴の裏でござを踏みにじる。その動きを目の端で捉えても、久生に前言を撤回する気はなかった。

芝原は無表情で久生を見下ろしてから、出会った当初に見せた柔和な笑みを浮かべた。

「どうしました、久生さん。怖くなりましたか？　手荒な真似をしてすみませんでした。部下たちにはよく言っておきますから、戻ってらっしゃい」

口調も以前と同じように柔らかくなったが、もう芝原の地金は見えた。

久生は血の気の失せた顔で、しっかりと首を横に振る。

「戻りません。最初から貴方たちが詐欺を働いているとわかっていたら、一緒についていくこともなかったんです。僕はただ、困っている人がいるから華族のふりをしてほしいと頼まれただけで……」

「どう言い繕ったところで、傍から見ればお前だって詐欺の共犯だ」

笑顔を作るのが面倒になったのか、芝原はあっという間に横柄な態度に戻って歩み板に腰を下ろした。膝に肘をつき、久生を見下ろして冷笑する。

「お前に選択権なんてない。俺たちと一緒に来い。さもなきゃここの連中にお前の素性をばらしてやる。犯罪者だなんてわかればあいつらだってお前を追い出しにかかるだろう。路頭に迷うくらいなら、ここから持ち出した金で高飛びしてまた一稼ぎした方がいいと思わないか？」

黙り込んでいると、後ろに立っていた男に靴の先で背中を蹴られた。革靴は硬く、皮膚に食い込んで痛い。「やめてやれ」と芝原が優しげな声で男を止めたが、口元が笑っていた。

自分はどうしてこんな男についていってしまったのだろう。母を亡くしたばかりで心細かったとはいえ、相手をよく知りもしないくせに差し伸べられた手に縋りついてしまった。

あのときは、自分は母に見捨てられたのだと思っていた。自暴自棄になって、自力で立ち上がる気力もなかった。でも今は違う。

久生はゆっくりと背筋を伸ばし、一直線に芝原を見上げた。

「お断りします」

きっぱりと告げると、芝原の口元に浮かんでいた笑みが引いた。

「写真館の連中にばらされていいのか？　せっかく仲良しこよしでやってたんだろ？」

「構いません」

「ここを追い出されたら行く当てもないだろうが」

「みんなの迷惑になるくらいだったら、全部打ち明けます。警察にも行きます」

警察という言葉に反応して、久生の背後にいた男たちが殺気立った。再び背中を蹴られて上体がぐらついたが、今度は芝原も止めようとしない。代わりに冷え冷えとした声で言う。

「警察になんか行ったら、お前も捕まるぞ？」

「望むところです。そうなったら貴方たちも道連れにできる」

答えた途端、横から鋭い蹴りが飛んできた。蹴りを受けた右腕が軋みを上げ、歩み板まで吹っ飛ばされる。勢いで側頭部を板に打ちつけ、目の前が白くなった。

「ふざけたこと言いやがって……！」

久生を蹴りつけた男が大股で近寄ってきて、久生の胸倉を摑んで引き上げた。

頭を打ったせいか、男の背後から落ちてくる電灯の光がやけに眩しい。目の前がちかちかして、フィルムを回すときの明滅のようだと思った。

上半身に力が入らず、だらりと両手を下げた状態で久生は舞台に横目を向けた。

ここで夢を見た。

白昼夢のような儚い夢だ。

たった一人で川に身を投げた母は、でも自分と一緒に生きようとしてくれた。そう思わせてくれる美しい夢。ただの夢だけれど、過去にそんな意味づけができただけで慰められた。事実でなくてもいい。一夜で消える夢だとしても、久生にとってそれは前に進むために必要なものだった。

それを見せてくれた鷹成と、その大切な場所を守りたい。

蹴られた場所がずきずきと痛んで、ようやく意識がはっきりしてきた。

胸倉を摑む男に目を戻し、久生は男の腕を摑んでよろよろと立ち上がった。

「出て行ってください……大事な場所を土足で汚さないでください……！」

渾身の力をこめて押し返すも、大きな体はびくともしない。

男は不愉快そうに眉を寄せ、背後の芝原を振り返った。

「芝原さん、こいつ面倒くさいですよ。下手に警察に垂れ込まれるくらいだったら、この場で始末しておいた方がよくないですか？」

男に軽く手をひねられると、シャツの襟がぎりぎりと絞まって息ができなくなった。その様子を無感動に眺め、芝原は溜息をつく。

「いい稼ぎ頭になりそうなんだがなぁ。そいつの顔で何人の女が釣れるか……」

「こっちの言うことを聞く奴じゃないと使えませんよ。殴って従順にさせても構いませんが、それだと顔が潰れちまうでしょう」

「だったら顔以外の場所を殴ればいいだろう」

芝原は呆れ顔だが、久生が苦しそうにもがいていることについては言及しない。こめかみのあたりがどくどくと脈を打ち始めた頃、館内に低い声が響いた。

「――その前に少しは首を緩めてやらないと、そいつが窒息しちまうぞ」

切迫した状況に見合わない落ち着いた声に、芝原がぎょっとしたように振り返る。久生の胸倉を摑んでいた手も外れ、支えを失った久生は再び床に膝をついた。

むせながら声のした方へ顔を向けると、舞台袖に鷹成が立っていた。

事務所から中に入ってきたのだろう。鷹成はまだ外套も脱いでいない。涙目になった久生にはその表情が読み取れないが、慌てて客席に下りてくることもなく落ち着いた様子だ。

芝原も鷹成の登場にさほど動揺していない。自分たちの方が頭数が多いという余裕もあるのか、歩み板に腰を下ろしたまま「館長さんか」とからかうような口調で言った。

「留守のところ勝手にお邪魔してますよ。ついでにこいつも連れて帰ります。でもその前に、あんたの顔はぐちゃぐちゃにしておきたいなぁ」

うすら笑いを浮かべながら、芝原は頰についた傷跡を指先で撫でる。本心では腸《はらわた》が煮えくり返っているに違いない。

鷹成は芝原の顔を見遣り、飄々とした口調で言った。

「あんたみたいな顔にされるのは勘弁願いたいな」

芝原の顔を覚えていないのか、平然とそんなことを言うので久生の方が肝を冷やした。案の定、芝原の顔が憤怒《ふんぬ》で赤黒くなる。

「誰のせいだと思ってる……！　お前が久生を連れていくからこんなことになったんだぞ！」

「そこまで言われる記憶がないが。それよりそいつを返してくれ。うちの大事な従業員だ」

「大事？　こんな何もできないガキが？　まさかお前、こいつが元華族の一人息子だなんて与太話をまだ信じてるのか？」

床に手をつき、肩で息をしていた久生の喉がヒュッと鋭い音を立てた。

久生の反応を横目で見て、芝原はますます声を大きくする。

「こいつは座敷で三味線弾いてる芸子の一人息子だ。おんぼろの長屋暮らしで、母親が死んだ後は身寄りもなかった。随分ふさぎ込んでたが、こんな綺麗な顔をやつれさせちゃもったいないってんで俺たちが声をかけてやったんだ」

久生の全身から力が抜けた。長らく隠していた事実が、とうとう明るみに出てしまった。

芝原の言葉が終わっても鷹成からの返答はない。驚かれたか。いや、失望されたのだろう。

鷹成の顔を見るのが怖かったが、このまま俯いているわけにもいかない。久生は思いきって顔を上げ、舞台の上に立つ鷹成に目を向けた。距離がある上に涙目だったのでやはりその表情はよく見えなかったが、鷹成に向かって深く頭を下げる。

「鷹成さん、嘘をついていてすみませんでした。その人の言う通りです。僕は……」

「石渡家の一人息子じゃないんだろう？」

言葉尻を奪われて息を呑んだ。驚いたのは、鷹成の声におかしそうな笑いが交じっていたからだ。

舞台を下り、ゆっくりと近づいてくる鷹成の顔には驚きもなければ落胆もなく、なぜか笑みが浮かんでいた。しかも無理に作った表情ではない。心底おかしそうに肩まで揺らして笑っている。

その反応を意外に思ったのは芝原も一緒だったらしい。さすがにうろたえた様子で歩み板から腰を上げる。

「なんだ、こいつが元華族でもなんでもないってことを知ってたのか？」

芝原の問いかけに、鷹成はこともなげに「もちろん」と頷いた。

久生は愕然として目を見開く。いつ自分の出自がばれるかとびくびくしていたのに、鷹成はとっくにこちらの嘘を見抜いていたのか。

（わかっていたなら、どうして僕をここで働かせてくれてたんだ？）

困惑の表情もそのままに鷹成を凝視していると、のんびりとこちらに近づいてくる鷹成と目が合った。その目元に深い笑い皺が寄る。

「面白そうな夢物語だったからな。真偽のほどを指摘するのは無粋だろ」

心底楽しそうな顔でそんなことを言われ、久生はぽかんと口を開けた。

『俺は他人の夢を壊したくない。こちとら夢を売るのが商売だ』

以前鷹成が口にした言葉を思い出し、脱力して肩を下げた。久生の言葉を嘘だと知りつつ、折に触れ本物の元華族であるかのように扱ってくれたのはそのためか。

「とはいえなぁ、久生みたいに優しい顔の人間に石渡家の一人息子を演じさせるのは、いささか無謀だったんじゃないか？」

相変わらず笑みを浮かべながら、鷹成は久生たちから少し離れたところで足を止めた。久生の背後では柄の悪い男たちが身構えているというのに動じたふうもなく、顎を撫でながら続ける。

「男爵家の一人娘だった母は気位が高かった。婿養子の分際で愛人なんぞ作った親父に腹を立てて、まだ年端もいかなかった俺を抱えて単身家を飛び出すような気性の激しい女だ。そんな女がこいつの母親でたまるか」

久生は目を丸くして鷹成を見上げる。なんの話が始まったのかわからない。元華族である石渡家の話をしていたはずが、なぜ鷹成の家族の話が混在しているのか。

「……な、なんの話だ？」

芝原が顔を引きつらせる。笑おうとしたようだが、頬の傷も相まって口元が歪んだようにしか見えない。それに対し、鷹成は大げさに驚いたような顔をしてみせた。

「なんだ、石渡家を騙ってたくせにこんなことも知らなかったのか？　だったら実家を飛び出した母子が元華族とも思えない極貧生活を送ってたことは？　母親と死に別れた息子が浮浪児みたいな生活をしながら、活動写真を心の支えに生き延びたことは？　貧乏百姓に拾われたはいいものの、家畜みたいに扱われて食うにも困る状況だったことは？　母親と死に別れた後ようやく父親に引き取られて、爵位を返上する前に財産を分与されてたことは？　その金で芝居小屋を買い上げたことは？」

笑顔の鷹成にまくし立てられ、芝原が怯んだように後ずさる。

その言葉に耳を傾けていた久生は、思わず床に手をついて身を乗り出した。

「待ってください！　それって半分は鷹成さんの話じゃないですか！」

芝原がぎょっとしたように久生を振り返る。まさか、と芝原が口にした瞬間、鷹成の顔から笑みが消えた。

「そうだ。久生が石渡家の人間なわけがない。石渡家の一人息子ってのは俺だからな」

その場にいた全員が息を呑んだ。

まさかと思った。でもそれと同じくらいの強さで、もしかしたら、とも思った。

仕立てのよさそうな洋服を着こなし、ナイフやフォークを難なく扱う鷹成を、本当は育ちのいい人なのではないかと思ったことは一度や二度ではなかった。それに、よほどの財力がなければこの写真館を丸ごと買い取ることなどできないはずだ。

瞬きも忘れて鷹成を見上げていると、舞台からよく通る声が響いてきた。

「鷹成様、準備が整いました」

凛とした声に驚いて舞台に顔を向けると、そこには堂島の姿があった。

堂島が『鷹成様』などと口にするところを初めて聞いた。それに、普段は重い体を揺らして億劫《おっくう》そうに歩く堂島が、舞台に立っているときさながら美しい姿勢をとっている。

何事だと振り返った芝原たちに向かって、堂島は深々と頭を下げてみせた。

「申し遅れました、石渡家の元家令でございます」

その発言に誰より驚いたのは久生だ。鷹成に対する堂島の横柄な態度を目の当たりにしてきただけに信じられない。それとも主人の正体を隠すためわざとあんなふうに振る舞っていたのか。

芝原の部下たちが、落ち着きを失った様子で芝原に耳打ちする。

「芝原さん、これ、本物だったらまずいんじゃ……？」

「馬鹿言え、本物なわけが——……」

芝原が言いかけたところで鷹成が片足を上げ、その言葉ごと踏みつぶすように床を鳴らした。

びくりと肩を震わせた芝原たちを見据え、一等低い声で言う。

「よりにもよってうちの家名を騙るなんて、あんたたち怖いもんがないのか。爵位を返上したとはいえ、石渡家にまつわる人脈のすべてを失ったわけじゃないんだぞ？」

根拠のない脅しにしては鷹成の声は重々しく、その顔に浮かんだ表情も不愉快そうだ。

鷹成のこんな冷え冷えとした顔は初めて見る。いつもは気安い人なのに、今は気位の高い人間が本気で機嫌を損ねたような顔にしか見えず、迂闊に声をかけることもできなかった。

「ば、馬鹿馬鹿しい……！　お前ら、久生はもういい。あいつに金庫を開けさせろ！」

言葉尻の震えを隠すような大声で芝原が部下たちをけしかける。

芝原の部下たちは四人。全員上背があり腕っぷしも強そうだ。

こちらは三人とはいえ、久生は床に這《は》いつくばっているし、堂島もどう見たって荒事には向いていない。鷹成が囲まれてしまえばそれまでだ。痛む体を無理やり動かして立とうとしたそのとき、舞台から再び堂島の声がした。

「鷹成様、こちらへ。そろそろ事務所に警官が到着する頃です」

鷹成に歩み寄ろうとしていた男たちがぎくりとしたように動きを止める。

「ハッタリだ、気にするな」と芝原が口にすると同時に、舞台袖からまた誰かが顔を出した。

堂島より頭一つ背の高い男は、力也である。

この場にいる誰よりも屈強そうな力也の登場に、明らかに男たちが怯んだ。

鷹成は芝原たちを見回し、淡々とした口調で言う。

「うちの屋敷にいた用心棒だ。手合わせしてみるか？」

「まさか……」

「言ったろう。落ちぶれたって人とのつながりは切れちゃいない。あんたたちが行方をくらまそうと、どこまでも追いかけられるだけの余力ならまだ十分ある」

外套のポケットに両手を入れたまま、鷹成はわずかに目を細めた。

「鬼ごっこでもしてみるか？　元男爵家の財力と人脈は伊達《だて》じゃないぞ」

芝原はまだ何か言い返そうとしていたが、先に部下たちの方が動揺して後ずさりを始めた。あとはもう芝原が止める間もなく鷹成たちに背を向け、一目散に写真館の入り口に向かって走り出してしまう。

芝原も口の中で悪態をつき、男たちを追いかけて走り出した。

あっという間に木戸を潜り抜けていった芝原たちを視線で追いかけることしかできないでいると、何かが勢いよく久生のもとに駆け寄ってきた。

「久生！　大丈夫か！」

外套の裾を翻《ひるがえ》してその場に膝をついたのは鷹成だ。芝原と会話をしている最中はたまに久生を一瞥するだけで少しもうろたえた顔を見せなかったのに、今はひどく切迫した表情をしている。大丈夫です、と答えたが、首を絞めあげられていたせいか声が掠れてしまった。

痛々しげに眉を寄せて背中をさすってくれる鷹成を見上げ、久生は何度も瞬きをした。

「鷹成さん、さっきまであんなに落ち着いてたのに、急にどうしたんです……？」

「落ち着いてるわけないだろ！」

怒鳴り返されて目を丸くしてしまった。鷹成が声を荒らげるところを見るのも初めてだ。

自分の怒声で我に返ったのか、すまん、と短く謝って鷹成は顔を伏せた。

「あの場で俺が慌てたら、お前が俺を脅す材料になることがあいつらにばれる。そうなったらお前を人質に取られて何をされるかわからんだろう。悪人ってのはな、他人の弱みを嗅ぎつけたら全力でそこを責めてくるもんだ」

久生が嬲《なぶ》られても平然としていたのは単なる演技だったらしい。その証拠に、俯いた鷹成の指先が微かに震えている。

「それで、大丈夫なのか？　どこか痛むところは――……」

鷹成が顔を上げたそのとき、今度は写真館の入り口から威勢のいい声が響いてきた。

「待てこの野郎！　絶対逃がさないからな！」

地鳴りのような足音が近づいてきたと思ったら、逃げたはずの芝原たちが再び客席に戻ってきた。しかも全員青い顔で、何度も背後を振り返っている。

続けて客席に躍り出たのは虎彦だ。「待てー！」と叫ぶその声が、客席いっぱいに響き渡る。

大の男が虎彦に追いかけられて逃げるとは何事か。ぽかんと口を開けてその様子を見ていると、虎彦に続いて制服姿の警官まで飛び込んできた。二名の警官の後ろには正一郎の姿もある。

芝原たちが血相を変えて逃げるわけだ。

客席を横切った芝原たちは事務所から外に出ようとしたようだが、舞台袖には力也が待ち構えている。舞台に上ってきた者は容赦なく張り倒すと言わんばかりの表情で見下ろされて芝原たちが立ち往生しているうちに、追いついた警官が芝原たちを取り押さえた。

すぐに応援の警官も駆けつけて、場内は物々しい雰囲気に包まれる。

警官たちに囲まれている芝原たちを遠くからぼんやり眺めていたら、虎彦と正一郎が心配顔で駆け寄ってきた。虎彦に「大丈夫かよ？」と顔を覗き込まれ、久生は目を瞬かせる。

「虎彦さんたちは、食事に行っていたのでは……？」

「そうだけど、ここに忘れ物したのに気がついて取りに戻ったんだ」

久生は楽屋で拾った手帳を思い出し「これですか？」とポケットから取り出す。

「そうそう、これ！　それで帰る前にみんなで写真館に戻ってきたんだけど、なんか怪しい連中がこそこそ事務所の方に行くのが見えてさ。ちょうど館長も帰ってきたところだったから相談して、俺と先生が警察を呼びに行くことになったんだ」

警官が来るまでの間、鷹成は芝原たちを足止めしようとしていたらしい。

虎彦が喋っているうちに堂島と力也もやってきた。

久生は皆の顔を見回し、最後に隣に立つ鷹成に目を向けて、掠れた声で呟いた。

「――……鷹成さんは、元華族だったんですね」

虎彦と正一郎が同時に驚いたような声を上げた。この二人も鷹成の素性は知らなかったのか。

青白い顔をする久生を見遣り、虎彦が真剣な表情で鷹成に尋ねる。

「館長、久生になんて言ったんだ？」

鷹成も虎彦を見返し、重々しい口調でこう答えた。

「俺は石渡家の一人息子だと」

「元男爵の……？」

ああ、と答えて鷹成は顔を伏せる。

もしや鷹成は、虎彦たちには自分の過去を明かすつもりなどなかったのかもしれない。余計なことを言ってしまったかとうろたえたが、次の瞬間、鷹成がぶはっと勢いよく噴き出した。

つられたように堂島と正一郎も笑い出し、それを見た虎彦が目を吊り上げる。

「おい、みんな早い！　もうちょっと耐えろよ、せっかく久生が信じてるのに！」

「いや、もう勘弁してくれ。腹筋が持たない」

口元に拳を当て、鷹成は苦しそうに笑っている。唖然として周囲を見回せば、普段は滅多に表情を変えない力也すらわずかに目元を緩めていた。

「あの、鷹成さんは元華族なんですよね……？」

「こんなクソガキが華族なわけないだろ！」

ゲラゲラと笑いながら答えたのは堂島だ。先程は鷹成様なんて呼んでいたのに、今度はクソ

ガキ呼ばわりとは。

「で、でもちゃんと、昔のことも教えてくれて、石渡家のことだって……」

わけがわからず言い募ると、笑いすぎて目に涙を浮かべた鷹成が「虎彦、見せてやれ」と虎彦を促した。虎彦は「もうちょい反応見たかったのに」などとぶつくさ言いながら、いつも持ち歩いている黒い手帳を差し出してきた。

「え、見ていいんですか……？」

今まで久生には一度も見せてくれなかったのに。恐る恐る受け取った手帳は、どのページもびっしりと字で埋まっていた。その中には石渡家の文字もある。

慌ただしく文面を拾い読み、久生はぽかんとした表情で手帳から顔を上げた。

「……これ、脚本のネタ？」

身分の高い人間が下町に身を潜め、市井の人間を助ける勧善懲悪物語。手帳に書きつけられていたのは以前虎彦から聞いた内容だ。漠然と、お殿様が町民に扮して事件を解決する内容なのかと思っていたが、主人公は元華族のようだ。

「石渡家というのは、虎彦君が考えた架空の華族なんですよ」

驚きが限界を突破して言葉が出ない久生を見かねたのか、正一郎が補足をしてくれた。

「でもなかなか華族の設定が決まらなくて、僕たちが少しだけ助言したんです」

「飲み屋なんかでな。いい酒の肴《さかな》だった」と堂島も笑いながら顎をさする。

「まあ、石渡家の設定に関しては悪乗りした館長がほとんど作ったようなもんだけど」

虎彦は久生がここにやってくる前から脚本のネタ作りを始めており、写真館の面々も面白がってそれを手伝っていたそうだ。

「だったら、どうして芝原さんたちは石渡家の名前を知ってたんです？　実在する華族だからでは？」

なおも食い下がると、鷹成に苦笑を向けられた。

「もしかすると、俺たちが居酒屋で騒いでる内容を誰かが耳に留めて、『この辺に石渡とかいう元華族がいるらしい』ってありもしない噂が流れたのかもな」

この界隈の居酒屋は狭くて人口密度が高い。隣に座る客の声が嫌でも耳に入ってきてしまうのは久生も経験済みだ。ほろ酔い気分で耳にした『元華族の石渡家』という話題を、真偽のほどもわからぬまま誰かがどこかで披露して、それがじわじわ広まってしまったのか。そしてそれが、この界隈で詐欺に使うのにちょうどいい金持ちの名前を探していた芝原の耳にたまたま入ったと、そういう流れなのか。

「じゃあ、堂島さんが元家令だっていうのは……」

「あれは堂島さんの即興芝居だ」

「この芝居小屋を買ったお金は？　遺産を分与されたからでは？」

「博打で一山当てた」

けろりとした顔で言い返されて二の句が継げなくなった。

荒くれ者のたまり場のような賭場に、洋服を着こなした鷹成が出向く姿など思い浮かばない。ならば親の遺産を継いだと言われた方がよほど納得のいく説明だったが、堂島たちは驚いた様子もなく「館長は勝負師だからな」などと笑っている。本当に博打で一山当てたのか。

脱力しそうになったが、最後にもう一つ大事なことを思い出して慌てて背筋を伸ばした。

「だったら、僕が嘘をついてるのもみんなわかってたんですよね？　石渡家は皆さんの創作なんですから。どうして誰も嘘を指摘しなかったんですか？」

答えを求めるように視線を巡らせると、虎彦が忍び笑いを漏らした。

「そりゃ、実際騙されたトキさんの前で本当のことなんて言えないんだろうなってわかったからさ。トキさんの名誉のために元華族のふりしたんだろ？　あれで正解だったと思うぞ。トキさん喜んでるし、これからも黙っとけよ」

「あんな婆さん一人のために、随分と義理堅い詐欺師だと呆れたな」なんて堂島も苦笑している。久生の行動理由など、あの場にいた人間には筒抜けだったようだ。

正一郎と力也も久生が身元を偽っているのはわかっていたが、真面目に働く姿を見て深く追及する気にはなれなかったらしい。とはいえ、なぜ自分たちが創作した石渡家など名乗っているのだろうと最初は不思議に思っていたそうだ。

「ま、どっちにしろ大した嘘じゃなかったし」

あっけらかんと虎彦が言う。皆も苦笑交じりに頷いて、久生はその場に崩れ落ちそうになった。

自分の嘘は最初からばれていたし、鷹成は元華族でもなんでもなかった。

そしてどうやら、写真館の面々はこれからも変わらず久生を受け入れてくれるつもりらしい。

（……よかった）

長いこと胸にわだかまっていた懸念が去って肩の力を抜いたところで、芝原たちを取り囲んでいた警官の一人がこちらにやってきた。

「あちらの詐欺集団は駐在所に連れていきます。貴方たちにもまた詳しく話を聞くことになると思いますが、今日のところはこれで」

一礼して去っていこうとする警官を、慌てて久生は呼び止める。

「あの、僕も一緒に行きます。僕も以前、あの人たちの仕事に関わっていたので……」

久生の言葉に反応して、警官が険しい顔で振り返る。

痛む体を引きずるように歩き出そうとすると、後ろから鷹成に肩を掴まれた。鷹成は久生を自分の背後に下がらせ、警官との間に割って入るように前に出る。

「待ってくれ。こいつはあの連中に騙されて詐欺の片棒を担いでただけだ。共犯というより被害者に近い」

続けて虎彦に袖を引っ張られ、小声でまくし立てられた。

「なんでそんな面倒くさいこと言い出すんだよ……！　黙ってたらばれなかったのに！」

「僕が黙っていても、きっと芝原さんたちが黙ってません。あることないことでっち上げられて共犯にされるくらいなら、自分の口でちゃんと本当のことを伝えておきたいんです。それに、知らなかったとはいえ詐欺を手伝ってしまったのは事実ですから」

不安がないと言えば嘘になる。しかし罪をなかったことにはできない。

虎彦との会話が聞こえたのか、鷹成がこちらを振り返る。その顔を見上げ、久生は迷いのない口調で言った。

「ちゃんと事情を説明して、後ろ暗いところをなくして帰ってきます。そのときは、戸田久生として改めて雇ってください」

「戸田？」

「僕の本名です」

もう石渡の名を騙る必要はない。この写真館の人たちは、本当の自分を受け入れてくれる。

鷹成は複雑そうな顔で黙り込んだものの、小さく息を吐いて久生を前に出した。

「……ちゃんと戻ってこいよ。やってもいないことをやったなんて間違っても言うな。そう言うように強要されても口をつぐんでろ」

通り過ぎざま、警官には聞こえないように低く潜めた声で囁かれた。小さく頷き、久生は警官の前に立つ。

「詳しくご説明させていただきますので、よろしくお願いします」

丁寧に頭を下げたが、なぜか警官は久生ではなくその背後を見ていた。

不思議に思って振り返ると、久生の背後で鷹成まで一緒に頭を下げている。

「そいつをよろしくお願いします」

顔を伏せたまま鷹成が言う。それに倣《なら》うように、虎彦と正一郎と力也も頭を下げる。それどころか堂島まで、不承不承といった表情を隠さないまでも頭を下げてくれた。

皆が自分のために頭を下げてくれている。

その姿を見て、帰ってこよう、と強く思った。

どんな罪に問われても、きちんと反省して帰ってこよう。時間がかかっても絶対に。そのときは、この写真館に全力で貢献できるように努力しよう。

(またここで働くことを、僕はこれからの夢にしよう)

最後に久生も鷹成たちに頭を下げ、しっかりと顔を上げて警官とともに写真館を出た。


「それはまあ、災難でしたねぇ」

場所を駐在所に移し、洗いざらい事情を説明した久生に、老齢の警官は気の毒そうにそう言った。久生は両膝に手を置いて、硬い表情で「はい」と頷く。

「知らなかったとはいえ犯罪の片棒を担いでしまいました。どのような罰も受ける覚悟です」

「いやいや、そんな思い詰めずに。話を聞く限り貴方も騙されていたようですし、反省もされてるみたいだ。夜も遅いし、今日のところはもう帰りなさい」

「えっ、いいんですか？」

「その代わりまた詳しく話を聞かせてもらうかもしれませんから、住んでる場所だけ教えておいてもらいますよ。ん？　あの写真館に住み込みで働いてるの？　いいねぇ、私も活動が大好きで。今度寄らせてもらいますよ」

そんな調子で予想外にあっさりと取り調べは終わり、久生はその日のうちに写真館に帰れることになった。

ありがたい反面、二度と帰れないような顔で写真館を出てきただけに気恥ずかしくもある。明日からどんな顔でみんなと会えばいいのだろう。このまま写真館に戻ったら鷹成にもびっくりされそうだ。警官に向かって頭まで下げてもらったのに申し訳ない。

（……でも、嬉しかったな）

まずは全員に礼を言わなければ。決死の覚悟で出て行ったくせにすぐさま帰ってきた気まずさなんて二の次だ。

握りこぶしを作って駐在所を出た久生は、吹きつける夜風に身を震わせた。慌ただしく写真館を出たので上着を取りに行く暇もなかったのだ。

シャツの上から腕をさすりながら歩き出した久生は、数歩も行かないうちに足を止めた。駐在所の前の大通りはもう真っ暗で、まばらに立つ街灯がぼんやりと闇を照らしている。こんな時間なので周囲を歩く人の姿もない――と思いきや、街灯の下に誰かがいた。洋装の上から外套をまとった長身の男性だ。久生に気づいて大股でこちらに近づいてくるのは、どうやら鷹成であるらしい。

人違いではなさそうで、久生も慌てて鷹成に向かって走り出した。

「鷹成さん、まさかずっとここで待ってたんですか？　今日帰れる保証もなかったのに……」

写真館を出てからすでにかなりの時間が経っている。この寒空の下、風よけもない場所に立ち尽くしていたのならすっかり体が冷えているはずだ。

心配顔で駆け寄ると、有無を言わさず腕を摑まれ、近くの路地裏に引っ張り込まれた。声を上げようとしたが叶わない。それより先に、鷹成の広い胸に抱き寄せられてしまったからだ。

後頭部に大きな手が添えられ、身を折った鷹成に全身で押し包むように抱きしめられた。

「お前は本当に――……」

うめくように呟いた鷹成が、痛いほど強く久生を抱きしめてくる。

外套の下にこもっていた温かな空気と鷹成の匂いを感じたら、急速に目の奥が熱くなった。

何もかも覚悟して警察に行ったつもりだったが、やはり不安は拭いきれなかったのだと遅ればせながら自覚した。嗅ぎ慣れた煙草の匂いに、帰ってきたんだと思えて気が緩む。

息が震えないよう慎重に深呼吸をしていると、後頭部をがしがしと乱暴に撫でられた。

「お前の思いきりの良さには呆れる……！」

呆れるというよりは憤っているような口調だ。顔を上げようとしたが後頭部をがっちりと押さえられているせいで動けない。鷹成の胸に横顔を押しつけ、久生はくぐもった声を上げる。

「相談もせず、勝手に出頭してしまってすみません。でも警察では親身に話を聞いてもらえましたし、こうして無事に帰ってこられましたから……」

「そっちも大概だが、あいつらの前で啖呵切ったのも命知らずだ。ああいうときは大人しく相手の言うことに従っておけ。刺激するな。お前一人だったら本気であのまま始末されてたぞ」

肝が冷えた、と呟いて、ようやく鷹成は久生を抱く腕を緩めた。

「金庫の金くらい渡してやれ。あんな場末の写真館のために命なんてかけるんじゃない」

両肩に手を置いた鷹成に見詰められ、久生もまっすぐその顔を見詰め返す。

「でもあの写真館は、鷹成さんの大切な場所です。他のみんなにとっても」

せっかく忠告してもらったが、また同じような目に遭えば自分は写真館を守るために奔走してしまうだろう。

「僕にとってもあの場所は特別なんです。明日も頑張ろうって思える、素敵な夢が見られる場所ですから」

頬に笑みを上らせる久生を見て、鷹成も吊り上げていた眉をゆっくりと下げた。

「最初は活動と幻灯の違いもわかってなかった奴が、すっかりのめり込んじまったな」

肩に置かれていた鷹成の手が移動して、そっと久生の頰に触れる。指先は冷え切っていて、一体どれほど長いこと外で自分を待ってくれていたのだろうと想像したら胸を絞られるような気持ちになった。

「もちろん、活動写真も好きです。でも、僕は……」

久生の頰を撫でていた鷹成の指先が止まる。

こちらを見下ろす鷹成の目は何かを待っているように見える。自分がそう思いたいだけだろうか。想いを拒絶されたらどうしよう。期待と不安が入り混じって声が詰まる。

ごくりと唾を飲んだら、再び鷹成に頰を撫でられた。

「言ってくれ」

知らぬ間に下がっていた視線を上げると、甘やかに目を細めた鷹成に顔を覗き込まれた。

「今、夢にまで見た言葉が聞けそうなんだ。だから言ってくれ」

繰り返し頰を撫でる指先は優しい。

それに背中を押され、久生は勇気を振り絞って口を開いた。

「僕は、ずっと鷹成さんのことが好きだったんです。貴方の大事な場所だから、あの写真館も守りたかったんです……！」

好きだと口にした瞬間、もう鷹成の顔を見ていられなくなって固く目をつぶってしまった。

その表情を確認するのが怖い。困ったような顔をされてしまったら平気な顔でいられる自信がなかった。

言い終えてもなおぎゅうぎゅうと目をつぶっていると、唇に柔らかなものが触れた。驚いて目を開ける。瞬間、視界に飛び込んできたのは間近に迫った鷹成の顔だ。声を上げる間もなく再び唇に柔らかなものが触れ、ようやく鷹成に唇を奪われたのだと理解した。

声も出ない久生を見下ろし、鷹成は満面の笑みを浮かべた。

「露骨に口説いてもまるでぴんときてない反応ばかりするからどうしてやろうと思ったが、最後は自分から手の中に落ちてきてくれたか」

言いながら、鷹成が両腕で久生を抱きしめる。苦しいほどの力に息が止まった。髪に頬ずりされ、想いを受け入れられたことを理解して目の端にじわりと涙が浮かぶ。

ふらふらと手を伸ばし、鷹成の外套の襟の辺りを握りしめた。

「……夢じゃないですか？」

くぐもった声で呟くと、鷹成の体が小さく揺れた。

「今回ばかりは覚めてもらっちゃ困る」

笑いの交じる声で言って、鷹成は大事そうに久生の頭を撫でた。

これが外国の活動写真なら、『END』の文字が画面に大きく浮かんで暗転するのだろう。

しかし現実にはその続きがある。鷹成に手を引かれて写真館に戻った久生は、なぜかそのまま鷹成の部屋に連れ込まれていた。

虎彦たちはとっくに帰ったらしく、階下は静まり返っている。楽屋の前の廊下には芝原たちがつけた足跡が残っていた。そんな状況では落ち着いて話もできないので鷹成の私室に通されたのだろう、などとのんきに考えていたら、部屋に入るなりベッドに押し倒されていた。

シーツに背中をつけた久生は、こちらを覗き込む鷹成を見上げて目を瞠《みは》る。

「……えっ！　ど、どうしたんですか急に！」

尋ねる声が上ずってしまった。ベッドに膝をついてのしかかってくる鷹成を押し返すことはおろか、無闇やたらと触れることすらできず、無意識に胸の前で両手を握りしめる。

外套も脱がぬまま久生を押し倒した鷹成は、初心《うぶ》を絵にかいたような反応をする久生を見下ろして深刻な表情で眉を寄せた。

「いや、お前がちゃんと俺たちの関係を理解したのか心配になって……」

「な、なぜそんな心配を……？」

「これまで俺に口説かれてた自覚がお前に欠片もなかったからに決まってるだろ」

写真館に戻る途中、「そういえば鷹成さん、僕はいつ口説かれていたんでしょうか」などと尋ねたのが悪かったらしい。間の抜けた自分の質問を思い出し、カッと頬を赤らめる。

「それは、まさか鷹成さんが僕をそんな目で見てたなんて思わなくて……」

「虎彦たちも呆れるくらい露骨だったぞ？　すれてないにも程があるだろ。まさかお前、本当に世間知らずの元華族様だったなんて言わないだろうな？」

冗談とも思えぬ口調で問われ、滅相もないと首を振る。

「ちゃ、ちゃんとわかってます！　僕たちは、その……恋人、ですよね？」

恋人なんて自分で口にするのは気恥ずかしくて、言葉尻がしぼんでしまった。確認するつもりで視線を上げると、ぐっと鷹成に顔を近づけられた。

「そうだ。恋人の意味はわかってるか？」

「さすがにそれくらいは……！」

言い返そうとしたら唇をふさがれた。柔らかく唇を押し当てられて声が引っ込む。

口づけの作法もわからず真っ赤になって唇を引き結べば、鷹成に苦笑されてしまった。

「本当にわかってるのか？　俺はお前と、こういうことがしたいって言ってるんだぞ？」

鷹成の唇が頬に落ちて、するすると耳元に移動する。唇で耳朶を食まれ、こそばゆさに肩を竦めた。いたずらに歯を立てられて喉が鳴る。

「あ、の……鷹成さん、あの」

何か尋ねたいところだが、具体的に何を尋ねたらいいのかわからない。

男女の交わりなら久生もうっすらと理解しているが、男性同士はどうするのだろう。わかっているのか、と尋ねられたとき、わかりませんと素直に答えた方がよかったのかもしれない。

まごまごしているうちに鷹成の唇が首筋に下りて、柔らかく首に歯を立てられた。

痛くはないが、全身が緊張した。心臓が激しく胸の内側を叩いて、全身がどくどくと脈を打っているのがわかる。

「あ……っ」

シャツをたくし上げられ、裾から滑り込んできた鷹成の手に素肌を撫でられる。

外で触れたときはあんなにも冷たかった鷹成の手も体温が戻り、今はもう熱いくらいだ。肌を這う感触が鮮明で脇腹が震えてしまう。

指先が胸の先端に触れ、久生は喉の奥で声を押しつぶした。

くすぐったくてむずむずする。身をよじろうとするが、それを見越したように鷹成が上から柔らかく体重をかけてきて身動きが取れなくなった。指先で同じ場所を弄《いじ》られ続けていると、胸とは関係ないはずの下腹部に妙な熱が溜まってくる。

久生は弱々しく手を上げて、執拗《しつよう》に胸を弄る鷹成の手をシャツの上から押さえた。

「ど、どうしてそんなところばかり触るんですか……」

久生の首筋に顔を埋め、喉元や鎖骨に甘嚙みを繰り返していた鷹成は顔を上げると、濡れた唇を弓なりにして恐ろしく色っぽい顔で笑った。

「ここに限らず、お前の体のどこもかしこも触りたいし、可愛がりたい」

「かわ……っ、ぁ……っ！」

喋っている最中に指先で柔らかく胸の尖りを押しつぶされ、高く掠れた声が出てしまった。

とっさに両手で口を覆った久生を見下ろし、鷹成は機嫌よく目を細める。

「触りたい。全部だ。俺は恋人とこういうことをしたい。ちゃんとわかってるか？」

鷹成の手が胸から臍《へそ》に滑り下り、さらに下ってズボンの上から下腹部に触れた。

服の上から体の中心を撫でられ、急速に下半身が重苦しくなった。指先で軽くなぞられただけで自身が首をもたげるのがわかり、自分の反応が恥ずかしくて涙目になる。

久生が小さく震えていることに気づいたのか、鷹成がするりと手を移動させた。

手首を掴まれたと思ったら、口元を覆う手を優しい力ではがされた。視界はぼやけていたが、鷹成がこの上なく優しい顔でこちらを見下ろしているのがわかって眉を八の字にする。

「すみません、よく、わかってませんでした……」

素直に白状すると、鷹成に苦笑された。

「だろうな。予想はしてたから心配するな」

再び柔らかく唇が降ってきて、久生は目を伏せてそれを受け入れる。

「どこまで理解してるのか確かめたかっただけだ。無理強いをする気もない」

鷹成が身を起こそうとしているのに気づいて、とっさに両腕を伸ばした。逞しい首に腕を回して引き寄せれば、驚いたような顔を向けられる。

「あの、本当にただよくわからないだけで、嫌なわけではないんです……！」

嫌ではないし、鷹成があっさりと身を離そうとしたのは少し淋しくもあった。

鷹成は再び久生に覆いかぶさると、久生の前髪を後ろに撫でつけて額に唇を押し当てる。

「無理しなくていい。お前をめちゃくちゃにしてやりたいのは本当だが、今すぐでなくてもいい」

めちゃくちゃにするという言葉が何やら不穏だが、鷹成の声が砂糖を煮詰めたように甘いので、怯えるどころか期待してしまう。どんなことをされるのだろうと想像を巡らせていたら、伏せた瞼にも唇が落とされた。

「物心ついた頃から、どんなに握りしめても手の中に残るものなんて何もないと思ってた」

低く穏やかな声に、久生は一心に耳を傾ける。

「でもお前だけはここに残って、散らばりかけてた連中まで集めてくれただろう？」

足掻けば残るものもあるのかもしれない。初めてそう思えたと鷹成は言う。

瞼に触れた唇が頰に落ち、目を開けたらすぐそこに鷹成の顔があった。

「お前のことだけは手放したくない。お前を路頭に迷わせないためにも、写真館は存続させる。大事なものは持ち重りするってのは本当だな。もうふらふらしてられなくなっちまった」

唇に息がかかる。鷹成の名前を呼ぼうとしたら、その声ごと呑み込むように唇を奪われた。

今度のそれは唇を軽く押しつけ合うのではなく、食べられるような口づけだった。唇を軽く噛まれ、合わせ目を舌先で辿られて、久生はおずおずと口を開いた。

「ん……っ」

唇の隙間から荒々しく舌が押し入ってきて、鷹成の腕をきつく掴んでしまった。

普段から煙草を吸っているせいか、鷹成の舌は少しだけ苦くて熱い。深く舌を搦め捕られて喉が鳴る。

舌先を甘噛みされ、強く吸い上げられて、熱い舌に口内を掻き回される。息をつく間もない。だんだん苦しくなってきて、これがめちゃくちゃにされるということかと頭の片隅で考えていたらようやく唇が離れた。

咳き込むように息を吐いたら鷹成に笑われた。「無理するな」と頭を撫でられ、今度こそ身を離されそうになって鷹成の腕を握りしめる。

「あの、でも、いずれはしたいんですよね？　その……めちゃくちゃに」

久生の言い草がおかしかったのか、鷹成が肩を揺らして笑う。

「なんだ、めちゃくちゃにされたくなったか？」

からかうような口調で問われ、しばし沈黙してから頷いた。途端に鷹成の顔から笑みが引き、意外だと言わんばかりに凝視される。

「どこまでできるかわからないのですが、できるところまで、どうでしょう……？」

まだ掴んだままだった鷹成の腕に、そろりと指を這わせて囁いた。

「僕だって、好きな人には触ってみたいと思うので……」

照れくささを押し隠してぼそぼそと告げると、弾かれたように鷹成が笑い出した。

「そういえば、お前は意外と肝が据わってるんだったな」

肩を震わせて笑いながら鷹成は身を起こす。

外套と背広を脱ぎ落とし、ネクタイを引き抜いて、あっという間に上半身を裸にした鷹成が再びのしかかってくる。がっちりと筋肉のついた体が近づいてくる迫力に硬直していると、悪戯っぽく笑いかけられた。

「好きに触っていいぞ」

どうぞ、と首を傾げられ、どぎまぎしながら広い胸に手をついた。

「い、意外と柔らかいんですね……？」

「力抜いてるからな」

ベッドに手をついた鷹成がぐっと胸に力を入れると、たちまち筋肉が張って硬くなった。骨格も、肉のつき方も自分とはまるで違う。遠慮も忘れてペタペタと胸に触れていたら、久生のシャツのボタンに鷹成の指がかかった。

「俺も触りたい」

ねだるような声で囁かれ、頬を赤らめながらも頷いた。

シャツを脱がされ、薄っぺらい胸に鷹成の掌が触れる。脇腹を撫でられ、くすぐったくて身をよじったら押さえ込むように首元に顔を埋められた。首筋を強く吸い上げられて声が出る。鷹成の指先は脇腹から臍を辿り、久生のズボンの前を寛げて下着の中にまで滑り込んでくる。直接性器に触れられて、びくりと体が跳ね上がった。

「た、鷹成さん、待ってください、そんなところは……」

慌てふためいて訴えるが、返ってきたのは機嫌のよさそうな笑い声だ。

「どこもかしこも触りたいって最初に言わなかったか？」

屹立を握り込まれ、返事をしている余裕などなくなった。すでに芯を持ったそれを大きな掌で扱かれると、腰が震えるくらいに感じてしまう。

「あっ、あ、あ……っ」

さほど強い力でもないのに、手を上下されるたび背筋に鋭い快感が走る。先走りで鷹成の手が濡れて、弾んだ息の合間に粘着質な音が響く。

「ま、待って、ま……っ、ぁ、あ……っ」

自慰にふけることすらあまりなかった久生だ。他人に触れられる経験などあるわけもなく、あっという間に追い上げられる。鷹成の手首を摑んでみたが止めるどころか振り回されるだけで、こらえきれず鷹成の手の中に精を放ってしまった。

「あ……ぁ……」

達した後も切れ切れに声が出てしまい、さすがに恥ずかしくて涙目になる。ほんの少し触られただけなのに耐えられなかった。

久生の首に顔を埋めていた鷹成が身を起こそうとしたので、その首に抱きついて顔を隠した。項《うなじ》まで赤くした久生の背を抱いて、鷹成は機嫌よさげに笑う。

「まだするか？」

久生がもうやめると言えばあっさり引き下がりそうな言い草だ。自分ばかり達して終わるなんて一方的な展開は耐え切れず、鷹成の首にかじりついたまま何度も頷いた。

首にしがみついてなかなか離れない久生をなだめすかしてベッドに寝かせた鷹成は、久生の服を脱がせ、自分も着ていたものをすべて脱ぎ落とした。

「こんなところで根性を見せる必要もないんだがなぁ」

苦笑しながらベッドに横たわった鷹成が、胸に久生を抱き寄せる。

触れ合った場所からゆっくりと鷹成の体温が伝わってきて息が震えた。さらさらとした素肌の感触が心地いい。温かな布団にくるまれているようでうっとりと目を閉じる。

「あ……っ」

腰を抱かれ、下腹部に硬いものを押し当てられて心許ない声が出た。

態度にも口調にも乱れたところがないのでわからなかったが、鷹成も昂《たかぶ》っている。そうとわかったらまた心臓が勢いよく脈打ち始めた。

ゆるゆると腰を揺すられると互いの性器がこすれて声が漏れる。唇を噛んで声を抑えようとするも、鷹成についばむような口づけを繰り返されると唇が緩んだ。

「あっ、あ……ん……っ」

達したばかりなのに、またすぐ熱を持ってしまう自分の体が恥ずかしい。でも気持ちがいい。鷹成の体温を全身で感じていると、それだけで体の芯がぐずぐずと溶けてしまう。重ねた唇の隙間から漏れる鷹成の息遣いが乱れ始め、久生の息も弾んでいく。

途中、鷹成が起き上がってベッドの脇に置かれた机に手を伸ばした。取り上げたのはガラスの小壜《こびん》だ。なんだろう、と思う間もなくまた抱き込まれ、先走りで濡れた性器を押しつけられる。

直接触れず、ゆるゆると下肢を押しつけ合う。じれったさに身をよじると、背中に回されていた手が下降して尾骶骨《びていこつ》を辿り、その奥に滑り込んできた。

驚いて身を固くすると、鷹成に顔を覗き込まれた。

「どうする。この辺でやめとくか？」

囁いて久生の鼻先に唇を寄せてくる鷹成は、多少息を乱しているもののいつもと同じく目元に笑みを浮かべている。

久生はその顔を見詰め返し、小さく首を横に振った。

まだもう少し触れていたい。それに、そんなふうに穏やかにこちらの意向を聞いてくれなくてもいい。駐在所の前まで迎えに来てくれたときのように、もっとがむしゃらに抱きしめられたい。そんな思いに突き動かされ、勇気を振り絞って自ら鷹成に口づけた。

慣れない行為が恥ずかしくて俯くと、痛いくらい強く抱きしめられた。

「参った。本当にめちゃくちゃにしちまいそうだ」

耳元で囁かれた低い声に、首筋の産毛《うぶげ》がざわめいた。固く抱きしめられたまま首のつけ根に歯を立てられて、自分でも驚くほど甘ったるい声が漏れる。

たまらなくなって自ら腰を押しつけたら、後ろの窄《すぼ》まりに鷹成の指先が触れた。先ほどとは違う、ぬるついた感触だ。嗅ぎ慣れた甘い匂いが鼻先を過る。ベッドに持ち込まれた小壜の中身は、鷹成がよく身にまとっている香油か。

「あ、あっ、あぁ……っ」

濡れた指がずるずると奥に入ってくる。滑りがいいので痛くはないが、息苦しい。胸を反らして必死に息を吸おうとしていたら、喉仏に鷹成の唇が触れた。唇はするすると移動して、久生の胸の尖りに辿り着く。

「あっ、や、た、鷹成さん……っ」

指で弄られたとき妙な気分になった場所を唇で挟まれ、軽く吸い上げられて背中がのけ反った。呑み込んだ鷹成の指を締めつけてしまい、腰の奥が甘く痺れる。

「あっ、や、や……っ、あぁ……っ」

舌全体でざらりと突起を舐められ、あられもない声が出た。これまでさほど意識したこともなかった器官なのに、鷹成の舌と唇で刺激されると声を抑えられない。同時にぬるぬると指を出し入れされると、未知の感覚に腹の奥がよじれそうになる。

室内に、重くて甘い香油の匂いが満ちていく。久生の体温で温められて、常より濃密に香るそれに酔ってしまいそうだ。

「あっ、あ、あぅ……っ」

増やした指で奥を掻き回され、胸の尖りを強く吸い上げられてびくびくと爪先が震えた。

鷹成が目だけ上げてこちらを見る。ぎらついて興奮した目だ。写真館を手放してもいいと語ったときの淡々とした眼差しは見る影もない。

あの諦めたような表情を引きはがすことができたのだと思ったら、背筋をびりびりとした歓喜が駆け上がった。他人から欲をぶつけられることが、息苦しいほど嬉しいなんて。

「た、鷹成さん、も……もういい、です」

震える声で訴えると、鷹成が伸びあがって久生の顔を見下ろしてきた。唇に薄く笑みが浮かんでいるが、いつものような余裕はない。久生の中から慎重に指を引き抜き、地鳴りのような低い声を出す。

「ここで終いか？　なかなか酷なことしてくれやがる」

理性を総動員しているのが透けて見えるような表情だ。無理やり欲を抑えつけようとしている。出会った当初なら見られなかった顔で、久生が一番見たかった顔だ。

「違います、あの、つ、続きを……」

続きをしてほしいなんて自らねだるのは恥ずかしく、また鷹成の首に抱きついて顔を隠そうとしたが阻止された。手首を顔の横に縫いつけられ、真上から顔を覗き込まれる。

「続けていいのか？　ちゃんとわかって言ってるんだろうな？」

鷹成の息が荒い。ぎらつく目で見詰められると肌が焦げそうだ。自分がそんな顔をさせているのだと思うと興奮した。胸の内から羞恥を蹴り出し、まっすぐに鷹成を見上げて頷いた。

「わかってます。最後まで、してほしい、です……」

鷹成は自身を鎮めるように深く息を吐くと、身を倒して久生に顔を寄せてきた。

「逃げ道は残しておいてやったつもりなんだがな。どうして自分から袋小路に飛び込むような真似を……」

「だ、駄目でしたか……？」

「駄目なわけあるか。お前のその妙に思い切りのいいところに惚れたんだ」

言うが早いか唇をふさがれ会話を打ち切られる。そんなところに好感を持ってくれていたのかと驚く間もなく唇が離れ、脚を抱え上げられて窄まりに硬いものを押し当てられた。

「あ……っ」

想像以上の圧迫感に身を竦ませたが、鷹成はもうやめるかとは問わなかった。代わりに目を細めて囁く。

「いいんだろう?」

整った顔に浮かぶ笑みは恐ろしく艶めいて、くたくたと体から力が抜けた。頷けば、ゆっくりと腰を進められる。

「あ……っ、あ、ぅ……っ」

狭い場所を押し広げられて息が詰まりそうになる。唇を嚙みしめていたら、また鷹成の顔が近づいてきて唇を舐められた。息をしろ、と囁かれ、言われるまま緩く口を開く。

懸命に呼吸を繰り返し、なんとか体の力を抜くよう努める。

鷹成を根本まで受け入れたときは、全身に汗をかいていた。

「は……っ、ぁ……、んんっ!」

緩慢な動きで揺さぶられ、鷹成の胸にしがみついた。

「痛むか?」

見上げた鷹成の額にも汗が浮かんでいる。小さく首を横に振ると、胸についていた手を取られて鷹成の首裏に回された。

「しがみつくならこっちにしてくれ」

鷹成の首に両腕を回せばぴたりと胸が触れ合って、前より全身が密着する。体温が溶け合って気持ちがいい。震える息を吐いたら、またゆるゆると腰を揺らされた。

途端にぞくぞくとした震えが背筋を駆け上り、力いっぱい鷹成の首にしがみついた。

「あっ、あ、や……っ」

しっかり慣らしてもらったおかげか、一度奥まで呑み込んでしまえば抜き差しされてもさほど痛みを感じない。それどころか、硬い切っ先で内壁を突き上げられると蜜を絞るように内側から甘ったるい快感が溶けだしてくる。

「ひっ、あっ、んん……っ！」

唇から漏れる声は自分でも予想していなかったくらい甘い。苦痛よりも快感を強く拾っているその声に気づいたのか、鷹成がこちらの顔を覗き込んでくる。

「いいか？」

少しだけホッとしたように目元をほころばせた鷹成を見たら、むせるほど甘いものでも口に含んだような気分になった。

あれだけぎらぎらした目をしていたくせに、最後の最後で久生を気遣うのだ、この人は。

鷹成が自分の思い切りの良さに惚れ込んでくれたのなら、自分は鷹成が見せるこの土壇場の優しさに落ちたのだと思う。

言葉もなく頷いて、自ら鷹成に口づけをねだった。求めれば惜しみなく与えられる。深い口づけを受けながら、周囲に与えすぎて自分の取り分を忘れがちな鷹成の首にしがみつく。

浮草のように流れていく鷹成が、自分の傍らに根を張ってくれればいいと思った。久生もその隣に根を下ろし、互いの根が深いところで絡み合って一本の木になってしまえばいい。

深く舌を絡めてそんなことを思っていたら鷹成の突き上げが大きくなった。蕩けた奥を何度も突き上げられて舌がもつれる。

「ん……っ、ぅ……、はっ、んぅ……っ！」

唇がずれ、わずかな息を吸い込んだ端からまたふさがれる。息苦しいのに唇を離すのが惜しい。突き上げられて内側が震え上がる。

「ん、ん……っ、んん……っ！」

ひと際深く穿たれて、体の奥に埋まっていた性感帯を遠慮なく暴かれた。全身が痙攣してきつく鷹成を締めつけたが、それを振り切るように突き上げられて目の前が白く瞬く。

「──……っ！」

唇をふさがれたまま絶頂に導かれ、喉の奥からはくぐもった声しか出なかった。

鷹成の体が強張って、間をおいてゆっくりと弛緩する。唇を離されたときには、涙や汗で久生の顔はぐしゃぐしゃになっていた。

酸欠気味のぼんやりした頭で、確かにめちゃくちゃにされた、などと思っていたら、鷹成がこちらを覗き込んでふっと笑った。

「ひどい顔だな」

言葉とは裏腹に、久生を見詰めて目を細めた表情は愛しくて仕方がないと言いたげだ。

もう照れる体力も残っていなかった久生は、鷹成の首筋に頬を寄せてその顔を隠した。

よく晴れた空の下、小舟に乗って川を下る夢を見た。

日差しが川面で跳ね返って眩しい。睫毛の先が震え、久生はゆっくり目を開ける。

身じろぎすると体全体が揺れて息を呑んだ。夢と現の境を見失いかけたが、すぐに鷹成のベッドで眠ったのだと思い出す。

そっと視線を巡らせると、すぐ隣に鷹成の姿があった。久生を腕に抱き込んで深く眠っている。昨日はあのまま眠ってしまったので、お互い服は着ていない。

整った鷹成の寝顔を見詰め、この人と恋人同士になったのか、と感慨深く思った。

想いを受け入れてもらって、唇を交わして、体まで重ねた。

前夜のことを思い出したらじわじわと体温が上がってきて、寝返りを打ち鷹成に背を向けた。

室内はまだ薄暗いが、窓の向こうはうっすらと明るくなっている。夜明けが近い。

灰色に青を混ぜたような空を見上げ、寝入る直前に鷹成と交わした会話を思い出した。

「鷹成さんと初めて会った日、この人は色悪っぽいな、と思ったんです」

事後、鷹成の腕に抱かれてうとうとしながらそう告げると、おかしそうに笑われた。

「四谷怪談の伊右衛門か？」

「累《かさね》の与右衛門《よえもん》とか」

「どっちもろくな男じゃないな」と鷹成が苦笑する。

「そのうちに、役者みたいに自分の見せ方をよく知っている人なんじゃないかと思うようになりました。その場に合った人物を演じるのが上手いんじゃないかな、と」

芝原たちの前で堂々と元華族を名乗った姿を思い出し、前々から思っていたことを口にしてみた。

「だから、前から薄々思ってたんです。鷹成さんは、一般人を演じている元華族なんじゃないかと」

真剣な顔で告げるや鷹成に噴き出された。完全に面白がっている顔だ。

「なんでまたそんな勘違いを」

「だって鷹成さん、外国のことに詳しかったですし、洋食器も当たり前に使えたじゃないですか。この部屋にもすっかりなじんでいて……」

「全部活動の影響だろう。テーブルマナーだって活動を見て覚えたんだ」

「でも……なんとなく、行動に品があるというか……」

「惚れた欲目じゃないか？」

自分で言うことでもないだろうと思ったが、事実なので否定もできない。

「石渡家の話も真に迫りすぎていたような……」

石渡家は架空の華族だが、その設定のほとんどを作ったのは鷹成だと虎彦は言っていた。

本当にただの創作だろうか。

もしかしたらどこかに、安城家という元華族がいたのではないか。

久生の後ろ髪を撫でながら、ふふ、と鷹成は柔らかな声を立てて笑う。

「そうだなぁ。もしかしたら石渡家ってのは、貧乏百姓の倅が藁《わら》の寝床の上でこしらえた夢物語かもな。自分は男爵家の一人息子で、いつか本物の父親が迎えに来てくれるんだなんて自分に言い聞かせて辛い日々をやり過ごしてたのかもしれん」

久生は閉じかけていた瞼を上げる。

「それとも、石渡家のモデルになった元華族は存在してたのかもしれない。その一人息子は金持ちの暮らしに嫌気がさして、一般人に紛れて今も場末の写真館なんかで暮らしてるかもしれん。ときどき従業員に『一般人にしては品がある』なんて疑われながら」

久生は顔を上げ、その腕の中から鷹成を見上げた。

鷹成はやっぱり穏やかに笑って、久生の髪に指を滑らせる。

「人生も活動も、いろんな解釈があっていいって言っただろう？　だから好きに選べばいい。お前はどっちがいい？」

苦しい暮らしを生き抜いた庶民か。波乱万丈な人生を歩んだ元華族か。

久生は鷹成の顔を見詰め、ふっと目元を和らげた。

「どちらでもいいです。どっちの鷹成さんも好きですから」

想定していた答えと違ったのか、鷹成の顔から笑みが引いた。微かな驚きを滲ませるその顔を見て、久生は今度こそ瞼を閉じる。

「貴方がそうありたいと思う自分が、本当の貴方だと思うので」

過去をどう語っても構わない。その過去を背負い、どう歩いていくかの方が久生には大切だ。

久生は自らの過去を新たに解釈し直した。もしかしたらそれは過去を改竄したことに等しいのかもしれないが、それで前に進めるようになったのだから、立ち止まるまい。

「夢見たっていいじゃないですか。覚めればまた朝が始まるんですから」

夢に片足を入れた状態で呟けば、そうだな、という柔らかな声が返ってきた。言葉とともに強く抱きしめられ、久生は目を閉じたまま小さく笑う。

願わくは、目覚めたとき隣にいるのが鷹成であってほしいと思いながら。

（――……夜が明ける）

寝入る直前のことを思い出していた久生は、白々と明けてきた空をじっと見詰める。

夢の終わりは現実と地続きだ。

朝が来たら、まずは芝原たちが踏み荒らしていった客席を片づけよう。明日からは新しい活動写真の上演が始まる。ビラを配って、新しいフィルムを用意して、やることは山積みだ。トキに返す金も早急に準備しないと。その前に朝食の準備だ。

「久生」

あれこれ考えていたら鷹成の低い声がして、振り向くより先に後ろから抱きすくめられた。

「うわ……っ、鷹成さん、お、おはようございます……」

昨日の今日で顔を合わせられない。赤面した顔を前に向けたまま朝の挨拶をすると、肩口にぐりぐりと鷹成の額を押しつけられた。

「まだ夜だ……。寝てろ」

寝ぼけているのか、大型犬が甘えてくるような仕草に口元が緩む。

久生はもそもそと寝返りを打つと、鷹成の胸に自ら身を寄せた。ほとんど眠っているくせに、無意識のように鷹成は久生を抱き寄せる。

眠る前、目覚めたときに隣にいるのは鷹成がいいと思った。

「鷹成さん、もう夜が明けますよ」

目の前の体をしっかりと抱きしめて、久生は小さな声で言う。今はまだ、まどろんでいる鷹成の耳に届かなくてもいい。

「夢じゃないんですよ」

——もう夜は明けた、夢ではない。

鷹成が教えてくれた小説の一節を思い出しながら、久生は夢より幸福な現実を噛みしめた。

あとがき

映画館では必ず通路側の席に座る海野《うみの》です、こんにちは。

などと言いつつ実際は、映画は映画館で見るより家で見ることの方が圧倒的に多かったりします。

映画館の大きなスクリーンと、座席を震わせるほどの大音量、暗闇の中で見る物語の没入感はすさまじく、帰ってくるときは毎回「やっぱり映画は映画館で見るに限るな！」と思うのですが、なかなか足を向けられません。

なんだかんだと仕事が詰まっていて外を出歩けないのも理由の一つなのですが、もう一つ個人的に気がかりなのが、途中でトイレに行きたくなったらどうしよう問題であります。

行けばいいじゃん、と思われるかもしれないのですが、隣の人の集中を途切れさせてしまうのではないかと思うと申し訳なく。そして気楽にトイレに行けないと思うと妙に行きたくなるのが人体の不思議であります。

そんな感じでそわそわしてしまうので映画は自宅で見ることが多いのですが、やっぱり映画館の迫力がたまに恋しくなります。館内の明かりがつく瞬間は夢から覚めた気分になって、あれはやっぱり映画館に行かないと味わえない感覚だな、と思います。

餅を食べてから映画館に行くとトイレに立たずに済む、という噂を聞いたことがあるので、機会があったらやってみたいです。

　ということで今回は映画館を舞台にしたお話でしたがいかがでしたでしょうか。時代設定が大正なので正確には写真館ですね。映画ではなく活動写真という、現在では滅多に耳にしなくなった響きにもロマンを感じます。

　そんな今回のお話は伊東七つ生《いとうなお》先生にイラストを担当していただきました！　大正時代は和と洋が融合した雰囲気が大好きなのですが、伊東先生のイラストを拝見したときは思わず「これです……！」みたいな声を上げてしまいました。カラーイラストも本当に麗しくてうっとりしました。主役二人が素晴らしいのはもちろんのこと、写真館のメンバーも全員描いていただけて感無量であります。大人数でわちゃわちゃしてるイラストは見ているだけで頬が緩みますね。伊東先生、素敵なイラストをありがとうございました！

　そして末尾になりますが、この本を手に取ってくださった読者の皆様にも厚く御礼申し上げます。

　作中に出てくる鷹成のセリフではないですが、小説もまた、こんなことがあったらいいな、という夢物語だと思います。日常の合間に見るちょっとした夢を楽しんでいただけましたら幸いです。

　それではまた、どこかでお目にかかれることを祈って。

海野　幸《さち》

Cocktail Kiss Label

カクテルキス文庫をお買い上げいただきありがとうございます。
先生方へのファンレター、ご感想は
カクテルキス文庫編集部へお送りください。

〒102-0073　東京都千代田区九段北3-2-5 5F
株式会社Jパブリッシング　カクテルキス文庫編集部
「海野　幸先生」係 ／「伊東七つ生先生」係

◆カクテルキス文庫HP◆ https://www.j-publishing.co.jp/cocktailkiss/

活動写真館で逢いましょう ～回るフィルムの恋模様～

2023年4月30日　初版発行

著　者　海野 幸
©Sachi Umino

発行人　藤居幸嗣

発行所　株式会社Jパブリッシング
〒102-0073　東京都千代田区九段北3-2-5 5F
TEL　03-3288-7907
FAX　03-3288-7880

印刷所　中央精版印刷株式会社

ISBN978-4-86669-563-1　Printed in JAPAN